W0338420

Jean-Paul Sartre

Gesammelte Werke in Einzelausgaben

In Zusammenarbeit mit dem Autor
und Arlette El Kaim-Sartre
begründet von Traugott König,
herausgegeben von Vincent von Wroblewsky

Reisen
Band 1

Romane und Erzählungen
Theaterstücke
Drehbücher
Philosophische Schriften
Schriften zur Literatur
Schriften zu Theater und Film
Schriften zur bildenden Kunst und Musik
Politische Schriften
Autobiographische Schriften
Tagebücher
Briefe
Reisen

Jean-Paul Sartre

Königin Albemarle
oder
Der letzte Tourist

Fragmente

Herausgegeben und
mit Anmerkungen versehen von
Arlette El Kaim-Sartre
Deutsch von Uli Aumüller

Rowohlt

Die Originalausgabe erschien 1991 unter dem Titel
«La reine Albemarle ou le dernier touriste»
bei Éditions Gallimard, Paris
Umschlag- und Einbandgestaltung
Werner Rebhuhn

1. Auflage März 1994
Copyright © 1994 by Rowohlt Verlag GmbH,
Reinbek bei Hamburg
«La reine Albemarle ou le dernier touriste»
Copyright © 1991 by Éditions Gallimard
Alle deutschen Rechte vorbehalten
Gesetzt aus der Garamond (Linotronic 500)
Gesamtherstellung Clausen & Bosse, Leck
Printed in Germany
ISBN 3 498 06279 4

Inhalt

Einführung

Am 10. September 1951 betrachtet Sartre sein Werk über Jean Genet als abgeschlossen, oder doch fast. Es hatte ihn mehr als zwei Jahre so in Anspruch genommen, daß er davon «verfolgt» wurde und ein vages Unbehagen spürte. An jenem Tag, eine Woche bevor er sich mit Michelle Vian zu einer Reise nach Italien traf, schrieb er ihr aus London:

> *Wenn ich am 17. in den Zug steige, werde ich die Hände in den Taschen und* unbeschriebenes *Papier im Koffer haben. Was werde ich schreiben? Ich habe hundert Pläne, und ich weiß es nicht, das amüsiert mich.*[1]

Dieser Wunsch, unbelastet zu schreiben, richtet sich sogleich auf Italien selbst. In Rom, Neapel und Capri macht er auf Zetteln, die er gerade zur Hand hat, hauptsächlich beschreibende Notizen. Vom 21. Oktober an hält er sich in Venedig auf und schreibt nun in einem Heft weiter. Er wählt die Worte so, daß die Präsenz der

1 *Mein herzlicher Dank gilt Michelle Vian für ihre präzisen Informationen über Sartres* Albemarle-*Periode und für ihre Erlaubnis, aus seinen Briefen an sie zu zitieren.*

Stadt spürbar wird. Es ist bereits ein Entwurf, der beim Schreiben die Form eines Tagebuchs annimmt mit einer in den späteren Fassungen gleichbleibenden Mischung von Emotion und Ironie. Von der italienischen Herkunft des Heftes inspiriert, schreibt er launig auf die erste Seite den Titel des künftigen Buches: «La regina Albemarla o il ultimo turisto[1]» (!)

Wie stellte sich Sartre sein entstehendes Werk an jenen Herbsttagen vor, als er mit flüchtiger Schrift über Venedig schrieb, einer Schrift, die auf Grund der Schnelligkeit kaum lesbar ist, als traue er seiner neuen Freiheit nicht oder als wolle er sich nicht zu ernst nehmen? Plante er, wie er später sagte, eine «totalisierende» Monographie über Italien mit seiner Geschichte, seiner aktuellen politischen und sozialen Situation, mit den regionalen Besonderheiten – all das erfaßt über die Sensibilität eines Touristen und Erzählers? Außer vielleicht in der Episode des Besuchs bei Carlo Levi in Rom, bei der man deutlich merkt, welchen Schwierigkeiten (Brüche im Ton und Unstimmigkeiten zwischen subjektiver und objektiver Sicht) er sich damit ausgesetzt hätte, hat er dieses Titanenwerk nicht wirklich unternommen. Ist es kühn zu vermuten, daß Sartre mit einer Prise Unaufrichtigkeit an dieses breit angelegte ehrgeizige Ziel glauben mußte, er, der sich den Auftrag gegeben hatte, die Welt methodisch zu verstehen und so zu ihrer Veränderung beizutragen? Die Geschichte kommt zwar vor, die

1 Italienisch richtig: turista. *Anm. d. Ü.*

Zeitgeschichte und die Probleme des Nachkriegs-Italiens, vor allem aber die Geschichte von der Antike bis zum Quattrocento. Der Tourist fühlt sie wie eine Präsenz, die sich entzieht oder seinen Blick unbeständig macht: Er analysiert nicht, er verbietet es sich sogar. Die andere Definition seines Projekts: «*Der Ekel* meines reifen Alters» entspricht dem, was er gewollt zu haben scheint, besser: auf allem, was sich seinen Augen darbietet, einem Grasbüschel, einem geschlossenen Fensterladen, dem Halstuch einer Passantin, sucht der Tourist wie Roquentin das Geheimnis der Dinge; und wie in *La Nausée* [1] wird die Kontingenz, die Zeit – eines der Hauptthemen dieser Seiten – emotional und intellektuell erfaßt, eine Entdeckung, die sogleich, ohne Einschaltung der der Philosophie eigenen Argumentation, mit den subtilen und direkten Mitteln der Literatur erzählt und an die Intuition des Lesers mit ihrer subjektiven Färbung weitergegeben wird. Wie auch immer, der Antrieb für die *Königin Albemarle* ist seine Liebe zu Italien, sein Zugehörigkeitsgefühl zu dessen Steinen, Licht und Palazzi. Diese schon lange vor 1951 bestehende, ständig neu bestätigte Liebe, die ihn, wie wir sehen werden, von intensivstem Glück zu beunruhigendster «morbidezza» führt, wollte er, ausgehend von den tausendundeinen Aspekten Italiens, einfangen, vertiefen, feiern und mitteilen.

1 Deutsch: *Der Ekel*, Rowohlt Verlag, Reinbek 1981. *Anm. d. Ü.*

Seit ein paar Jahren ist Sartre politisch tätig. Die Notwendigkeit des Handelns und die Notwendigkeit, das Handeln zu denken, haben ihn gepackt und werden ihn nicht mehr loslassen. Das ist nun also der Mensch als Entwurf, der sich als Geschoß wahrnimmt, sich aus der Trägheit herausreißt und, immer sich selbst voraus, auf die Zukunft hin gerichtet ist, wie er durch das moribunde Venedig irrt, eine Stadt ohne Entwurf, eine Zerstörerin von Entwürfen, auf ihre Vergangenheit reduziert. Für ihn, den Mann des Fortschritts, der keinerlei Sympathie für die Dogen und Kaufleute hegt, die es erbauten, kann Venedig nur etwas Altes, Ungehöriges, ein wenig Unheilbringendes sein, das dem Untergang geweiht ist. Aber die Schönheit Venedigs und sein Geheimnis sind unwiderlegbar. Durch das bloße Gehen, zu dem es den Touristen zwingt, stellt es ihn schon in Frage, stößt seine Gewißheiten um und läßt ihn sich nach den Anfängen der Welt sehnen, als der Mensch seine eigenen Wege entwarf; Venedig enthüllt ihm, daß in den heutigen Städten dem Menschen die Welt entzogen ist: eigenartig ist seine Vision der Moderne als unpersönliche Furie der Kommunikation und Verwüstung. Die vielfältige, bedrängende Gegenwart des Wassers läßt seine inneren Störungen wiederaufleben, das, was er seinen «Wahnsinn von 1935» nennt (siehe seine *Carnets de la drôle de guerre*) [1], den er los zu sein glaubte.

1 Deutsch: *Tagebücher November 1939–März 1940*, Rowohlt Verlag, Reinbek 1981. *Anm. d. Ü.*

Sartre ist hier dem Ideal Flauberts, *das Wahre vermittels des Schönen zu erfahren und sich anzueignen*, näher als der engagierten Literatur, zumindest in dem strengen Sinn, den er ihr sechs Jahre zuvor in seiner Vorstellung von *Les Temps Modernes* [1] gegeben hatte. Aber ist der Tourist wirklich Sartre? Er scheint nicht die Absicht gehabt zu haben, eine andere Figur zu erfinden. Der einzige konkrete Unterschied ist, daß der Tourist einsam herumläuft, was auf Sartre nicht zutrifft; das Selbstgespräch wird von seinem Leben, seinen Vorlieben und Abneigungen, seinen Erinnerungen und seinen Ängsten gespeist; die Spaziergänge, die kleinen Vorkommnisse tragen das Datum des Tages, an dem er sie erlebt hat – und der Tourist schreibt. *Ich bin ein Konstrukteur*, schreibt Sartre in den *Carnets de la drôle de guerre*. In der *Königin Albemarle* hat er sich allerdings entschlossen, es nicht zu sein; seine Gedanken, im allgemeinen von dem Bestreben gelenkt, seine Erfahrung in einem souveränen Ganzen zusammenzufassen, folgen hier dem Lauf des Canal Grande, der Landstraße, die nach Neapel führt, oder nehmen die Farbe des Tages an. In diesem Sinn ist der Tourist Sartre, aber ein Sartre auf Distanz zu sich selbst, zu seinem Schriftsteller-Ich, so wie er sich konstruiert hat und wie man ihn erwartet. Er richtet einen unvoreingenommenen Blick auf die Welt, als hätte er nicht viele Male versucht, ihren Zustand zu be-

1 In: *Der Mensch und die Dinge*, Rowohlt Taschenbuch Verlag, Reinbek 1978, rororo 4260, S. 156. *Anm. d. Ü.*

schreiben und die dazu passende Theorie zu entwikkeln.

Königin Albemarle oder Der letzte Tourist, ein auf den ersten Blick sonderbarer Titel, der aber sicherlich eine Geschichte hat und einige Absichten anzeigt: der letzte Tourist, das ist der Tourist der Nachsaison – seine Reise findet im Herbst statt –, der Italien so sehen will, wie die Sommertouristen es nie sehen werden, so wie Roquentin, der das Lächeln der Dinge überraschen möchte, wenn der Mensch nicht da ist. Er ist auch der letzte Traum-, Schönheits- oder Sinnsucher, der allerletzte und ungewisse Sproß eines Geschlechts, zu dem Montaigne, Chateaubriand und Valéry Larbaud gehören. Und er ist der Zeuge des Endes der Geschichte – Niedergang des Bürgertums und Revolution oder Ende der Menschheit durch die Atombombe. Der Tourist läuft hierhin und dorthin auf der Suche nach einer Mythos gewordenen Vergangenheit außer Reichweite, ein für eine ferne Prinzessin entbrannter Troubadour. Den reinen und hochmütigen Klang *Albemarle* hat Sartre vielleicht zu erfinden gemeint, wobei er die Herzöge von Albemarle vergaß. Hat er ihm in Anklang an Mademoiselle d'Alguesarde gefallen, die junge Adlige, die in *Le vent dans les arbres (Der Wind in den Bäumen)* vom furchtbaren Atem des leibhaftigen Todes dahingerafft wird, jener Erzählung von Edmond Jaloux, die ihn als Kind stark beeindruckt hatte? Das etwas drollige Nebeneinander des Touristen und der Königin muß ihm einige Wochen vor seiner Reise nach Italien in den Sinn gekommen sein, als er eines Tages in den Straßen von Edinburgh an Maria Stuarts Schicksal dachte und auf den Klippen von Holyrood Park *eine Braut ganz in Weiß mit vom Wind gebauschtem Kleid*[1] gehen zu sehen vermeinte.

Sartre hat *Die Königin Albemarle* nicht beendet. Das Manuskript mindestens dreier Sequenzen (Neapel, Capri, Venedig, die beiden ersten am 14. Januar 1952 abgeschlossen, die letzte im Juni noch in Arbeit) konnte nicht wiedergefunden werden. Glücklicherweise hat er mit hohem Anspruch daran gearbeitet und schrieb, statt durchzustreichen, die Seiten ständig neu. Aus den von der Bibliothèque nationale erworbenen «Abfällen» konnten umfangreiche Fragmente dieses aufgegebenen Werkes in Versionen zusammengestellt werden, die unmittelbar vor dem verschwundenen Text entstanden sein müssen – der in Sartres Augen wahrscheinlich aber noch nicht endgültig war. Außerdem sind vier Sequenzen über Rom erhalten, die ersten drei unveröffentlicht, die vierte, *Ein Kapuzinerbeet*, bereits bekannt[2], sowie der in Venedig geschriebene Entwurf[3]. *Venedig von meinem Fenster aus* schließlich, im Februar 1953 in *Verve*[4] veröffentlicht, darf unserer Meinung nach nicht als Auszug aus der *Königin Albemarle*

1 Aus einem Brief an Michelle Vian vom 3. September 1951.

2 In: *Situations IV* (deutsch in: *Porträts und Perspektiven*, Rowohlt Taschenbuch Verlag, Reinbek 1968, rororo 1443, S. 347).

3 Siehe S. 145 ff.

4 Wiederabgedruckt in: *Situations IV* (deutsch in: *Porträts und Perspektiven*, a. a. O., S. 354), siehe S. 234.

betrachtet werden: Von der Zeitschrift darum gebeten, hat Sartre wohl lieber einzelne Themen aus seinen Schriften über Venedig zu einem speziell für den Anlaß verfaßten Text verdichtet. Dessen formale Strenge scheint darauf hinzuweisen, daß das Projekt *Albemarle* dabei war, der Vergangenheit anheimzufallen.

Ende Mai 1952, während er noch daran arbeitete, holte ihn die Aktualität ein: Der kommunistische Abgeordnete Jacques Duclos wurde der Verschwörung beschuldigt und verhaftet; die französische Rechte wollte in der Kommunistischen Partei eine Partei von Verrätern sehen. Sartre begann *Die Kommunisten und der Frieden*[1] zu schreiben. Aus einer Regung der Entrüstung und Wut heraus begonnen, wurde dieser Essay, der seine Position gegenüber der Partei bestimmen und seine Theorie dazu entwickeln sollte, ziemlich schnell ein endloses Pensum für ihn. Die Gründe dafür brauchen hier nicht erläutert zu werden, außer daß einer der Ärger war, ein Werk aufgeben zu müssen, an dem ihm viel lag. In einem Brief an Michelle Vian vom 25. August 1952 seufzt er: *Schnell zur degagierten Literatur. Wenn ich zurück bin, mache ich mich wieder an das köstliche, an das glückliche Italien*. Und am 9. September: *Ich verzehre mich nach der «Italienreise»*. Doch Sartre engagierte sich entschlossen als «Weggefährte» der Kommunistischen Partei. Über Italien zu schreiben kam ihm plötzlich wie eine Luxusbeschäftigung vor

1 In: *Krieg im Frieden I*, Rowohlt Taschenbuch Verlag, Reinbek 1982, rororo 4904, S. 75. *Anm. d. Ü.*

angesichts der politischen und sozialen Probleme, denen er sich von neuem stellte, sowie seiner anderen im Entstehen begriffenen Werke: Von nun an arbeitete er gegen die Uhr.

Arlette Elkaïm-Sartre

Königin Albemarle
oder
Der letzte Tourist

Fragmente

Gen Neapel

Ein erbarmungsloser Nachmittag, eine noch erbarmungslosere Straße, fahl unter einer Gewittersonne, die Lastwagen wirbeln tanzendes Reismehl auf; es ist das unheimliche Reich des Weiß. Zwischen riesigen Wolken knallt die Sonne blindlings hervor und pulverisiert diese verdurstende Erde. Hin und wieder werfen sich trockene, verfallene Städte, ausgebleichte alte Mistfladen, gegen die Scheiben und versinken hinter uns. Hier kommt Capua, das nicht Capua ist und schön (wie es heißt), und dann das eigentliche Capua, Santa Maria, das schäbig ist. Ich unterscheide nicht zwischen ihnen. Es sind Städte, die von der mit sechzig Stundenkilometern zwischen Gehäusen dahinsausenden Durchgangsstraße ausgeweidet wurden. Breite Straßen ohne Schatten kreuzen sich rechtwinklig. Keine Palazzi mehr. Es ist das erste Mal, seit ich Frankreich hinter mir gelassen habe, daß ich Wohnhäuser sehe, die keine Palazzi sind: bloß, es sind Kasernen. Man könnte meinen, sie wären aus Kreide gehauen. Sie sind rosa. Es ist äußerst unpassend, daß diese riesigen Elendsquartiere angestrichen wurden, aber das ist die Lepra Neapels, dieses rosa-grünen, grausigen Insekts, das am Meeresufer verendet. Diese Städte schnüren einem das Herz zusammen. Jedes Haus wird gebaut, um einfach stehenzubleiben und beim Vorbeifahren des Busses einzusinken, und es leben Leute darin. Die Straße läuft quer durch die Wohnblocks, die Häuser, alles ist öffentlich, ein Strom, der von Rom nach Neapel führt, durchquert sie, die Geschwindigkeit und die Sonne sind eins, vermischen sich zu etwas wie einem Schirokko, der überall einen blind machenden weißen Staub ablagert, der alles verwüstet. Hitze, weiße Blitze, Elend. Sie müssen diese Art Bewegung spüren, die in den Körpern bleibt, wenn ein Waggon auf freier Strecke anhält und man noch voller Geschwindigkeit steckt. Keine *querencia*[1]. Es ist das ausgedörrte Bild des Menschen. Neapel kommt näher. Wie jedesmal vor der Ankunft zieht sich mein Herz zusammen. Wir fahren durch eine verlassene Obstpflanzung. Ich weiß genau, zu genau, was ich in Neapel vorfinden werde. Es ist eine verwesende Stadt. Ich liebe sie, und mir graut vor ihr. Und ich schäme mich, daß ich sie besuche. Man fährt nach Neapel, wie Halbwüchsige ins Leichenschauhaus gehen, wie man zu einer Obduktion geht. Mit dem Grauen, ein Zeuge zu sein. Und immer kündigt es sich mit diesen rosa gestrichenen Knochengerüsten längs der Straßen an. Da ist das Meer, da sind wieder gelbe oder rosa Kasernen, man könnte meinen, noch ein Capua, Wäsche auf den Balkonen, ein Schwarm Kinder, Aas. Unser Lastwagen scheucht einen Leichenwagen auf, er schlingert vor uns her, reicher verziert als ein sizilianischer Karren, das Pferd

1 Span.: Lieblingsaufenthaltsort, ...platz. *Anm. d. Ü.*

sieht aus wie eine Schöne der Nacht; der Wagen holpert hinter ihm her, seine vier gewundenen Säulen tragen eine Art Baldachin, auf dem Engel fliegen. Durch vier Scheiben sieht man den Sarg unter Blumen. An den vier Ecken schwanken silberne Laternen. Auf dem hinteren Trittbrett turnt ein Leichenträger herum. Es ist gut, in Neapel vom Tod empfangen zu werden. Von einem schlingernden, wie eine Hure herausgeputzten, bizarren, absurden und schnellen Tod. Alles verdunkelt sich, wir tauchen in die Stadt ein. Wie immer wirkt das Auto verflachend. Ich sehe Leute herumwimmeln, Straßenbahnen fahren vorüber, der Himmel steigt plötzlich mit der Sonne höher; ich bin in irgendeiner Stadt. Der Bus setzt mich an einem Hotel in der Nähe des Castel dell'Ovo ab. Ich lasse meine Koffer aufs Zimmer tragen und gehe los.

Capri

Landschaften

...mit ständiger Beschleunigung, und dann auf einmal, bei gleichbleibender Geschwindigkeit, findet diese Verinnerlichung des Sturzes statt.[1] Die abschließende Schräge verlangsamt die Bewegung nicht, sie verleiht ihr vielmehr einen geheimnisvollen, beunruhigenden Sinn einer Rückkehr zu sich. Gleichzeitig dreht sich der Grat etwas nach Westen, wendet sich leicht, gleichsam verstohlen, von den anderen Falten der Felswand weg, er ist schräg. Das Ganze ist packend, denn man organisiert die Linien im Sehfeld wie die Töne im Hörfeld; in gewisser Weise wirkt jede Linie wie die erstarrte Wiederholung der anderen, es ist eine einzige Linie, die sich in verschiedenen Intervallen wiederholt wie die Phasen einer Metamorphose.[2] Wenn ich diesen Felsen mit einem Blick erfasse, habe ich die drei aufeinanderfolgenden, aber gleichzeitig gegebenen Phasen einer Metamorphose vor Augen: die edle Bewegung einer sich senkenden Pranke wird – verhext – unaufhaltsamer Fall, immer noch edel durch ihre hoffnungslose Geradheit, um in einem scheelen, heimtückischen Zusam-

1 Der Satzanfang fehlt im Manuskript.

2 Dieser Satz deckt sich mit dem Anfang des folgenden. Hat der Autor zwischen den zwei Möglicheiten geschwankt?

menbruch zu enden. Von Ost nach West ist alles da, umsonst würde ich versuchen, von West nach Ost wiederhinaufzublicken. Es handelt sich wirklich um einen menschlichen Sinn, der sich auflöst, ins Tragische übergeht und im Melodrama endet. Die Straße von Anacapri macht eine Biegung und führt an der Flanke des Monte Solaro hinunter, ich gehe mit ihr hinunter, ich winde mich, die einzige Schlange, das einzige Gekrümmte in dieser Steinlandschaft. Von etwas weiter unten her verwandelt sich das teigige Meer in Gelee; schnelles Zittern huscht darüber hinweg; aber gleichzeitig ist diese Gelatine harter grauer Schiefer. Stein? Kolloid? Ich weiß es nicht. In der Ferne das Land ist immer noch nichts als grauer Rauch. Das quer über der Felswand liegende Plateau mir gegenüber spaltet sich plötzlich, und je weiter ich hinabsteige, läuft es wie die beiden Schenkel eines Zirkels auseinander. Der obere Grat, derjenige, der von Ost nach West, von der Villa Jovis nach Capri hin verläuft, ist nicht geradlinig: ich erkenne zwei Buckel. Schulterblätter? Eher Flügel. Oder, die Lesung «Flügel» und die Lesung «Schulterblätter» gelingen nicht. Das Gefühl, daß Flügel *da sind*, schwebt, schafft es nicht, sich diesem dunklen, trockenen Abhang aufzuerlegen. Ich gehe noch etwas weiter hinunter. Diesmal sind da zwei geneigte Flächen; die eine breit und an den Ecken vage abgerundet, die andere, näher zu mir und höher, weist die Form eines langen Dreiecks auf, bösartig wie eine Klinge, deren spitzester Winkel nach unten weist, genau oberhalb von Marina Grande. Gleichzeitig organisiert sich alles: ich sehe einen Adler, der mir den Rücken zukehrt; der erste Buckel, derjenige, der der Villa Jovis im Osten am nächsten ist, deutet einen Flügel an, der zweite ist dessen nach Osten gewandter Kopf; der andere Flügel, schon angehoben, durch seine Bewegung verkürzt, ist das spitze Dreieck, das sich über Capri zeigt. Ich sehe: das ist viel gesagt. Da ist eine Anwesenheit von Adler, verschwommen, fast unlesbar und doch hartnäckig in diesen weichen Formen. Das genügt, um die Bewegung umzukehren, oder, vielmehr, die Umkehrung der Bewegung *ist* der Adler. Kurz, ich ging, und ich sah eine abgeschrägte Kante zum Meer hinabstürzen; einen Schritt weiter, und alles kehrt sich um, ich sehe einen Aufschwung, diese Fläche ist ganz und gar von der Eigenschaft eines Flügels durchdrungen. Der Flügel ist nirgendwo und überall. Bloß wird diese Schrägkante ein Auffliegen. Da ist ein Aufsteigen. Ein kraftvolles und anmutiges Aufsteigen, schon hebt sich der rechte, senkt sich der linke Flügel, als würde er zu einer Steilkurve ansetzen und sich nach Südosten davonmachen. Während dieser Adler auffliegt, verankert der Fall der Felswände ihn im Meer. Diese divergenten Bewegungen, der geradlinige Fall, der noch in seiner Trägheit einen Willen, eine geistige Richtung ausdrückt (der Fall in den Tod, der Nachfall sollen von den schrägen Linien der Pyramiden suggeriert werden), und das Auffliegen, das schon die Kurve nimmt und eine erstarrte Verwindung auf die große versteinerte Masse überträgt – die beiden Bewegungen, senkrechter Fall, schräges, kreisendes Aufsteigen, teilen dem Stein eine Art schroffe, fröhliche Zerrissenheit mit, gleichsam das Knistern einer Verwerfung, nie hat eine Felswand lebendiger auf mich gewirkt. Nichts Überflüssiges: wie bei einer Statue von Giacometti ist alles Bewegung. Und doch löscht eine unsichtbare Hand gleichzeitig diese Flamme, verkleistert und mineralisiert alles. Ich glaube die Bewegung wahrzunehmen, und plötzlich kehrt sie in den Stein zurück, und ich stehe einer stillen, undurchdringlichen Substanz gegenüber, bei der es weder rechts noch links, weder oben noch unten gibt. Im nächsten Augenblick ist diese ganze Masse verschwunden, zurück bleibt ein Sprühen von Richtungen, das Aufsteigen und Fallen des Blitzes. Und gleichzeitig verbinden sich wie in einer Melodie die vorhergehenden Aspekte des Berges mit diesem neuen Aspekt. Kurz, er verändert sich. Eine weitere Kehre, einige vorbeifahrende Autos, ein Fiaker, Peitschenknallen, nach und nach verschwindet der Adler, zuerst der linke Flügel, dann der Kopf, zurück bleibt jene Messerklinge, die der dreifache Fall der Felswand mitreißt, die wegkippt, ins Meer saust und absäuft. Gleichzeitig entdecke ich das Rückgrat der Insel, jenen Grat, der oberhalb von Marina Grande im Norden und Piccola Marina im Süden wie eine Höhenscheide entlangführt, oben von Capri zum Fuß des Monte Solaro. Und da liegt die Stadt an der weißen Felswand, grau, ein brasilianischer Rubin mit dem roten Fleck des Albergo Ercolano, dem einzigen Neapelrot der ganzen Insel. Von unten her steigt eine wollige, hartnäckige Flut von Weinstöcken, Pinien, Zypressen, Korkeichen aus dem Wasser.

Das mythische Capri

Capri soll trocken sein wie eine Mandel, eine Kaktusfeige von außen. Es regnet dort mehr als in London und in Paris. Aber das verheimlicht man den Touristen. Die Bewohner haben auskömmliche Brunnen, in denen sie das Regenwasser speichern. Aber das weiß der Tourist nicht, und man läßt ihn von artesischen Brunnen träumen. Die Flüssigkeiten der Insel entstehen durch Urzeugung aus dem Stein, als lauwarme Kügelchen unter den Weinblättern oder als ölige Sonnen an den scheinbar trockensten Bäumen der Welt: Oliven, die verborgene Zartheit der Ölbäume. Den heimlichen Wunsch erfüllen, der möchte, daß das Mineral eine geheime Flüssigkeit hat. Capri würde sich selbst genügen, wenn der Stein mit Hilfe der Pflanzen seine eigenen Säfte hervorbrächte.

Es gab eine Zeit, da war Capri afrikanisch. Jetzt ist es griechisch. Man nennt es auch romantisch. «Finden Sie unsere Insel romantisch?» fragt mich ein Italiener. Natürlich ist es auch klassisch. Es war englisch, dann deutsch. Jedesmal geht es darum, es festzulegen und es als Afrika oder als Griechenland zu sehen. Kurz, sich von ihm den momentanen Mythos widerspiegeln zu lassen. Es hat sogar ein futuristisches Capri gegeben, als Marinetti auf die Insel kam. Also: Insel des Tiberius, römische Insel, romantische Insel, afrikanische Insel, homosexuelle und symbolistische Insel, futuristische und faschistische Insel, griechische und klassische

Insel. Das Verfahren ist jedesmal gleich: ein Schlüssel, der zum Entschlüsseln nicht paßt. Man denkt Afrika, und man sieht diese so buchstäblich mediterrane Insel an, deren Farben oft die der Alpes maritimes oberhalb von Nizza sind. Da ist eine Verschiebung...

Zunächst übernehme ich eine kollektive Vorstellung. Kein Mensch ist Tourist, wenn er nicht erst einmal respektvoll ist. Da sind die großen Toten, Gorki, Munthe, da sind jene, die Capri gemalt oder von ihm gesprochen haben, bis hin zum letzten, Félicien Marceau. Diese Schriften sind von weitem eindrucksvoll und opak, sie lassen nichts zu sagen übrig. Von nahem sind es weite Maschen, die einigen Platz lassen. Trotzdem. Sie sind alle gegenwärtig, wenn ich den Arco Naturale oder den Monte Solaro ansehe. Sie haben schließlich aus jedem Winkel von Capri ein numeriertes Utensil mit Gebrauchsanweisung gemacht. Sie diktieren eine bestimmte Qualität von Bewunderung. Dann gibt es noch die Spezialisten. Ich habe heute einen, äußerst liebenswürdigen, von ihnen getroffen, Edwin Cerio, aber ich will mich hier nicht lustig machen. Versuchen Sie nicht wie A. Dumas zu sagen, daß die Grotta Azzurra den Römern unbekannt war, Mr. Cerio wird Ihnen beweisen, daß sie täglich darin badeten; und finden Sie ja nicht wie Rilke, daß es zu viele Berge auf zu kleinem Raum gibt, man wird Sie einen oberflächlichen Dichter schelten. Ich muß zugeben, daß der so aus dem Kontext gerissene Satz ziemlich dumm ist. Aber man müßte den Kontext kennen, denn Rilke ist durchaus kein Dummkopf. Schließlich sind da die Geschichten. Wie viele Königinnen namens Albemarle sind hier spazierengegangen, haben geseufzt. Man kann ihren Spuren folgen. Es gibt heute noch jene, die Capri verstehen, eine kleine Aristokratie von Wintergästen. Capri ist also heilig. Es geht nicht darum, es zu sehen, sondern dabei eine bestimmte Qualität von Gefühl zu empfinden. Gewisse, sehr allgemeine Urteile sind erlaubt. Man weiß ja, daß die vielen Versuchspersonen gemeinsamen Reaktionen auf bestimmte Tests *volkstümlich* genannt werden. So hat auch der Capri-Test seine Volkstümlichkeiten. Zum Beispiel als ich auf den kleinen Platz kam mit seinen vier Cafés und hinten seinen Stufen, die auf der einen Seite zu einer weißen byzantinischen Kirche und auf der anderen zu einem beleuchteten Geschäft führen, habe ich gedacht: Theater, Oper. Seit gestern bin ich fünf Personen begegnet, die den Platz Theater, Oper genannt haben. Die eine war eine italienische Romanschriftstellerin, die andere eine belgische Dame, die ich nicht kannte. Ich schlage den Roman von Félicien Marceau auf, *Capri, petite île* [1], der gerade bei Gallimard erschienen ist und den ich hier gekauft habe, und lese: «Man könnte meinen, man sei aus Versehen auf die Bühne eines Theaters geraten.» Da haben wir eine festverwurzelte Volkstümlichkeit. Man braucht es nur noch auszusprechen und, wenn man es nicht fühlt, es gefühlt zu haben. Diese geistigen Exerzitien empfehlen sich dem Touristen. Er ist, öfter als man

1 Deutsch: *Kleine Insel Capri*, 1963. *Anm. d. Ü.*

glaubt, gezwungen, in einem See einen Salon zu sehen. Ich gestehe, daß ich den Aspekt Theater nicht fühle (obwohl ich die Bühne, das Bühnenbild, die Rampe, die stufenförmigen Sitzreihen usw. genau sehe). Ich ziehe Marceaus Vergleich vor: «Die Gassen, die (auf den Platz von Capri) führen, sind kaum breiter als eine Tür und im allgemeinen gewölbt. Es ist, als wäre man in einem Salon.» Und zwar weil ich die Gasse hinten auf dem Platz, jene, die sich nach Osten hin öffnet, tatsächlich für ein Tor zu einem privaten Hof gehalten habe. Aber ich habe unrecht. Die *volkstümliche* Wahrheit steht fest. Daneben haben Sie Nichtvolkstümliches, für das aber die Autorität spricht. Ich habe einfältig wie alle Welt die Bougainvilleen bewundert, die violetten Kronen auf den weißen Fassaden der Häuser. Anscheinend hatte ich unrecht. Die spät eingeführten Bougainvilleen hatten die größte Mühe, sich zu akklimatisieren. Heute überwuchern sie alles und, wird mir gesagt, verschandeln die Insel, verhunzen ihre Farben. Ohne ihre Qualität abzustreiten, wünscht der Capri-Liebhaber, der verständige, sie zum Teufel. Von Bougainville spricht man mit leise knirschenden Zähnen. Ich sehe schon, was sie stört: die Bougainvilleen haben salbungsvolle Blüten, es sind Kardinäle, Monsignori, sie haben eine zügellose Sinnlichkeit, eine etwas unverschämte Üppigkeit, und das Grün der Insel verlangt nicht nach diesem Violett. Ich verstehe sehr wohl, was sie meinen: Capris Sinnenreize sind spröde und leicht und sogar heute noch rustikal; Olivenbäume, Zypressen, Korkeichen, Jasmin unterscheiden sich nicht allzusehr vom

Stein, von dem sie sich nähren, sie haben eine mineralische Kargheit, und ihre Farbtöne spielen von Grau zu Blaugrau über Grünspangrün, Graugrün und Schwarzgrün. In der Nacht, als ich ankam, waren von meinem Fenster aus die Blätter Nebelschwaden, durchsichtige Schärpen. Alles ist mit der Feder gezeichnet, die Farben wirken wie ein etwas verschossener feiner Puder, der auffliegen würde, wenn man daraufpustet. Der Jasmin mit seinen Blüten wie gebleichte und getrocknete Seesterne, die Akazie mit ihren fröstelnden Blättern, andere Bäume mit glänzenden Blättern passen vortrefflich. Die glänzenden und schwarzen Blätter, die Blätter aus bemaltem Zink oder aus Silberpapier, alles, was an die Leichtigkeit dünner Papierblätter oder feiner Metallamellen erinnert, all das geht. Der Stein muß vom Metall ins Pflanzliche und das Pflanzliche in Stein übergehen. Die Erde, die schwarze und fruchtbare fette Erde, die etwas feucht ist und riecht, muß verschwiegen werden, sie benimmt sich daneben. Der Geruch von Flint, der Geschmack von Feuerstein, Salz – das paßt zu der Insel. Das Spiel von Licht und Schatten genügt, um sie zu verdichten, um manche Felsen in schwarze Tinte zu verwandeln, sie dann plötzlich leicht zu machen, ihnen ihre pulvrige Trockenheit wiederzugeben. Kurz, die Insel muß attisch sein, muß einem lebhaften, bissigen Geist nachgebildet sein. Nun schön. Die hiesigen Italiener wollen von den Griechen abstammen, wie die in Rom von den Etruskern abstammen wollen, ein neuerlicher Beweis für den Mißkredit, in den das antike Rom geraten ist...

Rom

Besuch bei Carlo Levi[1]

Rom ist ausgestorben; zwischen den Mauern seiner ehrwürdigen Modergäßchen blüht die Nacht, es ist ein nasses Wäldchen mit Blütenblättern überall: ich muß sie auseinanderbiegen, um weiterzukommen; Sträuße verwelkter Blumen schweben und driften, mich streifend, vorbei, das ist der Regen; ich gehe auf einem schwarzen Spiegel, auf dem rotgrüne Glanzlichter zittern. Eine leere Straßenbahn auf einem leeren Platz zwischen zwei leeren Kirchen und zwei lichtlosen Palazzi: ich bin da. Ein Lichtschlitz unten an einer Mauer: die Bar; zwischen ihrem Nickel gehen junge Männer herum und gestikulieren; sie haben ihre durchnäßten Jacken ausgezogen und über die Schulter geworfen; sie reden über das Spiel Rom gegen Modena, das morgen stattfindet, über Coppi[2], der das Rennen in

1 Italienischer Schriftsteller und Maler, mit dem Sartre befreundet war. Sein Hauptwerk: *Cristo si è fermato a Eboli*, 1945. (Deutsch: *Christus kam nur bis Eboli*, 1947. *Anm. d. Ü.*)

2 Fausto Coppi, der berühmte italienische Radrennfahrer, gewann am Sonntag, dem 14. Oktober 1951, in Lugano ein Zeitrennen. Somit kann Sartres Erlebnis, das ihn zu diesem Text anregte, datiert werden: sein Abend bei Carlo Levi am Samstag, dem 13. Oktober. In Wirklichkeit waren Michelle Vian und wahrscheinlich J.-L. Bost dabei.

Lugano fahren wird: sie wetten um Geld. Leider werde ich nicht in der Bar erwartet: ich habe in der Kaserne da, direkt gegenüber, zu tun, diesem plumpen, von einem Kardinal begonnenen und einem Papst fertiggestellten Gebäude; sie zu bauen hat fast die ganze zweite Hälfte des 17. Jahrhunderts gedauert;[1] sie erweiterte sich ständig, die kleinen Häuser um sie herum hüpften wie Flöhe, und die Römer sahen zu, wie sie hüpften; Pasquino verglich diesen Palazzo mit Neros Domus Aurea; aber mich erinnert er eher an die Kaufhäuser, die die Pariser Ende des letzten Jahrhunderts plötzlich aus der Erde schießen sahen, wähend die Einzelhandelsläden um sie herum eingingen. Natürlich wird die Geschichte von der alten Frau berichtet, die ihre Kate nicht verkaufen wollte; der Papst befahl, sie zu verschonen, und die Bauarbeiten wurden rechts und links der Hütte fortgesetzt, ohne daran zu rühren; anscheinend weist das Gebäude an der Seite noch die Spur der päpstlichen Mäßigung auf: ein kleines Fenster, das die Harmonie der Linien stört. Hundert Jahre später hat die Anekdote in Preußen erneut hergehalten: die Alte hat das Geschlecht geändert, sie ist der Müller von Sanssouci[2] geworden. Diese Geschichte taucht jedesmal wieder auf, wenn der Großgrundbesitz sich daranmacht, den Kleinbesitz zu ruinieren; ein schwa-

1 Es handelt sich um den Palazzo Altieri an der Piazza del Gesù, in dem C. Levi damals wohnte.

2 Held einer Anekdote um Friedrich II., die Ähnlichkeit mit der um die alte Frau und den Papst hat.

ches Echo davon findet sich in *Au Bonheur des dames*[1]. Unterdessen war der Papst gestorben und mit ihm seine Familie ausgestorben: Untergang des «Hauses», übrig bleibt der Palazzo, sein Double aus Stein, einsam wie eine Insel, wie die Kaufhäuser *Bon Marché* oder *Printemps*; heute ist er nur noch ein Mietshaus, grau, unfreundlich und schwer zu heizen: er erdrückt die umgebenden Gassen, und seine große Tür zwischen zwei ionischen Säulen führt ins Dunkle. Ich muß hinein und meinen Freund L. suchen, der sich darin versteckt. Entschlossen, zu verlieren, mich darin zu verlieren, gehe ich also hinein: ich mag das 17. Jahrhundert nicht. Säulenhalle, Pfeiler, schmiedeeiserne Lampen mit von den Jahrhunderten verrauchten Glasscheiben, umgeben von fahlen kleinen Aureolen, die das Dunkel noch schwärzer machen. Es gibt, scheint es, einen Concierge, der sehr schöne Geschichten über die früheren Mieter erzählt. Aber wo finde ich ihn? Ich rufe schwach: «Concierge!», und meine Stimme verliert sich in der Stille einer Kathedrale. Ich gehe ein paar Schritte, nur zur Beruhigung des Gewissens (die Beruhigung des Gewissens und der Zwang zum Scheitern sind ein und dasselbe); ich treffe wieder auf die Regenalgen, den malvenfarbigen Himmel über einem riesigen Kasernenhof; stellenweise leuchtet die Mauer schwach: das sind die Fenster; warum hat mein Freund L. sich ausgerechnet das 17. Jahrhundert zum Wohnen

1 Von Émile Zola (deutsch: *Zum Paradies der Damen*, 1890). *Anm. d. Ü.*

ausgesucht? Ich gehe zurück zu einem Treppenaufgang rechts vom Eingang. Ich wußte, daß sie da ist, diese Treppe. Bei diesem kohleartigen Licht drängen sich die Dinge nicht schlagartig auf; man sieht sie erst einmal nicht, und dann, wenn man sie entdeckt, merkt man, wie im Traum, daß man sie schon gesehen hatte. Blankgescheuert wie Weihwasserkessel, hoch wie Sockel, verlieren sich die breiten antiken Stufen im Halbdunkel. Warum nicht? Unter einer an einem Draht hängenden Glühbirne beginne ich den Aufstieg, ich arbeite mich in die steinernen Eingeweide des Jahrhunderts der Klassik vor. L. hat diese Stufen in seinem Buch erwähnt: anscheinend hat ein früherer Mieter, ein Amerikaner, sich nicht bremsen können, sie hoch zu Roß hinaufzureiten.[1] Ich verstehe ihn, diesen Reiter: für jemanden, der gleichzeitig diese Treppe und ein Pferd besitzt, muß die Lust unwiderstehlich sein, dieses auf jene zu bringen. Ich hebe das Bein hoch, und jeder Schritt lehrt mich, daß man ein Pferd oder eine Statue sein muß, um diese Stufen zu erklimmen. Eine Miniaturpferdestatue, eile ich die Tritte dieser Statue von Treppe hinauf und stehe auf einmal, außer Atem, mitten in einem runden Vestibül mit Marmorplatten; die Finsternis ist überall, im Licht aufgelöst, in dessen Strahlen schwebender Ruß; durch diesen dichten, gelben Nieselregen glaube ich eine Tür aus grüner Bronze zu erkennen. Ich trete

1 In seinem Roman *L'orologio* (*Die Uhr*), erschienen 1950, beschreibt Carlo Levi den Palazzo Altieri und erzählt diese Anekdote. Ein Auszug aus dem Roman wurde im Januar 1952 in *Les Temps Modernes* veröffentlicht.

näher: nein, sie ist weder aus Bronze noch grün, und *ich bin nicht* unter dem Peristyl eines Tempels; ich blicke nach oben: es ist doch ein Tempel. Ich lese: «Konsortium der italienischen Banken». Ich weiß, was hinter dieser Tür ist: eine Flucht leerer Säle, Decken mit Fresken, Stuck, antiken Statuen, ein gekachelter Boden und ab und zu ein Sessel, dessen Füße sich bei Tag im Marmor spiegeln. Stille, Kälte, Abwesenheit: der abstrakte Pomp der Bank vermählt sich mit der düsteren Größe des 17. Jahrhunderts. Auf dem Schreibtisch des Präsidenten bedeckt die Perücke Ludwigs XIV. einen Telefonapparat. Ich werfe mich auf eine weitere Treppe. Zu meiner Rechten das Geländer und die Leere; zu meiner Linken, an einer kreidigen Steilwand, sieht ein abgetrennter Kopf mich an, ich beschleunige den Schritt; weitere Ungeheuer treten mir im Vorbeigehen zur Seite und beobachten mich schweigend, ein Grammatiker im Talar beugt sich zu mir, ich haste, von diesen Stuckaugen verstört, erspäht, zur Statue gemacht, weiter, hebe den Fuß hoch wie ein Pferd, spüre die klassische Noblesse meine Beine hinauf in meinen Bauch steigen wie die Kälte des Schirlingsgiftes, und plötzlich schießt ein Finger aus dem Dunkeln; ein Ringfinger von der Größe eines Mannes, leicht gekrümmt, an der Wurzel widerlich fett, der gerade aus einem Riesennasenloch oder -ohr kommt. Wird er sich zu mir herabsenken, um auf mich zu deuten? Es kommt mir vor, als zelebrierte ich einen einsamen Ritus einer gewaltigen Zeremonie, deren Sinn mir verborgen bleibt. Ist es möglich, in diesem Haus zu wohnen, zehnmal am Tag diese Treppen hinauf- und hinunterzugehen, ohne daß sich das Blut in den Adern in antiken Gips verwandelt?

Jedenfalls ist es eine nützliche Gymnastik. Auf einem Treppenabsatz angekommen, drehe ich mich um, und alles verflüchtigt sich: verkehrtherum, büßt diese übereinandergeschichtete Stufung ihre Noblesse ein; gräulich und gelb verschmiert, in einen Nebel, den man nicht atmen kann, eintauchend, sieht sie ganz einfach aus wie eine Metrotreppe. Ich gehe ein paar Schritte. Überall geschlossene Türen; ein Korridor; ich folge automatisch diesem Ariadnefaden: einer Gipsspur, die sich über die Fliesen schlängelt; der Korridor wird zur Baustelle: Leitern, Holzbalken; eine aus den Angeln gerissene Tür lehnt zwischen zwei Haufen trockenem Gips an der Wand; ein Stück weiter Backsteine und Gipsbrei in einem Eimer. Kein Mensch zu sehen, natürlich. Ich steige ein paar Stufen hinauf, und die Nacht beleckt mich, Tränen rollen über meine Hände: ich gehe unter offenem Himmel über eine Brücke zwischen zwei Gebäuden, ich komme in eine Arbeiterstadt, düster, kohleartig, mit ihren endlosen Gassen, ihren braunen Türen zu beiden Seiten des Korridors, ihren Brunnen, die man von weitem murmeln hört und an den Kreuzungen entdeckt, ihren Ladenschildern, ihren Plakaten. Nicht ein Fenster: zwanzig Meter über der Erde ist es, als wäre man in den Katakomben, in einem Luftschutzkeller aus dem letzten Krieg. Eine Zwergin taucht aus einem Korridor auf und kommt mir auf schlurfenden Latschen entgegen: es wurde Zeit, ich war drauf und dran, mich für ein Gespenst zu halten. Sie aber wirft mir im Vorbeigehen einen furchtsamen Blick zu, und ich lese in ihren Augen, daß sie nicht ganz sicher ist, ob ich nicht eines bin. Dieses Viertel muß verrufen sein: sie beschleunigt den Schritt. Als sie an mir vorbei ist, drehe ich mich um und sehe, daß sie sich auch umdreht; jeder fühlt seine Fremdheit im Blick des andern: ich denke: «Was macht diese Sizilianerin unter dem Dach dieses klassischen Palazzos?» (Das ist poetische Geographie: sobald ich in Italien ein fünfzigjähriges Frauchen sehe, halte ich es für eine Sizilianerin); sie denkt: «Was macht dieser Tourist in den Korridoren unserer Stadt?» Sie verschwindet, ich wache auf: na, also! Ich weiß doch genau, daß ich mich absichtlich verirrt habe; ich bin zu weit nach oben gegangen, L. wohnt im Stockwerk darunter. Er hat mir die Topographie dieser vertikalen Stadt genau erklärt: die Wohnungen des Mittelstandes zu 40000 und 60000 Lire monatlich liegen im zweiten Stock, zwischen den fürstlichen Büros der Finanzwelt und den Unterkünften der einfachen Leute. Ich kehre um. Flure, die Brücke, die Nacht, wieder Flure, die Gipsspur, ich gehe die Treppe wieder hinunter, ich finde linker Hand einen kleinen Korridor, ich klingele, ich höre das Klingeln sehr weit weg in einer hohlen Stille; ich warte. Nach einer Weile höre ich ferne, zögernde Schritte, die endlos lange brauchen, bis sie näher kommen.

«Wer ist da?»

«Ich möchte zu L.»

Keine Antwort. Ich lasse nicht locker:

«L., der Schriftsteller. Wissen Sie, wo er wohnt?»

Wieder Schweigen. Der Typ kauert mit angehaltenem Atem hinter seiner Tür; er hat Angst: zuviel Halbdunkel, zuviel Leere, zu viele Wände; sobald die Sonne untergeht, herrscht über diesem Anwesen die Angst. Ich vermute, die Schreie wären von einem Stockwerk zum andern schlecht zu hören; jede Wohnung ist ein abseits gelegenes Haus an einer gefährlichen Straße. Jemand *fürchtet* mich, auf der anderen Seite der Tür; ich fühle mich so schrecklich, daß ich anfange mir selbst angst zu machen. Ich wollte mit ihm sprechen, aber meine Stimme bleibt im Hals stecken; ich bin ein barocker Golem, eine Gipsstatue mit Perücke; ich gehe weg und lasse meine Schritte auf den Fliesen hallen, um mein Opfer zu beruhigen. Noch ein Korridor, genauso wie der andere; noch eine Tür. Ich klingele. Diesmal bin ich richtig: auf der Wand zur Rechten entziffere ich Beschriftungen, die mich aufklären.

> *«L. hatte dem Vermieter versprochen, am 6. August auszuziehen. L. hat sein Wort gebrochen. Welcher Römer wird L. von nun an für einen ehrlichen Mann halten?*
>
> gezeichnet: *Der Vermieter, Beppo Silente.»*

Darunter, in einer anderen Schrift:

> *«L. hat die Wohnung an Frau Rena Reni vermietet und braucht Beppo Silente keine Rechenschaft abzulegen. Die Römer werden ihm ihr Vertrauen be-*

wahren, und Herr Silente würde besser daran tun, seine eigenen Wände nicht mit dummen Beschriftungen zu beschmutzen.

gezeichnet: *L.*»

Darunter, wieder in der ersten Schrift:

«*L.! L! Ihre Freunde haben im Mondschein Katzenmusik gemacht, und Sie kennen die Folgen. Arme Frau Joy! Werden Sie nun endlich ausziehen, werden Sie ausziehen?*

gezeichnet: *Beppo Silente.*»

Und wieder L.:

«*Römer, bin ich verantwortlich für die Serenaden, die die Kinder Garibaldis den Amerikanerinnen bringen?*»

L. fragt auf der andern Seite der Tür:

«Chi è?»

Auch er scheint sich nicht sehr sicher zu fühlen. Ich sage schnell:

«Ich bin's.»

«Ich habe auf Sie gewartet.»

Ich höre ihn den Riegel aufschieben und die Kette herausnehmen und denke an unsere kleinen Pariser Wohnhäuser, in denen wir so beengt sind, daß jeder von uns Stunde für Stunde sagen kann, was der Nachbar tut. Genau in diesem Augenblick, einsam in der Tiefe des für sie zu großen Quirinals, schlottert womöglich die italienische Republik, personifiziert von Herrn Einaudi, ihrem Präsidenten.

«Kommen Sie herein!»

Ich trete ein, ich gehe hinter L. durch einen langen Flur. Ich sage:

«Ich habe sehr schöne Graffiti auf Ihrer Wand gesehen.»

Er lacht, ohne sich umzudrehen:

«Mein Vermieter ist ein Poet. Er könnte mich per Einschreiben beschimpfen; so würde man es bei Ihnen machen, stelle ich mir vor. Aber er will seine Beleidigungen in Stein gravieren.»

Er dreht sich um:

«Haben Sie die Inschriften ein Stockwerk höher gesehen?»

«Nein.»

«Dann haben Sie was verpaßt. Da finden Sie alles: Zeichnungen, Geständnisse, Gedichte; es gibt Erotisches, Jagd- und Kriegsberichte, Klagen, Liebeserklärungen, Verabredungen und Kleinanzeigen. Unsere Wände sind so hoch und so weiß: man muß sie einfach schmücken. Eines Nachts, als alles schlief, ist ein Schuster mit einem Schemel und einem dicken Rotstift aus seinem Zimmer gekommen. Er ist auf den Schemel gestiegen und hat seine Lebensgeschichte auf die Wand geschrieben; dafür hat er vier Stunden gebraucht. Danach ist er wieder hineingegangen und ist wieder auf den Schemel gestiegen, um sich aufzuhängen. Das hier ist mein Studio.»

Ein einziger Raum. Fünf Meter hoch, zehn Meter

lang, acht Meter breit. Ungefähr die Maße unserer Baracke im Stalag XII D[1]. Wir fanden zu 158 Platz darin. Wir gehen durch den Saal, um uns auf zwei Sessel am Fenster zu setzen.

«Mein Schlafzimmer.»

Ich wende mich um: er deutet auf eine Steintreppe rechts vom Eingang, die zu einer von einem orange Stoffvorhang abgeschirmten Galerie führt. L. ist der erste Römer, der mir keine Vorliebe für die Leere zu haben scheint. Diesen riesigen Saal mit Kassettendecke hat er zu füllen versucht. Aber nicht mit Möbeln: mit den Bildern, die er gemalt hat. Es sind mehr als dreihundert, die einen – sehr wenige – hängen an der Wand, die andern stapeln sich auf dem Boden. Er malt noch mehr, als er schreibt. Über mir hängt eine große Marionette an einem Nagel, ein puppenhafter Ritter in seiner Rüstung.

«Ist der aus Palermo?»

«Ja.»

Ich denke an den Marionettenspieler zurück. Er hatte einen langen Stock, um die Kinder zu schlagen, die zu laut schrien. Ich stehe auf, ich sehe mir den schönen Krieger mit den Jungmädchenwangen an.

«Er schielt ja.»

«Klar. Das ist Orlando.»

«Orlando? Roland?»

Im palermischen Theater schielt Orlando. Sie haben

1 Der Tourist war, wie der Verfasser, im letzten Weltkrieg Gefangener im Stalag XII D.

sehr spezielle Vorstellungen von den Paladinen. Reinold zum Beispiel führt eine regelrechte Gang an; er stiehlt alles, was er findet. Es gibt auch eine Amazone, die alle Welt terrorisiert; um sie zu töten, müßte Orlandos Schwert ihr Geschlecht durchbohren. Eines Tages stiehlt Reinold dieses Schwert, legt sich auf den Rücken und stellt sich tot; als die Amazone vorbeigeht, hebt er den Arm und verletzt sie zwischen den Beinen.

Auf einem Sekretär bemerke ich zwei Pferdestatuetten: winzige Köpfchen auf mächtigen, aufgeblähten Kaltblutleibern. Sind sie afrikanisch? Etruskisch?

«Das ist Käse. Ich bekomme ihn aus Kalabrien.»

«Sieht aus wie Steingut.»

«Je tiefer man in den Süden kommt, um so mehr nähert sich die Nahrung dem Stein oder dürrem Holz an. Kein Wunder: sie müssen ja lange konserviert werden. Sehen Sie sich diese Wurst an.»

Man könnte sie für ein Holzscheit halten; doch die glänzende, harte, scharfkantige Scheibe sieht aus wie schwarzer Quarz.

Die Pferde rahmen eine Votivstatuette ein, deren Stein mürber wirkt als die Milch, aus der sie geformt sind. Die Bauern im Süden graben häufig solche Statuetten aus; sie schenken sie ihren Kindern. Ein kleines Mädchen spielte mit dieser in ein Stück Stoff gewickelten Göttin «Mutter und Kind». Es war gern bereit, sie gegen eine echte Porzellanpuppe mit Schlafaugen einzutauschen. An der anderen Wand hängt ein neapolitanischer Policinello aus Wachs. Aber nichts, nicht einmal jener feierliche antike Ofen, dessen gebogenes

Rohr den Raum in seiner ganzen Breite kreuz und quer durchzieht, noch die Bücher, mit denen der Boden übersät ist, nichts kann die unersättliche römische Leere füllen; sie zerfrißt alles, es ist eine tödliche Krankheit. Dieser Krimskrams schwebt; er hat, von der Leere halb verschluckt, kein Gewicht; dieser belanglose Firlefanz schafft es nicht, den Raum als solchen zu kaschieren. Mein Freund ist nicht *bei sich* zu Hause; dieser Saal gehört nicht dem Menschen; einzig der Koloß könnte ihn bewohnen, der seinen kleinen Finger im Treppenhaus gelassen hat.

«Legen Sie Ihren Mantel ab.»

«Nein. Nein, nein.»

Ich werde meinen Regenmantel nicht ausziehen. Der Ofen heizt, aber es ist eiskalt; erstaunt betrachte ich L., der in dieser Bahnhofshalle Hausjacke und Pantoffeln trägt. Regnete es nicht, würde ich ihn in einen dieser intimen Salons in einer Straße von Rom schleppen, wo man in Pantoffeln und Morgenmantel herumlaufen kann, ohne daß es unpassend wäre. Ich trete ans Fenster: der Regen fällt immer noch. Ich setze mich unbehaglich wieder hin. Die Glühbirnen, die das Zimmer beleuchten, sind sauberer und neuer als die Flurlampen, aber es ist das gleiche gelbe Licht.

«Waren Sie dieser Tage weg?»

«Ja», sagt er. «Ich habe in Sizilien eine Reportage für eine Mailänder Zeitung gemacht.»

«Impelleteri?»

«Natürlich. Ich war in seinem Dorf; und ich habe ihn weinen sehen. Er schluchzte, die kleinen Mädchen aus dem Waisenhaus weinten, und seine Frau sah ihn an. Sie können sich nicht vorstellen, was Italien aus ihm gemacht hat.»

«Was hat es aus ihm gemacht?»

«Einen Italiener, ganz schlicht und einfach. Vorbei der *gringo*; weg das Make-up von New York und Connecticut, die puritanische Schminke dieses Katholiken: sein Gesicht war nackt, ich habe sein krauses Haar, seine pathetischen Falten, seinen breiten, dünnen und bitteren Mund gesehen. Seine Frau ist während der ganzen Reise klar und kühl geblieben; der Norden im tiefen Süden. Er setzte sie in Erstaunen, glaube ich; und ich habe den Eindruck, daß sie fand, er weinte zu laut. Ihr wären ein paar stille Tränen lieber gewesen. Ich vermute, sie hat wohl im Lauf des Abends erkannt, daß es ein großartiger Erfolg war.»

«Ein Erfolg?»

«Allerdings! New York ist die größte italienische Stadt der Welt. Wen, meinen Sie, werden die Italiener bei den nächsten Kommunalwahlen wählen?»

«Er hat doch nicht absichtlich geweint.»

«Bestimmt nicht. Die Reise, das war Wahlpropaganda mit ein bißchen Werbung für die NATO. Aber die Tränen sind echt: er beweinte sein Schicksal. Aber jedenfalls wird es nicht schaden. Diese Tränen werden der kommunistischen Propaganda einige Argumente wegnehmen.»

Er lächelt.

«Italien hat ihn geschafft. Er war, wie Sie wissen, seit 1901 nicht mehr hier. Er wird, ganz von wunderlichen

Verhaltensweisen und giftigen Gesten durchdrungen, nach New York zurückkehren.»

Er zündet sich eine toskanische Zigarre an.

«Isnello ist 83 Kilometer von Palermo entfernt. Vierzig Kilometer weiter ist eine Schwefelgrube. Die Bergleute haben gestreikt. Ich bin mit meinem Fotografen in meinem 4 CV hingefahren. Eine der Minen ist von den Bergleuten besetzt, die andere wird von der Polizei bewacht. Wir sind in einen ausgestorbenen kleinen Weiler gekommen, der Isnello wie ein Bruder ähnelte. Es fing an zu regnen; ich wollte den Minenbesitzer treffen, aber das war nicht so einfach. Ich habe an alle Türen geklopft, und niemand wollte mir aufmachen. Schließlich habe ich erfahren, daß er sich im Gasthaus verbarrikadiert hält. Ich bin hingegangen, ich habe eine Stunde verhandelt, bis man mich in den Gastraum hineingelassen hat. Man hat mich durchsucht und vor ihn hingestoßen. Er saß an einem Tisch, umringt von seinen Söhnen, Schwiegersöhnen und Neffen, die alle standen, mit Gewehren; ich habe ihn trotz des Halbdunkels gut gesehen, das ist ein hartgesottener alter Kauz, angezogen wie ein armer Schlucker. Seine Familie gehorcht ihm aufs Wort. Er hat mich einem regelrechten Verhör unterzogen, und am Ende war er ein bißchen milder gestimmt, aber er wollte sich nicht fotografieren lassen. Er war einfach nicht dazu zu bringen, über den Streik zu sprechen: er sagte, er hätte mich empfangen, weil er eine Pressemitteilung zu einem Pamphlet machen wollte. Die Arbeiter haben vom Lehrer ein Pamphlet gegen ihn schreiben lassen; und dieses Pamphlet war bitterböse. Er hat über die Undankbarkeit der Menschen geklagt und hat die Angaben in dem Pamphlet bestritten; er sagte, vor fünfzig Jahren hätte man dessen Verfasser getötet. Er schien besorgter wegen des Pamphlets als wegen des Streiks. Ich habe ihn gefragt, ob ich dieses Pamphlet lesen könnte, und er hat eine Schublade im Tisch aufgezogen; ich habe die Broschüre gesehen, sie war dünn und lang mit einem weißen Deckblatt und einem Schwanz in Rot. Er hat die Schublade plötzlich wieder zugemacht und hat gesagt: ‹Ich habe es nicht.› Einer seiner Söhne hat gesagt: ‹Ich habe es.› Der Alte hat ihn wütend angesehen, und sie haben leise miteinander geredet; ich konnte nichts hören, und außerdem verstehe ich den Dialekt nicht. Schließlich hat der Alte gesagt: ‹Er hat es zu Hause gelassen. Mein Enkel führt Sie hin; dann kommen Sie wieder und lesen es hier.› Wir sind dem Kleinen gefolgt, wir haben das Dorf verlassen und sind durch den Regen gelaufen. Als wir am Fuß eines Hügels ankamen, hat er uns eine Fratze geschnitten und ist weggelaufen. Wir haben uns angesehen, und dann haben wir den Hügel angesehen: Polypen kamen mit Maschinenpistolen und Revolvern auf uns zugelaufen. Hinter dem Hügel lag die Schwefelgrube, die von der *celere* [1] bewacht wurde, der kleine Halunke hatte uns verpfiffen. Zum Glück kannten sie meinen Namen und haben uns wieder laufenlassen, als sie meine Papiere gesehen haben. Wir sind zurückgegangen. Der Regen hatte aufgehört, aber das

1 Ital.: Polizeistreife. *Anm. d. Ü.*

Dorf blieb ausgestorben: verriegelte Türen, geschlossene Fensterläden und, mit Sicherheit, Kerle mit Jagdgewehren hinter den Fenstern. Es war Sonntag; das Dorf roch nach Aufruhr und nach Sonntag, beides zugleich. Auf dem Dorfplatz keine Menschenseele. Wir gingen durch eine armselige kleine Straße; auf einmal geht eine Tür auf, ein Typ kommt heraus, drückt mir ein kleines Heft in die Hand und knallt die Tür wieder hinter sich zu: es war das Pamphlet. Ich schlage es auf: es war in Versen. Aber ich hatte keine Zeit, viel zu lesen: etwa zwanzig Kerle umringten uns, sie hatten keine Waffen, aber Fäuste, mit denen sie einen Ochsen totschlagen konnten, und sie machten keinen Spaß. Diesmal waren es die Streikenden. Zum Glück haben sie mich erkannt. Sie haben mich in die Kneipe mitgenommen, die ihnen als Hauptquartier dient. Sie hielten seit drei Wochen durch, fast ohne Essen, mit kleinen Portionen Reis und Nudeln, die sie aus Neapel bekommen. Wenn sie noch einen Monat durchhalten, haben sie gewonnen. Ich habe in Palermo Mittel und Wege gefunden, daß ihnen Lebensmittel geschickt werden. Ich habe vier Stunden in diesem Nest verbracht. Als ich wieder nach Isnello kam, schrie die Menge immer noch, und Impelleteri spazierte unter dem Regenschirm des Bürgermeisters durch die Straßen. Sie haben zweitausend Dollar für das Waisenhaus gestiftet.»

Das Pantheon und die Matrosen

Seit Donnerstag wohne ich in einem Priesterhotel. Ringsum das Viertel San Sulpicio: Klöster, erbauliche Artikel, Schneider für Geistliche. Als Zimmernachbarn habe ich einen schwarzbehaarten Priester, der ab zehn Uhr schnarcht und im Morgengrauen beim Rasieren singt; durch die dünne Trennwand höre ich die Rasierklinge über seine Wangen schaben.

Halb neun. Ich ziehe mich an und gehe aus dem Haus. Klarer Himmel; Rugbygetümmel unter dem Portikus des Pantheons: mit gesenktem Nacken, Ellbogen am Körper, Schädel an Schädel, scharen sich amerikanische Matrosen im Kreis zusammen; oben auf die Zusammenballung hat man einen ovalen Kopf gelegt, der spricht; sie werden ihn beim ersten Pfiff in die Luft werfen und zwischen die Säulen rennen, um ihn wieder zu fangen. *(1942: in Viererreihen drehten die deutschen Bauern hinter einem Führer ihre Runde um die Place du Tertre.)* In allen westlichen Führungsstäben haben Verwaltungsoffiziere irgendwann im letzten Weltkrieg, ohne einander zu kennen, den Militärtourismus erfunden und die Stäbe dazu bewogen, ihn zu übernehmen. Der Krieg als Kulturmittel: man zeigt dem Soldaten Ruinen, damit er sie als Vorbild beherzigt. Die *fleet* weiß seit gestern, daß Rom einen Teil seiner Zacken den napoleonischen Truppen verdankt, die es plünderten; gleich wird man sie in den großen runden Saal unter der Kuppel schieben, man wird ihnen einflüstern, daß die Orsinis lange darin in Garnison gelegen haben; so werden sie erfahren, daß jedes öffentliche Gebäude eine verkappte Kaserne ist. Der Militär läßt nicht lokker: in jeder Ruine ahnt er das künftige Monument voraus, wenn die Zeit da ist, wird er seine eigene Zacke machen. Der Kopf spricht: «Sechzehn monolithische Säulen ..., zwölf Meter fünfzig hoch ...» Diese Matrosen sind junge Mädchen: sie haben lange Schenkel und einen kleinen Hintern, schmale Hüften, rosige Wangen. Sie öffnen sich fächerförmig, gleiten über die Fliesen wie *girls* und entdecken den Führer, einen ausgehungerten langen Intellektuellen, hinten in seinem Schrein: sie breiten sich im Halbkreis aus, jeder stützt sich auf den Nebenmann, sie betrachten die sechzehn Säulen mit ehrfürchtiger Verwirrung. Römer bleiben auf dem Platz stehen und schauen sie an; ich schaue die schauenden Römer an. (Damit hört es nicht auf: ich bin sicher, daß ich heimlich beobachtet werde.) Die Matrosen haben Augen aus Wolle, sie finden, daß Rom ein großes mexikanisches Dorf ist und daß diese Ruinen mitten auf dem Platz ungewöhnlich sind; die Römer haben Vogelaugen, sie finden, daß die Matrosen inmitten der Ruinen ungewöhnlich sind. Die Matrosen denken an ihre Mütter, schöne Alte, die an Geburtstagen tanzen; um verehrungswürdig zu sein, muß ein Kunstgegenstand Ähnlichkeit mit ihnen haben: alt kann er sein, aber er muß noch zu etwas taugen. Eine Kirche ist in Ordnung: man liest darin die Messe. Aber ein Tempel? Die Römer denken, daß die Kultur im Sterben liegt. Jener dicke, olivgrüne junge *signore* trägt eine Lederaktentasche; er hat gestern in der *Fiera Letteraria* gelesen: «Die Kultur retten. Das Problem Nummer 1 für den zeitgenössischen Denker.» Ich habe den Artikel gelesen und mußte lachen: man rettet die Kultur nicht, man macht sie. Es hätte heißen müssen: das Problem Nummer 1 für den Italiener ist es, seine nationale Industrie zu retten, den Tourismus. In welcher Form kann man den Stein für diese neuen Mägen verdaulich machen? Es geht darum, Vergangenheit gegen Dollar an Leute zu verkaufen, denen die Vergangenheit schnuppe ist. Oh, *ich* weiß, was gemacht werden muß, was sie am Ende machen werden, womit sie schon angefangen haben: eine schöne, leichte und neue amerikanische Stadt mit geraden Straßen, mit Parks aufbauen, in den blumengeschmückten Grünanlagen nur das Wesentliche bewahren, einige markante Denkmäler, eine gut gemachte Auswahl von Proben. Die Kaiserforen sind eine unnütze Wiederholung des Forum Romanum: man braucht nur eins zu behalten. Die Thermen des Diokletian abreißen, da die Caracallathermen besser erhalten sind; das Kolosseum retten, aber das Marcellustheater opfern. Die sieben Hügel schön freilegen und numerieren: ich habe Australier gesehen, die ihr Geld zurückhaben wollten, weil sie nur sechs gesehen hatten. Eine Ansprache des Papstes aufnehmen, die abgespielt wird, wenn man die Tür des Petersdoms öffnet; oben auf dem Monte Mario ein riesiges Diorama errichten, das das antike Rom darstellt; dem Touristen zu jeder Tages- und Nachtzeit Flugzeuge und Hubschrauber zur Verfügung stellen, die ihm die Stadt von oben zeigen. Aber vor allem sterilisieren, desinfizieren, desodorieren; die alten Zahnstümpfe ausreißen, die hohlen Zähne plombieren, die sich vor dem Himmel erheben, Kronen und Brücken einsetzen, kurz, den Eindruck erwecken, daß dieser alte Kiefer noch zu etwas taugt. Die neuen Touristen haben den Schrecken vor dem Sterben tief in ihrem Herzen verschlossen; diese Gebeine in der Wüste sollen sie ja nicht daran erinnern, daß man stirbt. Und da der Tod drüben ein ungezwungener Abschied, ein geselliges Ereignis ist, sollten die Italiener aus Rom einen *funeral parlour* machen. Steckt die Ruinen in Satin, in Seide; legt diese gewaltigen Dragees in eine Bonbonnierenstadt. Die Europäer kamen ins Kolosseum, um von ihrem Tod zu träumen. Aber die Europäer haben keinen roten Heller mehr, und die heutigen Touristen haben keinen Sinn für den Tod. Man muß neue Motive finden, die Ruinen zu lieben, oder man geht ein. In Forest Lawn hat man einen Zweck für Antikes gefunden: die Apollos und Dianas ersetzen auf den Gräbern die arbeitslosen Engel, weil von Los Angeles aus gesehen die antiken Toten viel weniger tot sind als die christlichen Toten; sie sind halb ins Imaginäre entrückt; und außerdem schiebt man die unangenehme Vorstellung vom Jüngsten Gericht und von der Hölle weg. Aber nur unter der Bedingung, daß die Ruinen jenseits des Atlantiks nicht darauf beharren, den heiligen Schauer angesichts des Todes zu verursachen. Diese Sturheit würde Hunderttausende von Statuen, Stelen und Kapitellen in die Arbeitslosigkeit stürzen. Schließlich wurden diese

Säulen serienmäßig hergestellt; mit welchem Recht erheben sie Anspruch auf Einzigartigkeit? Es waren Unfälle, die diese eine hier einmalig auf der Welt gemacht haben: einmalig wie ein Buckliger, Krummbeiniger, Beinloser; man hat sie fallen lassen. Kurz, der Tod macht sie unnachahmlich; sie ging, angesengt und rissig, aus dem Brand eines Tempels hervor. Tot, umsteht der Tempel sie doch noch. Kurz, sie spiegelt uns die Vermählung des Einzigartigen mit dem Tod wider, eine typisch christliche Verbindung, die die Amis gerade verbergen, so gut sie können, die wir aber, die Christen Europas, leidenschaftlich lieben. Römische Säulen, die Christen ihren christlichen Tod widerspiegeln, das sind die Ruinen von Volney bis Barrès. Aber genau das muß sich ändern; für den Amerikaner gibt es eine gewisse Anzahl von Unterschieden zwischen dem Menschen und der elektrischen Schildkröte: Schweißabsonderung, Verstopfung, Mund- und Achselgeruch, die Feuersbrunst und den Tod. Er versucht sie soweit wie möglich zu verringern, und vorläufig geht er schweigend darüber hinweg. Diese Ruinen kann man nicht mehr machen, und, um ehrlich zu sein, man kann überhaupt keine Ruinen machen und wird es nie können. Aber sagen Sie es nicht. Sagen Sie ihm nicht, daß man den kapitolinischen Jupitertempel nie wird rekonstruieren können: ein Geheimnis ist für immer verlorengegangen, er könnte das Irreparable ahnen und Angst bekommen. Bestärken Sie ihn in seinem Glauben, die Ruinen seien die Produkte einer blühenden Industrie.

Darauf werden Sie wahrscheinlich entgegnen, daß er davon ohnehin allzu überzeugt ist und daß es in Massachusetts Fabriken für korinthische Säulen gibt. Dann überzeugen Sie ihn davon, daß er es hier mit Prototypen zu tun hat. Er möge zwischen den Steinen, den Gräbern umhergehen wie in einer Architekturausstellung in der Absicht, einen Blick auf die Modelle zu werfen, die ihm eine Idee für sein Landhaus geben sollen: Phokassäule, ausgezeichnet, welche Maße, 55 Fuß. Das müssen Sie mir auf 35 verkürzen. Ich werde zu beiden Seiten der Tür meines Kolonialhauses eine aufstellen. Das ist der Kolonialstil, der alte. Ich weiß. Er ist verlorengegangen. Der Tourismus geht von der Vorstellung aus, der Tod sei ein vollständiger Verlust und man könne durch fromme Meditation sein Ausmaß ermessen. Der Tod, das Vergessen, das Unersetzliche, die verlorenen Liebesmühen, die versäumten Gelegenheiten – das ist die tägliche Nahrung des Touristen. Der Tourismus ist eine Blume des Bösen. Aber diese blonden Abels, verbohrt in ihren Haß auf einen einzigen Kain, glauben nicht an das Böse. Wenn Sie meinen, unsere Großväter hatten Vorlieben und Glücksgefühle, die weder wir noch unsere Söhne je kennenlernen werden, dann können Sie ein Kunde für Italien sein. Wenn Sie aber glauben, der Bordeauxwein sei heute besser als 1780, und damals gab es außerdem keine Weinlagen und keine *appellation contrôlée*, wenn Sie glauben, daß ich alle Lüste genießen kann, die sie genossen, und daß sie nicht mit dem Flugzeug fliegen konnten, dann schaden Sie dem italienischen Geschäft.

Metamorphosen

6 Uhr abends

Konzert im Kolosseum. Donizetti, Verdi, Rossini heißt es im Programmheft. Und auch: «Heute abend wird das Kolosseum beleuchtet wie zur Zeit der Märtyrer.» Man hat die Arena mit Holzdielen ausgelegt. Sessel, Stühle. Auf dem Weg zu meinem Platz in der fünfzehnten Reihe irritiert es mich, auf diesem Belag zu gehen – ein Clown, ein Stier, ein dressiertes Pferd –, noch mehr irritiert es mich, daß ich die Sägespäne nicht rieche. Rauchen verboten, alles raucht; ich zünde eine Zigarette an. «Rauchen verboten»: das Schild hängt am Podium. Aus Gereiztheit oder Scham wirft ein Römer seinen Mantel darüber, verdeckt es. In den oberen Rängen tobt der Wind; aber unser Rauch steigt gerade zum Himmel. Auf der grün drapierten Estrade, an deren Seiten zwei Gerüste mit Scheinwerfern stehen, sind die Musiker dabei, sich zu setzen. Eine Trauer tragende Menge steigt hinter ihnen hinauf, Kriegerwitwen und Schwerversehrte, und drängt sich unter dem Kreuz der Märtyrer zusammen, das ist der Chor. Die Scampolis, nein, nein, liebe Freundin, die Scampolis sind in Paris, Lulu Scampoli war beim Festival in Venedig. Strawinsky. Ja. O ja! Ja, ja, ja, ja, Strawinsky. Er ist gealtert, finde ich. Ich sage Ihnen, das ist ein außergewöhnlicher Mann. Man spricht um mich herum eine tote Sprache, wie in Capri; französische Wörter schweben zwischen den Stühlen, zerplatzt, mit dem Bauch nach oben. Handkuß links, Handkuß rechts. Luxusgesichter aus teuren Stoffen. Das meines Nachbarn ist aus Rohseide; seine Frau ist weniger begünstigt; um ihr ein Gesicht zu machen, hat man sich damit begnügt, eine Perlenkette über ein Handtuch aus Frottee zu werfen. Wer hat nur die gute römische Gesellschaft in die Löwengrube geworfen?

In den oberen Rängen, über die abgeschrägten Dämme zwischen den stufenförmigen Sitzreihen, laufen Angler in Overalls. Sie springen von Stein zu Stein, um die Ströme zu überqueren, bleiben plötzlich stehen und werfen ihre Angelrute aus: am Ende der Schnur taucht ein Goldfisch auf und zappelt. Diese jungen Männer werden sich umbringen: sie steigen in die Schlucht hinab, um Alpenveilchen zu pflücken. Da kauern sich zwei auf die Schräge und tauchen die Finger in einen schwarzen Tiegel. Sie ziehen die Hand schnell zurück: zwischen Daumen und Zeigefinger ist eine brennende Karotte hervorgeschossen; sie bleibt in dem Tiegel und windet sich wie eine Zunge. Im Nu ist das Kolosseum ein Korb voller Verliebter und Angler, alle in Blau; unter ihren Schritten, unter ihren Stöcken, unter ihren Fingern entstehen einander kreuzende Flämmchen; ich verrenke mir den Hals, um sie alle zu sehen; es ist eine für einen Touristen seltene Gelegenheit: Nero, Domitian haben von ihren Logen aus diese roten Schrägen blühen sehen. Die Flämmchen in ihren Töpfen knattern und drehen sich, der Wind zieht sie bei den Haaren, sie zerfransen zu grauen Flechten in die Lüfte, dann gehen sie, plötzlich losgelassen, seitwärts nieder, richten sich wieder auf und fangen wieder an zu hüpfen; der Rauch schäumt über die Ränder der Räucherpfanne, wälzt sich in sich selbst, dehnt sich, streckt sich und schwebt schließlich in leichten Schichten über den Köpfen oder rundet und windet sich in Ringen; riesige Rauchringe steigen zum Großen Bären auf, das Kolosseum macht Kringel. Über die fahlroten Glanzlichter, die die Mauerziegel färben, hat man schwarze Tülltücher geworfen; sie zittern, das Licht zittert; Schatten springen unentwegt entrüstet rückwärts und schleichen sich auf leisen Sohlen wieder an; das Amphitheater schlingert sanft. Über unseren Köpfen, zwischen den Arkaden, ein grüner Himmel. Sein Phosphoreszieren dringt noch durch die Flammen, die an den Säulen emporklettern; vor dem Himmel sind diese Flammen Geister: man sieht ihn hindurchscheinen. Aber das Herausputzen ist beendet: man löscht den Himmel, man überzieht ihn mit Nußbeize; die Flammen nehmen Gestalt an, sie sticken dicke Kommas aus Eigelb auf das Leintuch. Etwas geschieht mit dem Kolosseum. Tagsüber, unter der Starre des Sonnenklumpens ist es kaum mehr als ein Gehäuse; Autos streifen es, Kinder klettern darauf, die Menge dringt durch seine Löcher in es ein: es bleibt leblos, das berührt es nicht. Heute abend lebt es. Sie ist zu den Antipoden gewandert, die kalte Sternenhelligkeit der Scheinwerfer und der Sonnen, die, wie der Blick eines Irrenarztes, aus einer anderen Welt oder von einem Gerüst herabfällt und an den Dingen Maß nimmt, wobei sie darauf achtet, sich nicht auf den Wahn der Kranken einzulassen. Überall Stromausfall; aber das Kolosseum beleuchtet sich eben selbst; seine Wurzeln gehen in die Erde und suchen ein unreines Rohlicht, wandeln es in organischen Saft um, und diese flockige Lymphe steigt durch Tausende Kanäle auf, sickert als gekräuselter alter Honig durch die Alveolen, verschmiert alles. Es lebt, es schwankt mit allen seinen Sternen, die Schatten wälzen ihre Ebbe und Flut über seine funkelnden Strände, sein Atem steigt senkrecht zum Himmel auf; mit seinen eigenen Säften bepinselt, gestirnt, setzt es sich in Bewegung und dreht sich um sich selbst, schneller und schneller.

Das ist der Moment der großen touristischen Verführung: die Stadtverwaltung hat absichtlich dieses verbrauchte, von den Jahrhunderten verrußte Licht ausgesucht, die Beleuchtung à la Märtyrer hat das eingestandene Ziel, die Mauern mit einer schönen Schicht Antike zu überziehen. «Sie» beleuchteten nicht so, da bin ich sicher. Oder vielmehr doch: sie hatten diese Tiegel, diese roten Blumen, aber ihre Augen waren weniger anspruchsvoll als unsere, und die Bogenlampen hatten nicht an ihrer Netzhaut genagt. In Träumen sind unsere Toten gebrechlich, angekettet, sie beobachten uns vorwurfsvoll; der Stadtrat von Rom hat sich von den Alpträumen seiner Mitglieder inspirieren lassen: er rekonstruiert für die Fremden eine armselige, in die Falten ihres Halbdunkels verwickelte Antike, so gebrechlich und nachtragend wie unsere teuren Toten. Von diesem schmuddeligen Fest umgeben, bleibt der Tourist auf Distanz zur Vergangenheit, er fühlt sich stolz, Franzose (oder Deutscher oder Amerikaner) zu sein; die Heiden sind verdammt und werden es bleiben; ich lese auf diesen beweglichen Wänden ihre Unwissenheit und ihre Verbrechen: sie liebten blutige Spiele und kannten die Glühbirne nicht. Ich brauchte mich nur ein kleines bißchen anzustrengen, um in diesen Rängen eine gebannte Menge, Tausende von Blikken unterzubringen. Und was sehen sie an, diese fünfzigtausend Zuschauer? Jetzt kommt der Geniestreich der römischen Stadtverwaltung: sie sehen *uns* an. In Arles, in Nîmes, in Orange setzen sich unsere triumphierenden Brüder auf die ansteigenden Sitzreihen. Man muß Italiener sein, um darauf zu kommen, die Touristen in der Arena unterzubringen. Über die Balkone gebeugt, um die entartete Nachkommenschaft der Märtyrer zu betrachten, amüsieren sie sich köstlich, die Alten der Antike; sie sagen sich: «Diese Christen sind unbelehrbar: sie können nicht umhin, an die Stätte zurückzukehren, wo man ihre Väter gefressen hat.» Unsere Dickköpfigkeit befreit sie von ihren Schuldgefühlen: wenn man es noch einmal machen könnte. «Na gut», sagen sie, «wenn sie es so wollen, sollen sie es haben! Laßt die numidischen Raubkatzen herein!» Tatsächlich sehe ich auf den Rängen freiwillige Statisten, die dafür bezahlt haben, die Alten Römer zu spielen. Arme Italiener: der erstklassige Platz bleibt der des Christen; um die Rolle des Heiden zu spielen, bezahlt man 400 Lire und für die des Märtyrers 800. Das würde beweisen – wie ich schon geahnt habe –, daß die masochistische Komponente beim heutigen Touristen deutlich dominiert. Ein Gongschlag: das Konzert beginnt; ein Mann, der auf der Estrade steht, schlägt den Takt;

aber ich höre nicht einen Ton, dies alles ist nur ein Traum. Ein Märtyrertraum. Halbtot vor Angst, auf dem gelben Sand liegend, warte ich auf die Tiere; ich kann das Warten nicht ertragen, der Himmel sendet mir eine fromme Halluzination; das Kreuz; ich bin in die Zukunft entflohen, ich träume vom Triumph der Kirche, vom künftigen Kolosseum: man wird genau an der Stelle, wo ich gleich sterbe, Musik machen.

In flagranti beim Tourismus erwischt: im Amphitheater der Flavier fraß man keine Menschen, man tötete Tiere. Aber der Tourist ist der König des Ungefähren:

«Wollen Sie leugnen, daß die römischen Kaiser die Christen den Tieren vorwarfen?»

«Ich leugne es überhaupt nicht.»

«Daß diese Hinrichtungen in Amphitheatern stattfanden?»

«Wie könnte ich.»

«Das genügt. Es spielt keine Rolle, daß das Kolosseum nicht seine Märtyrer gehabt hat: im Kolosseum denkt man über die Märtyrer nach.»

Tourist, mein Bruder, du läßt die Beute für den Schatten fahren, weil der Schatten vornehmer ist; du läßt die Damen des Chors verschwinden und ersetzt sie durch den Schatten eines Haufens christlicher Schenkel; über den Schatten eines Sandes im Schatten einer Sonne läßt du den Schatten eines Blutes fließen. Nicht, daß du grausam wärst oder es zu *sehen* wünschtest, dieses antike Blutbad: du willst, daß es stattgefunden hat, genau hier, unter diesem Holzboden, daß es eines Tages genauso gewöhnlich da war wie das geflammte Jakkett deines Nachbarn, um dich an seinem Nichtdasein zu erfreuen und daran, daß es alles entvölkert. Eine Spiegelung verbirgt dir die Welt, dieser Spiegelung wohnt ein wildes Wasser inne, das nie aufhören wird, sie aufzurühren; dabei ist es die Welt, die das Wasser und folglich die Spiegelung trübt. Das Trugbild verwischt das Reale, das es verwischt; und dieser ungewisse Kampf führt nie zu einem Ergebnis; das wird man ausnutzen, um dieses Paar in zwei feste Klammern zu setzen: da sollen sie ja nicht herauskommen. Mit einem Wort, das Bürgertum findet das Sein zu schwer: es bläst es mit Leere auf, damit es schwebt. Natürlich gibt es mehrere Qualitäten von Leere. Wenn Sie das Sein mit Vergangenheit aufblasen, haben Sie ein Anrecht auf den Titel Tourist und dürfen das touristische Motto auf Ihr Revers sticken lassen: «Du sollst das Alte dem Neuen vorziehen und dem Alten seinen alten Zustand als Neues.»

Schon seit langem bin ich nicht mehr vornehm, wenn ich es je war, seit langem liegt in meinem Herzen ein Tourist im Sterben. Ich akzeptiere nur noch bei Goldschmiedearbeiten, daß sie massiv sind; mir gefällt nur das, was ist. Vielleicht weil ich fühle, daß wir alle sterben werden und daß man unseren Zierat, unsere Möbel und unsere Landschaften mit uns begraben wird. All diese Ruinen sind zum Spaß tot: morgen wird man sie von der Erde entfernen; wenn sie mich deswegen interessieren, betreibe ich womöglich einfach nur einen umgekehrten Tourismus. Doch nein. Wir und unsere Gemäuer sind gemeinsam der radikalsten Vernichtung geweiht: ein und derselbe Lufthauch wird diese Ziegelsteine in Dunst auflösen und unsere Körper in einen Luftzug verwandeln. In aufgereizten Gedächtnissen werden sich unsere Namen und der Name des Kolosseums zur gleichen Zeit auflösen. Das schafft Bande. Ich habe keine Zeit mehr, von den antiken Karawanen vor einem in der Wüste versandeten alten römischen Kiefer zu träumen. Diese rote Halskrause erzählt mir etwas über mich, über die Meinen, über meine Zeit, die vergeht und nicht wiederkommen wird; sie erlebt, daß ich einer der letzten sein werde, der sie sieht, der über sie nachdenkt, und daß anschließend niemand mehr über sie und über mich sprechen wird; ich stehle sie den künftigen Museen, ich nehme sie mit mir, sie gehört mir. Ich ergötze mich an einem rauchigen, rot aufglühenden, bewohnten Krater, der ganz zähflüssig vor Licht ist, und an seinen tausend Reichen, meinen feindlichen Brüdern, die ihre Wohnungen (fließend Wasser, Gas, Strom, Zentralheizung) verlassen haben, um sich auf Eisenstühle zu setzen, um in der ersten Herbstkälte zu frösteln und um eine Musik, die sie auswendig kennen, *nicht zu hören*. Zur Stunde spricht Einaudi mit den Opfern der Naturkatastrophe in Sizilien, die Arbeiter der Gubbia essen zum hundertzwanzigstenmal in dem besetzten Werk, die Arbeitslosen von Elba sitzen am Hafen und schauen zu, wie das Meer in der Nacht versinkt. Hier, auf dem Grund eines schartigen, von alten Ragouts geschwärzten Tontopfs spielt sich eine heilige Zeremonie ab. Rings um uns bricht der Boden unter dem Gewicht der Hungerleider zusammen; aber diese hohen Mauern schützen uns: tausend Köpfe haben sich gereckt, haben ihre knorpeligen Hörmuscheln gespitzt und orientieren sich zögernd, um den Ton aufzunehmen. Das Bild unseres Europa, vielleicht. Ich analysiere nicht. Aber mir gefällt das. *Siehe nächste Seite.*[1] Auf der Estrade erscheint tragisch, mit blauen Lippen eine Sängerin, sie öffnet den Mund, aber der Raum wirft sich auf diese Kassandra, schiebt ihr ihre Schreie in die Kehle zurück, erstickt sie: heute abend werden wir unser Schicksal nicht erfahren; die Frau wehrt sich, gibt den Geist auf, sinkt mit hängenden Armen auf ihrem Stuhl zusammen; Witwen und Invaliden stehen mit einem Ruck auf und sehen sie bestürzt, mit offenem Mund an. Ich höre das Hupen der Autos, die durch die Via Labicana sausen, und dann, plötzlich, steigt ein kleiner Musikstrahl auf, es ist unglaublich, daß fünfzig Arbeiter schwitzen, um dieses zarte Knirschen zu erzeugen. Außerdem ist das Loch schnell gestopft, die Melodie erstickt, fällt tot vor unsere Füße; einige Minuten lang genießen wir eine religiöse Stille. Mit geschlossenen Augen und geschwollenen Hörmuscheln lauschen meine Nachbarn: aber es ist, als suchten sie die Musik tief in sich selbst. Dort ist sie übrigens auch: tief in den Herzen drehen sich tausend Schallplatten und spielen die große Arie aus *Othello*. Das hier ist die reinste Feierlichkeit; nichts fehlt. Der Ort: monumen-

1 Dies scheint darauf hinzudeuten, daß der Verfasser die Absicht hatte, hier noch eine Passage einzufügen, die im Manuskript fehlt.

tal; die Beleuchtung: feenhaft; die Ausführenden: unerreicht; die Zuhörer: hingerissen. Nur eine fehlt: die Musik. Man hört *nichts*, es geschieht *nichts*. Welche Überlegenheit über unsere Symphoniekonzerte: auch bei uns versammeln sich die Leute in der Salle Gaveau, der Salle Pleyel, um einander zu zählen, einander zu erkennen und um ihr Bedürfnis zu stillen, Respekt zu empfinden; aber hier stört das Orchester wenigstens nicht.

Der Chor verabschiedet Antrag um Antrag durch Aufstehen und Setzen; eine schöne junge Frau tritt auf, läßt ihren Ottermantel fallen, schafft es, die Stille durchzustreichen; man hört, sehr weit weg, ihre gewaltige, reine Stimme, wie ein Ruf in den Bergen. Dieser starken Leistung wird rasend applaudiert. Nach dem Programm zu urteilen, wird jetzt die Ouvertüre zu *Wilhelm Tell* gespielt. Und tatsächlich scheint melodisches Grollen das berühmte schweizerische Gewitter anzukünden. Aber plötzlich drehen sich tausend Köpfe nach Norden und kippen leicht zurück, während zweitausend Spalten über feuchten, rosa Augäpfeln aufgehen: im obersten Rang läßt man Tauben fliegen, ein Vorhang aus weißem, genopptem Rauch, der wirbelt, schäumt und sich mit solcher Gewalt in die Luft wirft, daß man ihn für einen umgekehrten Wasserfall halten könnte; ein Blutfleck erscheint, breitet sich aus, keine Tauben mehr, leb wohl, Wasserfall: übrig bleibt ein befleckter Wattebausch; das Blut verflüchtigt sich, wird bald durch unheilvoll grüne und rote Lichtschimmer ersetzt. Der Sinn dieser Darbietung entgeht mir. Anscheinend ist es die Belohnung für das Publikum: alles lächelt über diese typisch italienische Verrücktheit; die Ouvertüre zu *Wilhelm Tell* geht inmitten allgemeiner Gleichgültigkeit zu Ende. Ist sie überhaupt zu Ende gegangen? Ich weiß es nicht. Ich sehe die Leute aufstehen, ich stehe auf. *Ite, missa est.*

Draußen falle ich aus einer Höhe von zehn Jahrhunderten zwischen hohe barbarische Gemäuer; es dauert nicht lange: plötzlich: das Forum.

Sie kommen der Sache näher! Sie kommen der Sache ganz allmählich näher; sie haben auch ohne mich gewußt, was sie zu tun hatten. Sonntagabends kleiden sie das Forum amerikanisch: sie haben es mit *sunlights* versehen. Die flachen und von oben nach unten oder von unten nach oben strahlenden Lichter haben den Stein abgebeizt: inmitten von Papierlaub in Technicolorgrün hat man nagelneue Ruinen von cremigem, etwas fettigem Weiß ausgestreut; wie *glamorous* heute nacht alles ist. Und wie leicht. Fred Astaire im Frack wird oben auf der Phokassäule Step tanzen: Louis Jourdan in einer Chlamys wird sich über Rita Hayworth beugen, die im schwarzen Wasser die Rosen der Vestalinnen entblättert, während Sinatra als Antinous, allein, mitten in der Konstantinsbasilika, singen wird:

«Love is just a little bit of heaven.»

Ich weiß: wir machen es genauso; abends an Feiertagen habe ich unter den Scheinwerfern Notre-Dame aus rauhem, leichtem Bimsstein gesehen. Aber trotzdem, das Forum aus Galalith…

Vorhin noch, unter dem unheilvollen großen Auge

der Sonne, erzählte es vom Tod des Menschen. Aber dieses Licht hat das Moos und den Rost der Natur weggeputzt. Das Forum heute abend *ist Schund*. Wer spricht vom Sterben? Dank den Fortschritten der Wissenschaft kann man die Ruinen konservieren, ihnen ihre Jugend und Munterkeit bewahren. Da sind die *girls* von der *Navy*, schön gruppiert, die den Severusbogen betrachten und selbstsicher *ice cream* lecken; sie schütteln den Kopf, sie lachen, sie haben den falschen Ton vom Morgen vergessen. Was gibt ihnen nur das Gefühl, zu Haus zu sein? Wahrhaftig...

«Man betont den Reichtum des Rahmens, damit der Tote sich unversehens einige Stufen auf der sozialen Leiter hinaufbewegt zu haben scheint. Übrigens hat eine pingelige, wissenschaftliche Arbeit seine sterbliche Hülle verwandelt. Zuerst wird die Leiche mittels einer Flüssigkeit einbalsamiert, die man unter Druck in die Arterien spritzt... Dann wird sie gewaschen, rasiert, gekämmt und notfalls geschminkt. Schließlich wird sie angekleidet... Gutgeschnittene Kleidung gibt dem Verstorbenen vollends das Aussehen eines Lebenden.»

Das sonntägliche Forum ist der erste *funeral parlor*, den man nach Europa eingeführt hat.

Ich jedoch, «entzückt, erfreut», wie meine Cousine sagt, gut von diesen vielfältigen Ereignissen unterhalten. Warum sollte ich diese neue Erscheinungsform des Forums ablehnen, wo ich doch nicht meine, daß es einen privilegierten Aspekt der Welt gibt? Dieses Forum aus unechten Steinen, dieses unechte Studio-Forum ist so echt wie das echte. Was ist das für eine Metamorphose? Im Grunde die gleiche, der die Nahrung in Mexiko unterliegt, wo das Fleisch fade und tot wird, und das Gemüse, normalerweise Bindegewebe, isoliert sich plötzlich in einer himmelschreienden, lyrischen Rachenputzerindividualtät. Man ißt toll gewordenes Gemüse auf einer Garnierung aus totem Tier. Kehren wir es hier um: die Steine blühen, werden blasse Nelken, und das Grün wird eben das Füllmaterial und der Karton zum Verpacken. Ich wüßte nicht, was mir lieber wäre, als daß die Steine unter den Strahlen eines Scheinwerfers erblühen. Eigentlich besteht die Lüge dieses Forums darin, daß es auf unechte Weise unecht ist. Bei uns war es umgekehrt: während der Besatzung freute sich der alte Pariser am Mondschein. Endlich sah man Paris natürlich, unter einem Dorfhimmel. Natürlich? Lüge: ein auf genauso unechte Weise echtes Paris, wie dieses Forum auf unechte Weise unecht ist. Denn es war nichts weniger nötig als ein Weltkrieg und in diesem Krieg die Verwendung einer bestimmten Luftwaffe, also ein bestimmter Stand der Industrie, der Technik, der Wissenschaft, der Gesellschaft, um diesen künstlichen Tod von Paris und dieses dörfliche Gestirn darüber herzustellen. Der Mond war sozial und etwas effekthascherisch. Diese Beleuchtung ist weder sozialer noch weniger sozial, aber sie ist *normaler*. Es ist nicht normal, daß die Stadträte im Jahr 1951 für die jetzige Beleuchtung die qualmenden Öllampen des Tiberius oder den Mond holen gehen; es ist dagegen normal, naheliegend, der ersten Regung entsprechend, daß man die Elektrizität benutzt. Was ich empfinde, ist einfach: es wäre unzulässig, daß das Forum ständig so wäre: Nuttenunterwäsche auf dem Plüsch eines grünen Teppichs. Aber wenn ich ganz sicher bin, daß ich es täglich zwischen 9 und 5 Uhr in seiner Strenge wiederfinden werde, gefällt es mir, daß es sich belebt, lächelt, einen Scherz macht, tanzt. Das Forum hat einen Schwips, das gefällt mir. Das gefällt auch den Römern. Das amüsiert sie. Sie sind da; sie schauen, und gleichzeitig ziehen sie sich voneinander zurück, sie wirken glücklich unter der großen schwarzen, von Lichtern durchlöcherten Masse des Kapitols.

Bei uns sind die Lichtreklamen an Häusern von 1880. Die Distanz ist nicht groß, gerade eben die von der Gasbeleuchtung zur Elektrizität; ein und dasselbe Bürgertum hat sich seinen eigenen Komfort geschaffen. Aber diese an Palazzi des 16. und 17. Jahrhunderts gesteckten modernen Broschen – daran läßt sich eine enorme Distanz abmessen, und in einer Hinsicht ist das das Ideale: ein Luxus, der seinen Komfort hervorbringt. Ruskin hätte geschrien. Aber wenn man auch zugeben muß, daß diese Reklamen an den Florentiner Steinpalazzi unangebracht wären, wirkt es hier, wegen des Zaubertrickhaften, das Rom hat, nicht störend. Es ist übrigens das Moderne, das nicht stört, das zurückhaltend ist, eine kleine Muschel, die sich am Fuß dieser alten Mauer, dieser würdigen Gassen festgesetzt hat.

Man hat den Eindruck, daß sich die ganze Pulvertrockenheit des Tages (Gips) nachts zu Licht verglast. Diese roten, silbrigen Schwaden sind Transsubstantiationen, es ist die geheime Leichtigkeit der Palazzi, ihre Hingabe.

Ein Kapuzinerbeet[1]

Drei Uhr: der Sturm überrascht mich auf der Nomentana, im Nordwesten[2] der Stadt: es ist ein Toben von Vögeln: wirbelndes Gefieder, Gekreisch, zum Himmel auffliegende schwarze Federn. Als wieder Ruhe eingekehrt ist, betaste ich meine Jacke: sie ist trocken; schon bricht eine Strohsonne durch den graublauen Kattun der Wolken. Im Westen klettert breit und menschenleer eine Straße zwischen den Häusern hinauf und endet im Himmel. Ich kann nie dem Wunsch widerstehen, diese niedrigen Dünen zu erklimmen, um ihre andere Seite zu entdecken. Die schönste von Europa ist die Rue Rochechouart vom Boulevard Barbès aus gesehen; jenseits des Passes glaubt man das Meer zu ahnen. Es fängt wieder an zu regnen; ich klettere durch den Sprühregen; vom Kamm fließt ein Asphaltstrom und staut sich vor dem ungesunden Weiß einer Mauer. Die

1 Erstveröffentlichung in: *France-Observateur* Nr. 115 vom 24. Juli 1952. Wiederabgedruckt in *Situations IV*, 1964 (deutsch in: *Porträts und Perspektiven*, a. a. O., S. 347).

2 Irrtum des Verfassers; die Nomentana liegt im Nordosten der Stadt. *Anm. d. Ü.*

Mauer macht dem römischen Betrug ein Ende: jenseits ein Kohlbeet: ein greller Lichtstrand, eine letzte Spur des Menschen; und dann die Wüste. Die Wüste im Regen. In weiter Ferne färbt die schwarzblaue Tinte der Albanerberge auf den Himmel ab. Diese Stadt zu Lande ist inmitten der Ländereien einsamer als eine Barke auf dem Meer.

Im Taxi bis zur herbstlichen, bourgeoisen Via Vittorio Veneto. Die Straße der reichen Ausländer. Aber die reichen Ausländer verstecken sich in ihren Hotels. Auf den Bürgersteig und auf die Stufen von Santa Maria della Concezione haben die vom Sturm geschüttelten Platanen ihre Blätter in den Farben römischer Gemäuer fallen lassen: es sieht aus, als häuteten sich die Palazzi. Ocker, leuchtendes Rot, Chromgelb in den Pfützen: eine Marinade aus abgestorbenen Häuten. Santa Maria della Concezione ist die Kirche der Kapuziner. Ich gehe hinein. Menschenleeres Kirchenschiff. Stille, Leere. Lautlos zerschmettert der Erzengel Michael das Haupt des Teufels; rings um den Altar schlagen goldene Leuchter ein Rad. Rechts hinten, neben der Sakristei, legt ein mürrischer Kapuziner, meinen Fragen zuvorkommend, den linken Zeigefinger auf die Lippen und zeigt mir eine Treppe, die unter die Erde führt. Die einen Augenblick schwebende Hand wird rund, wird hohl, stößt gegen meinen Bauch vor; ich gebe zwanzig Lire und gehe vorbei; ich steige einige Stufen hinunter und befinde mich in einem Katakombengang; das ist der Keller. Nein; die linke Wand ist von vergitterten Fenstern durchbrochen; ich recke mich und erblicke durch das Gitter ein Gärtchen: ich bin in einem Krankenhausflur. Eine typisch italienische Zweideutigkeit: ich bin im Erdgeschoß in der kalten Helligkeit des Herbstes, und im Untergeschoß in der gelben Helligkeit der Glühbirnen. Zur Rechten führt der Korridor an vier kleinen Räumen unterschiedlicher Größe entlang, den zellenartigen Totenkapellen, von niedrigen Balustraden geschützt, die mich gleichzeitig an den Tisch des Herrn und an Absperrkordeln vor den Salons unserer staatlichen Schlösser erinnern. Tatsächlich werden diese Kapellen, sobald ich näher trete, zu Salons. Vier kleine Rokokoboudoirs, an deren Wänden, die unter dem Schmutz weiß sind, sich in der unteren Hälfte zu beiden Seiten dunkle Nischen, Alkoven oder Liegesofas befinden, während der obere Teil mit heiteren, etwas einfältigen Arabesken, ziemlich plump ausgeführten Rosetten, Ellipsen und Sternen geschmückt ist. Das einzig Originelle an diesen Dekorationen und Möbeln ist das Material, aus dem sie bestehen: Knochen. Wieviel Kunstfertigkeit: um ein Engelchen zu machen, genügen ein Schädel und zwei Schulterblätter; die Schulterblätter bilden die Flügel; indem man Schädel und Oberschenkelknochen stilvoll übereinanderlegt, erhält man Rocaillegrotten; selbst die alten Leuchter, die eine vom Tageslicht gebleichte Helligkeit verströmen, sind Bündel von Schienbeinen, die an Ketten von der Decke hängen. Jeder *salotto* hat seine Bewohner: vor seinem Bett stehend, grüßt mich ein Skelett in einer groben Wollrobe; eine Mumie richtet sich auf ihrem Lager auf; es sieht aus, als wären diese Toten zu verkaufen: sie tragen Etiketten an ihren Roben; aber die Preise stehen nicht darauf: nur Name und Rang. Über meinem Kopf schwebt jetzt der Tod mit Sense und Stundenglas: ich weiß nicht, ob er schwimmt oder fliegt, aber rings um ihn gerinnt die Luft zu einer beunruhigenden Gelatine. Zwischen den drei Wänden jedes *salotto* ruhen unter einem schwärzlichen Humus von glänzender, fester Körnung – Anthrazitstaub oder Kaviar? – begünstigtere Mönche. Diese Erde stammt aus dem Heiligen Land: das verkündet eine Inschrift auf dem Querbalken eines Kreuzes, das mitten in dem heiligen Beet steckt wie die Stäbe, die im Jardin des Plantes die Arten angeben. *Terra Sancta*: eine Art Tuff, in unseren Regionen unbekannt; Vorkommen hauptsächlich in Palästina; Abarten in Lhasa, Mekka usw. Ich betrachte die barocken Inkrustationen des Gemäuers und frage mich, aus welchem Grund diese Kapuziner den Kreislauf des Stickstoffs unterbrochen und diese organischen Stoffe der Auflösung entzogen haben. Wollten sie zeigen, daß alles in den Lobgesang Gottes einstimmt, selbst die einzigartigen Flöten, aus denen wir gemacht sind? Ich würde es gern glauben. Aber warum diese Ausnahmen? Warum hat man auf diesen Haufen Rundhölzer, die Menschen waren, dieses Skelett gesetzt? Warum hat man diesem sorgsam rekonstruierten Betenden diese knöcherne Bettstatt bereitet? Toten, die Staub und Grimassen sind, haben Lebende andere Tote dienstbar gemacht. Das erinnert mich an eine Postkarte, die ich als Kind im Schaufenster eines Papiergeschäfts am Boulevard Saint-Michel sah: von weitem war es der Kopf des Kleinen Korporals. Trat man näher, wimmelte der Kopf, wurde ein Netz mit Maden; aus nächster Nähe waren die Maden nackte Frauen. Die Wonne, große Männer zu erniedrigen: das Auge des Siegers von Austerlitz ist nichts weiter als eine Hinterbacke; die Freuden, die Frau zu erniedrigen: das schönste Mädchen der Welt taugt, mit vielen anderen zusammengedrängt, nur dazu, dem Mann als Bindegewebe zu dienen. Nicht Gott findet man in diesen Kapellen, sondern das Bild eines Höllenkreises: die Ausbeutung des Toten durch den Toten. Knochen schlagen rad rund um andere, gleichartige Knochen, die jene andere Rosette darstellen: ein Skelett. Ich fahre zusammen; jemand hat in meiner Nähe gesprochen: bei Gott! aus Schenkelknochen, Schienbeinen und Schädeln kann man auch Menschen machen. Ein dicker Italiener mit wilden Augen läßt sich auf ein Knie fallen, bekreuzigt sich, steht eilig wieder auf, nimmt Reißaus. Zwei Französinnen sind hin- und hergerissen zwischen Bewunderung und Schrecken.

«Meine Schwägerin war beeindruckt, ich finde das nicht beeindruckend; beeindruckt es dich?»

«Nein, es beeindruckt mich nicht.»

«Nein, nicht? Das ist so...»

«So schön ordentlich. So schön hergerichtet.»

Schön hergerichtet, ja. Und außerdem ist es vor allem aus nichts gemacht. Picasso wäre entzückt, stelle ich mir vor. «Eine Streichholzschachtel!» sagte er einmal. «Eine Streichholzschachtel, die *zugleich* Streichholzschachtel und Frosch ist!» Er hätte seine Freude an diesen Speichenknochen, die zugleich Knochen und die Speichen eines Rades sind. Allerdings liegt der Wert dieses Meisterwerks mehr in seinem Material als in seiner Form. Ein unergiebiges Material, das aber allein schon Schrecken erregt. Es ist nicht wirklich brüchig oder mürbe, und doch wirkt es so zerbrechlich: es hat jenes matte Leben der Barthaare, die nach dem Tod weiterwachsen. Wenn ich versuchte, es zu zerbrechen, würde es der Länge nach in meiner Handfläche bersten, ein Bündel von Splittern, die sich biegen lassen, ohne zu brechen. Angesichts dieser zwielichtigen Holzverkleidung, tot und lebendig, rauh und glatt, ziehe ich mich zurück, stecke die Hände in die Tasche: nichts berühren, nichts streifen. Ich habe den Mund hermetisch geschlossen, aber da sind immer noch diese verflixten Nasenlöcher: an allen verdächtigen Orten weiten sie sich, und die Umgebung strömt in Form eines Geruchs hinein. Ja, ich wittere Knochengeruch, eine Mischung: ein Viertel alter Gips, drei Viertel Wanze. Umsonst sage ich mir, daß ich ihn selbst fabriziere, nichts zu machen: ich habe 4000 Kapuziner in der Nase. Es waren nämlich 4000, die einer nach dem andern ausgegraben werden mußten. Ich datiere die auslösende Verwirrung um 1810 herum, die diesen lyrischen Sadismus bei ehrbaren Mönchen freisetzte und sie zwang, auf allen vieren zu kriechen und an der heiligen Erde zu schnüffeln, um diese beachtlichen Trüffeln darin aufzuspüren. Anscheinend kann man noch weitere Exemplare finden. In Palermo, wurde mir gesagt. Der Kapuzinerorden muß gegen Ende der französischen Besatzung einen verspäteten Anfall von Frühromantik bekommen haben.

«Das dürfen sie nicht!»

Unruhig und wütend bleibt eine wunderschöne Frau auf der untersten Stufe stehen und dreht sich zu ihrem alten Mann um, der hinter ihr die Treppe herunterkommt.

«Das dürfen sie nicht!»

Sie hat zu laut gesprochen: die Französinnen sehen sie streng an. Verlegen setzt der alte Ehemann ein entschuldigendes Lächeln auf.

«Na ja, das sind Mönche...»

Sie hebt ihre schönen Augen voller Groll zu den Engelchen:

«Es ist verboten», sagt sie mit Nachdruck.

Ich lächle sie an; sie hat recht: es ist verboten. Fragt sich nur, von wem. Von der Christenheit vielleicht; aber nicht von der Kirche, die aus diesem Kapuzinerstreich Nutzen zieht. Dabei ist es bestimmt nicht christlich, mit einem Knochenhaufen Puzzle zu spielen; Grabschändung, Sadismus, Nekrophilie: der Frevel ist offenkundig. Meine Landsmänninnen bekreuzigen sich: diese Damen sind das Opfer eines Mißverständnisses: sie erweisen dem Tod an einer Stätte ihre Achtung, wo er verhöhnt wird; ich entschuldige sie: vielleicht sind die Strümpfe unter ihrem Kleid an den Knien von den Stufen der Scala Santa abgenutzt; vielleicht haben sie just heute morgen die Telegramme gesehen, die sich in Santa Maria in Aracoeli rings um eine in ein goldenes Tuch gewickelte Puppe anhäufen; in Rom muß man einen scharfen Verstand haben, um Religion von Hexenwahn zu unterscheiden. Hätten diese Hausfrauen und Mütter sich nicht ohne ihr Wissen in Hexen verwandelt, würden sie den Schauder, der sie kitzelt, nicht mit dem frommen Abscheu verwechseln, den die Prediger einflößen, wenn sie den Verfall des Fleisches ausmalen. Die hochmütige Verdammung des Körpers, die in manchen spanischen Gemälden deutlich wird: das ist guter Katholizismus. Daß man die Monarchen von Würmern zerfressen zeigt, recht so: die Maden bilden über ihrem zerrissenen Purpur ein geripptes, seidiges Chorhemd, Makkaronibüschel kommen aus ihren Augenhöhlen, und trotzdem, gerade deswegen bleiben diese Leichen unsere schrecklichen Abbilder: es sind verwesende Menschen, der Tod ist ein menschliches Geschick. Kurz, es ist erlaubt, den Kadaver zu verspotten, aber bei den Knochen hört es auf. Das Fleisch fällt ab und legt die Rosinen frei, die in diesem Königskuchen versteckt waren; danach, wenn die Seele im Himmel und das Mineral in der Erde ist, haben Sie die Ruhe gefunden; sehen Sie nur den friedlichen Tod, das hübsche Ableben, von dem die weiblichen Knochen auf dem protestantischen Friedhof zeugen: jene alten Fräuleins sind reines Mineral. Hier aber greift der Kapuzinerwundbrand das Gebein an. Welche Ketzerei! Damit man sich auf diese verfaulten Überbleibsel stürzt, muß man glauben, daß noch eine Seele darin wohnt. Und welcher Haß! Diese Kapuziner sind die Großonkel des Mailänder Pöbels, der den toten, an den Füßen aufgehängten Mussolini ohrfeigte. Der Tod ist für den Haß ein Skandal: seiner Beute beraubt, verharrt er blöde vor dem verhaßten Leichnam wie ein Mensch, dem soeben sein Schluckauf ausgetrieben wurde. Diese Mönche konservieren die menschlichen Überreste, um die Lust zu verlängern; sie hindern den Menschen daran, Ding zu werden, um ihn als Ding behandeln zu können, sie entreißen die Gebeine ihrem mineralischen Schicksal, um sie der Karikatur einer menschlichen Ordnung dienstbar zu machen. Mit großem Pomp exhumiert man sie und macht Baumaterial aus ihnen. Die Mönche hielten die Schönheit für teuflisch, wenn sie weltlichen Ursprungs war; sie verwandeln sich in Ästheten, wenn es darum geht, alles, sogar das Schöne, ihrem Nächsten vorzuziehen; sie schmücken ihre Kapellen mit Mensch aus, so wie die Wärter von Buchenwald Lampenschirme aus Menschenhaut machten. Ich nähere mich einem Schild, ich lese: «Beschriften der Schädel verboten.» Ach! Warum denn? Wenn diese Gebeine als Sessel, Diwane, Rocaille, Lüster, Ruhealtäre dienen, warum nicht auch als Papier, Briefbeschwerer und Löschblatt? Die Entwürdigung wäre komplett, wenn auf einem dieser Kahlköpfe stünde: «Hier haben Pierre und Maryse sich geliebt.» Doch nein: der beste Streich der Kapuziner ist ja, daß sie die Lebenden zwingen, ihre Opfer anzubeten. Die beiden Damen sind gegangen, die schöne Italienerin biegt, ein Taschentuch vor die Nase gepreßt, in den Gang ein: ich gehe, ich verlasse diese Überreste, die von einem Haß, stärker als der Tod, verhext sind. Der Kapuziner ist immer noch da, mürrisch und bärtig steht er vor der Sakristei; ich gehe vorbei, ohne ihn anzusehen, etwas verlegen wie ein Bordellbesucher angesichts der Empfangsdame: er weiß, was ich gerade gesehen habe; mein Skelett geht an seinem vorbei. Ich gehe hinaus. Es regnet. Im Regen sehen alle Großstädte gleich aus, Paris ist nicht mehr Paris und London nicht mehr London: aber Rom bleibt Rom. Ein schwarzer Himmel hat sich über die Häuser gelegt, die Luft hat sich in Wasser verwandelt, und man kann die Formen nicht mehr richtig erkennen. Aber dreißig Jahrhunderte haben die Mauern mit einer Art Phosphor getränkt: ich gehe zwischen zarten Sonnenlichtern durch den Regen. Die Römer rennen lachend zwischen diesen ertrunkenen Sonnen umher und schwenken altertümliche Geräte, deren Gebrauch sie nicht so recht zu kennen scheinen: Regenschirme. Ich erreiche einen Platz unter Wasser zwischen versunkenen Gerippen. Der Regen hört auf, die Erde taucht empor: diese Gerippe sind Ruinen: Tempel, Obelisk, kurzum, Skelette. Ich gehe um das ausgeplünderte Pantheon herum; der kugelgeschmückte Obelisk wird von einem Elefanten getragen, der gar nicht froh aussieht; dieses afrikanische Ensemble dient dem Ruhm des Christentums. Und da ist Rom: es entsteigt, schon wieder trocken, dem Wasser, ein einziges verdammtes Beinhaus. Die Kirche hat sich über die antiken Monumente hergemacht wie die Kapuziner über ihre Kollegen: als die Päpste die Bronze aus dem Pantheon stahlen, um Christi Triumph über die Heiden zur Geltung zu bringen, war es die gleiche Grabschändung. Die Antike *lebt* in Rom, lebt ein haßerfülltes, magisches Leben, weil man sie daran gehindert hat, ganz zu sterben, um sie in Knechtschaft zu halten; dadurch hat sie diese heimtückische Ewigkeit erlangt und knechtet uns nun ihrerseits: wenn wir versucht sind, uns diesen Steinen zu opfern, so weil sie verhext sind: die Ruinenwelt fasziniert uns, weil sie menschlich und unmenschlich ist: menschlich, weil sie von Menschen errichtet wurde, unmenschlich, weil sie, vom Spiritus des christlichen Hasses konserviert, allein dasteht und sich selbst genügt, unheimlich und grundlos wie das Kapuzinerbeet, von dem ich gerade komme.

Venedig

Die Ankunft[1]

Sonntag

Der Tod in Venedig. Ein ausgezeichneter Schlüssel, den Barrès und Thomas Mann für Sie geschmiedet haben. Vorausgesetzt, Sie beseitigen beiläufig die 390 000 Venezianer, Sie bleiben taub für den Lärm des Straßenlebens, eines der fröhlichsten, eines der *ganz wenigen* fröhlichen in Italien, und Sie ignorieren den Festkalender der Fremden. In dem Moment wird Venedig unfehlbar ganz tot sein. Nur, so gesehen gibt es keine Stadt auf der Welt, die sich nicht mit Leichen bevölkern würde, wenn Sie eine Handvoll Touristeninsektizid über ihr verstreuen. Wenn der Tourist die Toledaner oder die Einwohner von Sevilla getötet hat, kehrt das Leben nachts zurück und rächt sich mit Wanzenstichen. Wie auch immer: der Tourist ist ein Mensch mit heimlichem Groll. Er tötet. Er *spürt* die Venezianer

1 Wir haben drei ziemlich verschiedene Versionen der Ankunft des Touristen in Venedig am 21. Oktober 1951, einem Sonntagabend, gewählt. Der Akzent liegt der Reihe nach auf drei Themen, die in den vom Autor skizzierten Plänen vorkommen: Venedig als Provinz, Die Erinnerung an seinen Wahnsinn, Venedig als Schauspiel. Im zweiten und dritten Fragment erscheint auch, in geringerem Umfang, das Thema der amerikanischen Präsenz, das an anderer Stelle wiederauftauchen wird. Die Titel der Fragmente sind von den Plänen angeregt.

nicht, mit denen er in Berührung kommt, er *sieht* sie nicht. Oder er stellt keine Beziehung zwischen ihnen und Venedig her, außer er findet vielleicht, daß ein Bettler das Profil irgendeines Dogen habe (eine schreckliche Art und Weise, diesen Bettler unter dem glanzvollen Schicksal des Dogen zu erledigen und den Dogen zu verhexen, ihm eine schmerzliche Seelenwanderung zu bescheren, ein unsterbliches, heruntergekommenes Geschöpf aus ihm zu machen).

Heute abend setzt sich Venedig sehr gut zur Wehr. Im übrigen gibt es nur noch einen Touristen in Venedig, mich. Und ich gestehe, daß ich bei der Ankunft auf der Piazzetta, unter dem grauen Himmel, in der Kälte, den Eindruck habe, man müßte den Vergleich umkehren und von einem Amsterdam des Südens sprechen. Unter der Löwensäule haben sich höchst lebendige Leute um einige mehr von Worten und Liedern als vom Wein berauschte junge Männer geschart und schauen ihnen zu, wie sie zum Klang des Akkordeons tanzen. Die jungen Männer sind in Zivil, tragen aber den Filzhut der *bersaglieri* mit dem Federbusch. Das riecht nach Provinz. Einer ruhigen, tristen Provinz, die nicht oft Zerstreuungen hat. Sonderbares Venedig: man setzt ihm die neuesten Filme vor, prunkvolle Bälle, die Premiere einer Oper von Strawinsky [1], und es schaut Söhnen von *bersaglieri*, die seit dem Morgen gezecht haben

1 *The rake's progress (Der Weg des Wüstlings)* wurde am 11. September 1951 im Teatro La Fenice von Venedig uraufgeführt. Zweifellos meint der Tourist dieses Ereignis. Die Oper war kein großer Erfolg.

müssen, beim Tanzen zu. Im Grunde sind das *seine* Zerstreuungen. Die anderen sind für den Fremden. Die Provinz. Mme. D. hat es mir gesagt: «Wir sind aus Venedig weggegangen. Das ist Provinz. Man sitzt die ganze Zeit aufeinander. Verarmte Adelsfamilien, die sich gegenseitig beobachten.» Und so ist es: Amsterdam des Südens und Provinz. Das war die antitouristische Reaktion von 1930. Im Grunde der Universalismus des Kapitalismus gegen die Folklore. Die Alhambra, ein trostloser, staubiger Garten. Probieren Sie das Spielchen einmal aus. Das ist auch nicht wahr. Man müßte die Touristen, die Feste, die Biennale vergessen. Und natürlich Byrons Liebeleien, den Tod Wagners. Ein zweideutiger Gegenstand: eine müßige, gut vor der Industrie geschützte Provinz – und ein internationaler Ort, der den Mythos, den man ihm übergestülpt hat, so gut es geht, erträgt. Ja, ein überdrüssiger Venezianer hat das Recht, ihn Provinz zu nennen. Ich nicht. Weder Provinz noch Stadtstaat der Dogen. Es gelingt nie, eine ganze Stadt in der Vergangenheit oder in der Gegenwart einzubegreifen. Heute abend allerdings amüsiert sich eine kleine, im kalten Wind fröstelnde provinzielle Menge in einer ergrauten Stadt mit kindischem Treiben.

Wahr ist heute abend diese Provinz, die den mehr von Worten und vom Tanzen als vom Wein berauschten *bersaglieri* zulacht. Riva degli Schiavoni. Die Lagune. Im zarten, rosagrauen Abendnebel die schon schwarze Lagune. Mitten im Wasser, dreihundert Meter vom Kai entfernt, senkt sich eine Mauer aus hellgrauem Stahlbeton ins Wasser, gerade und leblos. Sie verdeckt die Giudecca. Sie, sie allein wirkt wie aus totem Stein. Lampen werfen ihr Licht fächerförmig auf diese graue Masse. Es ist ein amerikanisches Kriegsschiff. Ich biege in eine Gasse ein. Venedig ist eine der ganz wenigen Städte, die mir das Gefühl geben, in ihr gelebt zu haben. 1934 war ich dort wahnsinnig und unglücklich, in bin eine ganze Nacht dort herumgelaufen, verfolgt von einem gewaltigen Hummer, der hinter mir seine Scheren wetzte. Ich habe nie in meinem Leben *wirklich* an Selbstmord gedacht, aber in jener Nacht fürchtete ich, daran zu denken.[1] Ich bin an einem kleinen Kanal stehengeblieben. Mir gegenüber tauchten Palazzi ins Wasser, ihre sämtlichen Fenster waren offen und dunkel. Ich hörte ein seltsames Röcheln, das Ähnlichkeit mit einem Brüllen hatte: es war ein Typ, der in einem Fürstenzimmer jenseits des Wassers schnarchte. Seit jener Nacht fühle ich mich in Venedig zu Hause. Das einzige Mittel, eine Stadt ein wenig zu besitzen, ist, seine persönlichen Probleme darin herumgeschleppt zu haben.

Natürlich ist Venedig tot, aber wie es vor Leben summt; um es zu merken, muß man seine 390000 Einwohner sowie die Touristen beiläufig beseitigen. Sich weigern, sowohl das geräuschvolle Leben der Fremden als auch das fröhlichste Straßenleben Italiens zu sehen. Wenn Sie die Menschen hassen und wenn Sie sie nicht

1 Eine reale Erinnerung Sartres, die aber zwei Jahre später datiert werden muß.

sehen, dann ist Venedig tot. Doch was *ich* bei meiner Ankunft sehe, ist, daß es lebt. Und zwar ganz enorm. Ich gebe das Gepäck im Hotel ab und gehe spazieren. Es ist Sonntag. Auf der Riva degli Schiavoni. An der Ecke der Piazzetta San Marco beobachten um die Löwensäule gescharte Leute das Herumtollen und Tanzen junger Männer in Zivil, die aber den Filzhut mit Federbusch der *bersaglieri* tragen. Sie tanzen zum Klang eines Akkordeons. Im zarten, rosagrauen Nebel des Himmels und des Abends verdeckt eine Betonmauer, das einzige, was nach totem Stein aussieht, die Giudecca. Sie wird von Lampen angestrahlt, die ihr Licht fächerförmig auf diese graue Masse werfen: ein amerikanisches Kriegsschiff. Das sind die ersten. Ich laufe durch die rückwärtigen Gassen. Ein Kanal. Das tote Wasser glänzt schwach, sieht aus wie lackiert. Eine asphaltierte Straße. Eine Gondel liegt darauf, ebenfalls tot. Aus einem erleuchteten Fenster fällt etwas heraus, schlägt auf die Gondel auf und plumpst ins Wasser. Das Fenster wird dunkel. Dann, zwei Minuten später, treten zwei Frauen auf die Nachbargasse. Sie haben ihren Abfall hinter sich gelassen und gehen, ihre Handschuhe anziehend, davon. Glocken läuten. Das Wasser bebt. Lichter klammern sich daran und entfernen sich. Man könnte meinen, die Vibrationen der von den Glocken gepeitschten Luft teilten sich dem Wasser mit. Die Töne und die Glanzlichter passen zusammen. Die Glocken passen besser zum Wasser als zur Erde und zu den Steinen. Es läutet unter dem Kanal hervor. Eine versunkene Kathedrale. Weitere Straßen, eng und belebt. Noch ein Kanal: an der dunklen Wand glänzt als einziges wie eine Lichtblume ein rotes Kreuz inmitten einer cremeweißen Scheibe. Es spiegelt sich im fließenden Wasser. Ein saurer Drops. Seltsame Bewegung: zwölf Lichtflecke, die einander erzeugen, sich fliehen, sich nachlaufen und verschwinden, um rastlos wiederzuerscheinen. In Venedig könnte man sich lange ein Schauspiel der Straße ansehen, das Venedig in Vergessenheit bringt. Sein Reichtum liegt im Detail. Siena schenkt Ihnen nur seine Schönheiten. Darüber hinaus darf man nichts verlangen, man fühlt sich für immer als Tourist. In Venedig verwandelt man sich in weniger als zwei Minuten in einen Venezianer, man sieht sich etwas Auffälliges *abseits* der vorgesehenen Touristenroute an, man läßt die Scuola di San Rocco für *dies hier* aus, eine Spiegelung im Wasser, die man, wie es scheint, überall sehen kann, die man aber nirgendwo sieht außer in Venedig. Ich komme auf den Markusplatz. Lauter Venezianer, oder falls Touristen da sind, gehen sie in dieser Menge unter, die sanft verharrt, sich längs der Arkaden bei den Tanzcafés etwas staut. Italiener und amerikanische Matrosen, ernst und schlaksig, die linkisch wirken mit ihren langsamen, pflanzenhaften Gesten, umringt von den knappen italienischen Gesten. Schreiende *bersaglieri* umringen sie. Einer von ihnen, ein ganz kleiner, will seine Kopfbedeckung gegen die weiße Matrosenmütze eines Hünen eintauschen, der ihn mit einer heftigen, vulgären und mürrischen Handbewegung zurückstößt, die in ihrer Art ebenfalls vollkommen ist: «Nicht anfassen!» Sie spielen, aber nicht im selben Stück. Die *bersaglieri* laufen davon, die Matrosen entfernen sich schlenkernd, verwirrt und angewidert. Das mißfällt ihnen sicher, diese Stadt, in der Abflüsse unter offenem Himmel liegen. Ich gehe. Weitere Kanäle: eine Gondel fährt lautlos unter der Brücke hindurch, über die ich mich beuge; darin, hingegossen, der große Körper eines Amerikaners, flacher, als wenn er tot wäre...

Erste Gondelfahrt

22., morgens

Venedig ist grauer Samt. Grau der Himmel, feucht, wäßrig, graugrün das Wasser. Alles bewegt sich auf dieser empfindlichen Straße, die die Spur der Taxis bewahrt, die sie befahren haben. Boote und Gondeln hüpfen. Alles bewegt sich außer jenem Kriegsschiff dahinten, ebenfalls grau und in den grauen Nebel übergehend, das so schwer ist und sich so wenig bewegt, daß es das Wasser in Asphalt verwandelt. Es wirkt komisch und vornehm und versteinert, eine Frau zu sehen, die die Brücke, deren Ecke ich sehe, starr und sich auf ihren starren Absätzen auffangend hinuntergeht, wenn alles übrige, Taxis, Autobusse, tanzt. Rettungsringe liegen wie Grabkränze auf dem Dach des Vaporettos, paarweise in fünf Reihen zu zwei Paaren. Eine Frau am Bug mit einem im Wind flatternden Seidentuch auf dem Haar, im Pelzmantel, sehr à la 1900. Toben der Glokken und Gewässer, kleine Wellen gegen den Ponton des

Palazzos gegenüber. Wikingerlastkahn voll Fässer, zwei stehende Ruderer. Jetzt steigen ein Mann und eine Frau die Treppe hinauf: die Gehbewegung ist entschieden holprig und lächerlich, sie stampfen mit kleinen Schlegeln auf einen harten Boden. Hier gleitet man. Bisweilen sehe ich gerade eben einen schönen Kopf, der am unteren Rand meines Fenster vorbeigeht.

«Sober or drunk?»

Sie sind *förmlich*.

Der Boden von Venedig ist aus Stein, aber man stellt sich den Sand und das Wasser darunter vor und fühlt es beben. Die seltsamen aufgequollenen Auswölbungen des Steins auf dem Markusplatz, dieser neue Campanile, der an den Einsturz des alten gemahnt.

...Also, ein bewölkter Himmel, ein federleichter, genoppter Schleier, mitunter taucht ein blasser Himmel zwischen den Noppen auf. Die Feuchtigkeit in der Luft, im Himmel. Das Wasser. Weiche, glitschige Feuchtigkeit wie Öl, Kühle, in ihrem Innern laue Luft. Gondel. Die Gondel ist genau besehen ein Fiaker. Und ich schäme mich genauso, aber nicht mehr, hineinzusteigen, wie in Rom in einen Fiaker zu steigen. In den schmalen Kanälen begegnet man sich von Tourist zu Tourist in der Gondel, und jeder findet den anderen leicht lächerlich, jeder denkt: Sieh an! Ein Ausländer. Sie legt ab. Sie wird den Canal Grande ab der Rialtobrücke entlangfahren, unter der Seufzerbrücke hindurch bis zum Bahnhof, von wo sie durch das Viertel rechts des Kanals zur Rialtobrücke zurückkehrt. Von außen sieht die Gondel aus wie ein von Picasso gemaltes Musikinstrument, man weiß nicht so recht, wo man die Saiten anbringen soll, wahrscheinlich vom Bug zum Heck. Sitzt man darin und fährt, ist es ein Schlittschuh. Sie gleitet, fast ohne es aufzuritzen, über ein Wasser wie aus Glas, wenn es ruhig ist. Faule Äpfel, Kohl- und Blütenblätter, Papierfetzen scheinen von einem glasigen Film überzogen...

In der Gondel: die Gotik und das Wasser

...Eine bohrende Unruhe mischt sich in mein Vergnügen; ein sehr leichter, eigentlich eher angenehmer Schauer läuft mir die Wirbelsäule hinunter, und ich weiß nicht, ob ich plötzlich erleichtert oder enttäuscht bin, zu sehen, wie das Wasser plötzlich[1] blaß, silbern wird, alle seine Lichter anzündet, um die Rückkehr der Gondel in den Canal Grande anzukündigen.

Das Gleiten ist vorbei; diese Flüssigkeit ist klebrig. Wir hüpfen; die Gondel fährt in Sprüngen vorwärts, kleine Wellen klatschen dagegen. Alle Geräusche sind auf einmal wieder bei mir: Geschrei, Radio in einem Palazzo, Autohupen; alle plötzlich erwachten Kräfte der Trägheit sind hinter uns her. Auch die Anstrengung entsteht wieder: unversehens ist ein Mann hinter mei-

1 Hätte Sartre diesen Abschnitt noch einmal gelesen, hätte er dieses oder das Adverb weiter oben gestrichen. Der Leser wird bei der Lektüre noch einige andere Unvollkommenheiten in diesem im Enstehen begriffenen Text bemerkt haben.

nem Rücken, ein Mann, der sich abmüht, seine Barke dem Leim zu entreißen und der sagt: «Ca' da Mosto, aus dem 13.; daneben, Ca' Matteotti, aus dem 17. Gegenüber der Fischmarkt, er ist modern.» Ich versuche nicht einmal mehr, ihn zu unterbrechen: ich bin froh, eine menschliche Stimme zu hören; das ist warm. «Ca' d'Oro.» Die Gondel hält an; die Stimme wird dringlicher; das Vorbeifahren eines Motorbootes läßt uns tanzen. Ich drehe mich um, ein gebieterischer Arm zeigt mir den Palazzo des Barons Franchetti. «Ca' d'Oro, von Franchetti begonnen...» Ich werde mir also die Ca' d'Oro ansehen. Oder vielmehr der eilig herbeigerufene *Tourist* wird sie sich für mich ansehen. Ich kenne sie sehr gut, die Ca' d'Oro; und ich mag sie nicht besonders. Na gut, da ist sie... «So genannt, weil ihre Ornamente aus Gold *waren*.» Poetische Macht des Namens: dieser hier überzieht jenen Palazzo seit Jahrhunderten mit einem unsichtbaren Gold. Es gibt niemanden, der nicht weiß, daß die Ca' d'Oro aus Gold ist: das ist ihre pure Substanz; in der Erinnerung aller wirft dieser Schmuckkasten fahlrote Strahlen. Tatsächlich hat er seine Vergoldungen eingebüßt, er ist schmutzigweiß, auch etwas rosa, bonbonfarben. Er ist ein uralter, sehr abgenutzter kleiner Schmuckkasten, der nicht sehr schön gealtert ist. Was sagt der Tourist? Nun, daß man es genauso gut machen wollte wie der Architekt des Dogenpalasts. Dieser Dogenpalast ist überall; diese riesengroße und leichte Masse strahlt von der Piazzetta bis zum Bahnhof; alle Patrizier träumten davon. Bloß waren die reichsten noch nicht reich genug, um sich eine vergleichbare Wohnstatt leisten zu können. Das Ziel ist immer dasselbe: große Wirkungen durch kleine Ursachen herzustellen, ein ganzes Gebäude mit dem kleinen Finger[1] zu halten; ein ganzes Haus von Leere tragen zu lassen, der Kraft das etwas beunruhigende Aussehen von Zartheit zu geben. Bloß, weil das zu teuer gewesen wäre, hat man sich dafür entschieden, das Volle zu durchlöchern, es zu durchbrechen. Nur geht die Bewegung verloren: das ganze Gewicht ruht auf den vollen Teilen der Fläche, und die Durchbrüche, du meine Güte, ja, die Durchbrüche sind Löcher. Bei der Ca' d'Oro war man kühner: bei ihr hat man die Fläche in zwei Rechtecke aufgeteilt, deren erstes sich zum zweiten wie 2/5 zu 3/5 verhält; doch statt das Volle auf die Leere zu setzen, hat man das Volle auf die eine Seite und die Leere auf die andere getan. Das nordwestliche Rechteck ist mit drei quadratischen Fenstern voll, und das andere ist auf drei Etagen von Arkaden durchbrochen. Aber wie sieht das aus? Tatsächlich haben wir auf der einen Seite die Unbeweglichkeit des Minerals: es liegt nicht auf, es trägt nichts: es ist. Auf der anderen Seite haben wir Leere, die aber Leere trägt. Groß und schwer tragen die unteren Säulen die beiden oberen Reihen. Die in der Mitte sind leichter, als wären es fünf niedliche Schlüssel. Aber sie tragen lediglich weitere Säulen. Wie jene Turnerfamilien,

1 Ein Zeichen zur nächsten Zeile scheint darauf hinzudeuten, daß der Verfassser diese vier Wörter nach *von Leere* wiederaufnimmt, was das Verschwinden von *ein ganzes Gebäude... zu halten* impliziert.

die die Menschenpyramide vormachen, der Vater unten, dann der Sohn, dann das Mädchen. Was fehlt, ist im Grunde die Anstrengung. Die Schwere ist so gut überwunden, daß sie verschwunden ist. Alles in allem könnte man meinen, die Arkaden wären mit einer Schere in eine Pappfassade geschnitten. Sie sind ganz einfach Dekoration: man hat auf den schönen Schmuckkasten Inkrustationen aus Leere gemacht. Ich gestehe, daß diese Spitzen, die natürlich meine Bewunderung erregen, mir etwas auf die Nerven gehen: die italienische Gotik war jedenfalls nie das, was die Gotik in Frankreich war: das Werk eines ganzen Gemeinwesens. Die Errichtung der Kathedralen ließ das Volk zwar nicht gleichgültig; und als Brunelleschi in Florenz seine berühmte Kapelle erbaute, gab es dabei so viele Schaulustige, daß sie seine Arbeit verzögerten. Aber das war eine passive Neugier: mit der Entscheidung, der Auswahl der Pläne, dem Bau befaßten sich die Bischöfe, die Zünfte, die Bruderschaften, und für sie ging es viel mehr um das prunkvolle Vorzeigen ihres Reichtums und ihres Geschmacks als um einfache Probleme, wie zum Beispiel: wie kann man eine ganze Menschenmenge in einer Kirche unterbringen. Die Gotik ist in Italien eine Verfeinerung der Elite; daher rührt ihre Kostbarkeit und auch die geschickten Synthesen von lombardischem Stil und Gotik, die den Kompromissen von Gelehrten gleichen. Doch nirgendwo ist dies deutlicher als in Venedig: diese leichten Backsteinhäuser hatten den Spitzbogen in keiner Weise nötig; die maurischen Wölbungen des Fondaco dei Turchi genügten ihnen. Der Spitzbogen ist nur ein Raffinement, eine Eleganz mehr; ein Ornament, das sie aus dem Norden haben. Außerdem löst er sich bei ihnen auf: zu individuell, um irgend etwas ohne Veränderung zu übernehmen, mußten sie zeigen, daß der Spitzbogen sich vom Kreis herleitet: um diesen zu bekommen, brauchte man nur den Kreisbogen in seiner Mitte auszubogen. Oder man nimmt Kreislinien und läßt sie sich überschneiden. Um eine Reihe venezianischer Arkaden zu machen, nehme man einen Kreisbogen, lasse ihn an zwei symmetrischen Punkten von zwei weiteren, einander berührenden Kreisen überschneiden und bringe seine Säule am Berührungspunkt der zwei Kreise an. Die Ca' d'Oro ist etwas komplizierter: im dritten Stock überschneiden sich Spitzbögen, wie ich schon sagte. Aber das Prinzip ist das gleiche. Letztlich geben diese fortwährenden schillernden Verwandlungen des Spitzbogens in einen Kreis und des Kreises in einen Spitzbogen im Unbeweglichen die fortwährende Bewegung des Wassers wieder. Als würde das Wasser seine Spiegelungen auf die Wände werfen und ihnen Schlitze öffnen. In gewisser Weise wird der Stein Abbild des Wassers. Dieses Hin und Her ist in Venedig üblich. Wie im Wasser, diesem Unruhestifter, sind die Dinge unnötig kompliziert, sie imitieren mit ihren vierlappigen Formen dessen Umwege und Wiederholungen. Auf dem Kai und im Kanal entstehen Kreidekreise, verformen sich und entstehen neu. Wollte man im Stein das Element des Wassers verkörpern? Kommen diese Palazzi aus dem Wasser, oder hat der Stein, indem er die Beweglichkeit bis zum Äußersten trieb, das Wasser hervorgebracht?

In der Gondel: vom Bösen versucht

Der Mensch geht hüpfend, flackernd, immer wieder zusammengesetzt voran bis zu einer Art Seinszusammenbruch, und ich hüpfe mit diesem «unechten Traum»; man schiebt mich an diesen Bündeln entlang, die unentwegt auseinanderfallen; ganz flach, viel tiefer als ein Fußgänger, lasse ich mich von diesem vibrierenden Durcheinander hin und her werfen; ich blicke zu Türen, zu Erdgeschossen auf, ich nehme die Perspektive eines Beinamputierten ein. Diese Häuser sind klare Kelche, Ideen, und ich sehe sie mit heimlicher Perversität an, wie Mallarmés Meister, froh, über dem Abgrund «schräg sich neigend hoffnungslos gesenkt die schwinge seine schwinge von anfang an schmerzlich niedergebrochen im versuchten aufflug».[1] Ich reite auf dem Bösen, dem alten platonischen Stoff, ein Mensch soll aufrecht gehen, und ich habe verraten. Ich bin Wasser, ich habe auf diese Palazzi die *Perspektive des Wassers*. Es ist auch umgekehrt. Diese Palazzi sind unbelebt, rosa und frisch, sie versteifen sich in einer öden, strengen Haltung, ihre harten Linien sind Gestänge, Korsettstangen, Ganggestein. Das Wasser nagt an ihrem bemoosten Sockel, auf einmal sind sie vom Einsturz bedrohte Klippen; und wir Touristen, unver-

1 «*Ein Würfelwurf*» (*Un coup de dés*) aus Stéphane Mallarmé, *Sämtliche Gedichte* (dt.-französ.). Üb. v. Carl Fischer, Köln 1969, S. 158–159. *Anm. d. Ü.*

frorene kleine Menschen, die zurückgelehnt wie eine Welle zwischen diesen leeren Schalen hindurchfließen, wir sind das Leben, die Bewegung, und die kleinen Wellen sind das Abbild unserer immerwährenden Sorgen. Ich habe die Wahl, ich kann nach Belieben das wechselweise Vergnügen genießen, den Menschen irgendeiner Verdammnis, dem Zufall, einem Schiffbruch ausgeliefert zu sehen oder der einzige Mensch inmitten von erstarrten, gefrorenen, kristallisierten, vergangenen Schauspielen zu sein. Das ganze menschliche Leben zieht dicht an mir vorbei, es ist ein wahrer Markt, ein *motoscafo* rast dicht an uns vorbei und schüttelt uns. «Bevete Coca-Cola» in großen Buchstaben, gefolgt von Schleppkähnen, die Fässer, Möbel, Obst laden. Unter einem steinernen Brückenjoch, in ihrer Garage, tanzen rot-goldene Motorboote sanft auf und ab, Fulgor, Fiamma, und richten ihre Wasserrohre auf den Vorbeifahrenden; das ist die Wasserschau des Zirkus Medrano. Der Postwagen knattert vorbei, und wir hüpfen auf der Stelle. Laster, Taxis, Autobusse, Fiaker und Lieferwagen begegnen sich, weichen sich aus, hupen. Als wäre es ein Traum, in dem man mit schweifenden Kurven beiseite kriecht, gleitet, saust; Campo San Pantalon: hier gibt es Lichtsignale, rote und grüne Ampeln an der Kreuzung; sie sind sehr hoch und sehr weit über unseren Köpfen, künstliche Sterne an diesem grauen Himmel. Seltsame Stille, die aus meiner Erwartung von Knirschen, Quietschen, Gehupe unter dieser Ampel entsteht: nein, nur dieses schlangenhafte Kriechen, diese langen Windungen, die sich verschränken, entwirren – und sich in weiteren Windungen aufheben. Eine große bemooste Klippe taucht aus dem Wasser auf, grün, schwärzlich und rosa. Vor dem geschlossenen Gittertor, durch das man im Halbdunkel die Blässe einer Statue sieht, tanzt ein Boot; in dieser festgemachten Gondel steht ein kahlköpfiger, beleibter Mann im Regenmantel mit dem Gesicht zum Palazzo und macht sich Notizen. Ein Unternehmer wahrscheinlich. Man wendet, man fährt zwischen zwei langen, vertikalen und glatten Stillen wieder los, das Rosa geht in Weiß, dann in Rosa über. Wurmzerfressene, verschlossene Türen: zugesperrt. Nichts kommt da heraus, nichts geht hinein. Auf einmal fühle ich mich zwischen Ruinen, wäre da nicht dieser Orientteppich, der über die Brüstung eines offenen Fensters hängt. Hin und wieder dunkle Lethargien zwischen den Gitterzäunen, weit weg, Bäume oder an den rosa Mauern herabfallender wilder Wein, der schäumt, wuchert und ins Wasser eintaucht. In Höhe des Fondaco dei Turchi wird der Kanal breiter, plötzlich verschwindet dieses ganze apathische Leben, noch von einem vorbeischwimmenden großen Meerestier aufgewühlt, plätschert das Wasser, die Gondel gleitet nicht mehr, sie bäumt sich auf, dann fängt sie an, sich mit langsamen, natürlichen Verzögerungen zu drehen; der Himmel hat sich auf das Wasser gelegt, Grau auf Grau[1] …

1 Es folgt eine andere Version, in der die Anekdote vom Unternehmer wiederaufgenommen und die Fahrt weitergeführt wird.

…Ein Mann im Regenmantel, kahlköpfig und beleibt, steht in einer festgemachten Gondel, nimmt Maß und macht sich Notizen. Ein Unternehmer wahrscheinlich. Sonderbare Position des Gleitenden zwischen diesen Klippen, reines flüssiges Werden, das von diesen schwerfälligen und selbstsicheren Fassaden von erdrückender Stummheit verneint wird, und zugleich Leben, Bewegung angesichts des Todes. Aus diesen Palazzi kommt fast nie etwas heraus, nichts geht hinein. Einzig lebendig die Bäume, die man durch die Gitterzäune sieht, oder dieser wilde Wein, der schäumt, wuchert und an den rosa Fassaden herabfällt. Nach der Rialtobrücke, in Höhe des Fondaco dei Turchi, etwas nach der Ca' d'Oro verbreitert sich der Kanal ein wenig, er ist plötzlich verlassen, und doch plätschert das Wasser, die Gondel gleitet nicht mehr, sie hat die langsamen Verzögerungen eines natürlichen Dings, und das Wasser scheint bloß die unendliche Aufwicklung des Raums zu sein. Kein Leben mehr. Diesmal haben wir keine Weggefährten mehr. Der Weg ist verschwunden; die schwarze und übelriechende Realität des Wassers, das nicht zusammendrückbare, nicht reduzierbare, nicht bebaubare Wasser, reine Unordnung. Wir sind auf der Seite der reinen Unordnung, des Bösen, unter diesem etwas bedrohlichen grauen Himmel, mit diesem leichten Wind, der weht, und das Gute ist tot, es sind nur diese Gebeine übrig. Das Menschliche läuft zum Tod über, und mit dem ungeordneten Wasser gerät das Leben durcheinander. Ganz leichte Angst. Aber da ist der Bahnhof, dann ein langer Bretterzaun. In der Höhe, in der ich die Spitzbogenfenster der Palazzi sah, sehe ich Reklametafeln, vier Reproduktionen einer Maid im Latexbadeanzug und eine üppige Italienerin im Stil der *Domenica del Corriere*[1], die mit Rasierklingen Akkordeon spielt. Lagerhäuser, städtische Gebäude. Der Canal Grande ist verschwunden, es bleiben Wasserwege, Wasserplätze, man fährt unter Säulengängen hindurch, die Vielzahl der Kanäle und Brücken läßt mich glauben, ich wäre unter den spitzbogigen Schlußsteinen einer italienischen Kirche mit romanischem Portalvorbau und gotischem Schlußstein. Das Wasser in Venedig ist kein Wasser, es ist hundert Dinge auf einmal, es ist ein Tier mit Pusteln, eine giftige Pflanze, eine Glasfläche über einem ekelhaften Schwarz, es ist Eiter, es ist die zwischen die Ordnung eingeengte reine Unordnung, es ist das sanfte Gleiten des Nichts zwischen den Klippen des Seins. Es ist der Geist. Einmal hat mir ein Junge zugerufen: «Ball, bitte», wie in einem Garten. Der Ball trieb in meiner Nähe, schon ein kleiner Kadaver, mit dem Bauch nach oben; ich habe die Hand ins Wasser getaucht, um ihn herauszuholen, und als ich sie herauszog, wunderte ich mich, daß sie nicht mit grünlichen Pusteln bedeckt war. Ich habe dem Kind den Ball zugeworfen, während eine schöne Amerikanerin in einer Gondel an mir vorbeifuhr und sich ein parfümiertes Taschentuch vor die Nase hielt.

1 Populäres Sonntagsmagazin der Tageszeitung *Corriere della sera*.

...Tiere werden durch Urzeugung aus dem Wasser geboren, riesige Ratten kommen heraus, laufen über die Kais, verschwinden in Löchern; neulich hatte ein Mann eine gefaßt, ihr Schwanz schlug den Takt wie ein Metronom, er warf sie mit aller Kraft gegen die Backsteinmauer; das Wasser nahm sie wieder auf. Auch die Mücken kommen eines schönen Tages aus den Kanälen herausgeflogen. Das sind die *natürlichen* Tiere von Venedig. Hunde und Katzen sind importiert. Diese Lepra, in der Passivität und verwesendes Leben sich mischen, legt ihre Schröpfköpfe an den Stein an, saugt mit plätscherndem Sog am Mauerziegel, an den Holzpfählen: das ist die Zeit, die nagende Zeit; das Wasser hat seine Gezeiten, es sinkt und zeigt die Krankheiten des Steins, diese grünlichen Moose, diese Anemonen, diese schlammigen Miesmuscheln, diesen grausigen Haferwurz. Man braucht nur das Wasser anzuschauen, um Venedig zusehends altern und grün werden zu sehen. Kleine Wellen, Gezeiten, Schemen von Strömungen und Strudeln, und plötzlich der universelle Zusammenbruch eines aufgegangenen Bündels, das ist die Zeit selbst.[1]

1 Diese Passage stammt aus einer weiteren Version, die vielleicht vor den beiden anderen entstand und von deren Anfang mehr fehlt; ihr folgt unmittelbar die Szene mit der Amerikanerin mit dem Taschentuch, was es nahelegt, sie hier einzuordnen. Danach werden die Themen der Barbarei und der überlagerten Zeiten entwickelt (siehe nächste Seite).

Die Barbarei
Die überlagerten Zeiten

Das Wasser ist Hexerei. Der umgekehrte Geist. Eine Passivität, die Macht hat.

Gleichzeitig ist es Venedigs Vergangenheit. Man wird diese Vergangenheit an den großen sauberen Palazzi wenig finden. Oder sie liegt nicht weit zurück; auf den rosa Fassaden sind große Kohlestriche, Grüntöne, die sanft brennen, arbeitendes Holz: alldem würde ich keine hundert Jahre geben. Das Wasser ist auch eine Ruine, aber es verweist nicht auf die Antike wie der Untergrund von Rom und auch nicht auf das Quattrocento. Es verweist auf die Zeiten der Barbarei. Gleitet man in der Lagune über das Wasser, sieht man Bänke aus Sand und Ton, die träge und schwammig ebenfalls auf diesem ganz und gar vergessenen, aufgegebenen, toten und vollständig glatten Wasser schwimmen. Wenn diese unmenschliche Wassereinöde den Menschen aufnimmt, ist sie wie ein Zufluchtsort, eben weil sie unzugänglich ist. Flüchtlinge werden kommen und sich, hinter dem Schilf versteckt, in diese Schlammklumpen, in diesen feuchten Sand eingraben, während die Langobarden das Land verwüsten. Rom ist tot, es herrscht Anarchie. Dieses Totenwasser wird wegen seiner Trennkraft gewählt; es ist Raum, ein Plätschern, das auseinandersprengt. Es ist Flucht, Angst. Diese Inselchen, die – mit dem Bauch nach oben, tote Fische – das Ufer erreichen, sind ein Venedig, das kein Glück gehabt hat. Das Wasser spiegelt den Zerfall der römischen Welt, die Angst und die Flucht. Wenn man nach Venedig zurückkommt, sieht man das Wasser des Canal Grande vor dem Hintergrund dieser wilden, düsteren Bilder; Venedig bleibt die Angst, die Trennung, die Verteidigung gegen das Land, es wiederholt durch dieses fortwährende Verschieben seiner Millionen Glassplitter, daß es einen heute von Steinen überdeckten uralten Tod umherbewegt, das Zersplittern des Imperiums in tausend Stücke und diese öden Gefilde, in denen die Barbarentruppen umherirrten. Auf einhundertzehn Inselchen aus Sand und Ton haben die Venezianer ihre Salons, ihre Geheimgänge, ihre Verliese erbaut; dieser schlammige, wimmelnde Schlick ist getarnt; kaum einmal im Jahrhundert bewegt er sich und ruft den Einsturz eines Campanile hervor, der sofort wiederaufgebaut wird; aber die giftige Barbarei ist noch da, es ist das Wasser, das glatte und tote Wasser, das seine kalten Arme zwischen den Häusern hindurchstreckt. Venedig hat drei Zeitebenen; die Zeit hat Tiefe: ein touristisches 19. Jahrhundert klafft über einem 14. Jahrhundert des Aufbaus und einem unruhigen 16.; unten an den Sockeln finden wir, zusammengesunken, die Ablagerung der zurückgelassenen Wildheit, einer sterbenden Kultur, einer umherschweifenden Barbarei. Und ganz unten: die Natur. Alt und pompös, hat Venedig trotz seinem Luxus, trotz seiner Kostbarkeit etwas von der kolonialen Zerbrechlichkeit amerikanischer Städte behalten, die gegen die Natur und gegen die Menschen gebaut wurden und in die die Natur in Bächen eindringt und die sie von überall her zum Explodieren bringt. Auf das Unmenschliche gestellte Städte. Das sieht man heute allenfalls in Afrika oder in Amerika. Überall sonst ist die Erde von Asphaltgipsverbänden bedeckt. Die Städte sind aus einem Stück. Seltsames Venedig, das zugleich aus einem Stück ist, eine einzige Labyrinthwohnung, und durchschnitten, aufgesplittert von Nichts, von einem für den Menschen schädlichen Element, das er nicht atmen kann. Eine Wohnung, wo man, vor Autos sicher, in Pantoffeln herumlaufen kann, der Traum des vergifteten New Yorkers, und wo man plötzlich wie durch eine Falltür verschwinden und ertrinken kann. Städte werden nämlich gebaut, um den Menschen vor der Natur zu schützen, und zwar an Orten, wo die Natur am zurückhaltendsten ist; hier dagegen hat man sie mitten in die Natur hineingebaut, damit die Natur den Menschen vor den Menschen schütze. Die Natur ist geblieben. Ein Humorist hat gesagt: «   .»[1] Es ist das Wasser, eine angeborene große und unbestimmte Melancholie, diese Lymphe, die zwischen den Mauerspalten fließt. Und doch hat sich diese Natur, während sie die Steine dieser unmöglichen Stadt verseuchte, selbst verseucht; sie hat aufgehört, Natur zu sein.

Venedig ist *eine* Architektur. Diese auf einhundertzehn Inselchen erbaute Stadt ist aus einem Stück, und ständig hat man architektonische Eindrücke wie in einer Moschee (Cordoba) oder einer überladenen Kathedrale. Gänge, Schiffe, Vorhallen, Chöre.

1 In dieser Form im Manuskript.

In einem rosa Palazzo, über schwärzlichem Wasser, ist ein Fenster erleuchtet, ich sehe eine Neonröhre an der Decke hängen, ich sehe einen Mann im Jackett vorbeigehen. Dadrinnen ist ein Büro mit Tischen, verschiedenen Geräten, Bürobeleuchtung: schwer zu glauben. Es gibt eine bürokratische und moderne Kehrseite von Venedig, die man unmöglich sehen, sich vorstellen kann. Eine im Innern der antiken Stadt versteckte moderne Stadt.

Neonlicht, die neue Manie der Italiener.

Piazza San Marco, Melodien

Sonntag.[1] Die Biennale war hier, hat Spuren hinterlassen, diesen Kubus, das Hotel Bauer Grünwald, einige GI-Bars, einige Tanzlokale. Erlesene Auslagen, beleuchtete Geschäfte, geschlossene Türen. Da ist ein Stoffgeschäft: es genügt nicht, Stoffe im Schaufenster auszulegen; die Verkäufer haben beim Weggehen in einem Anfall jener lyrischen Verrücktheit der Italiener wallende Bahnen rosa und blauer Seide lässig auf dem Fußboden hinter sich gelassen. Das ist keine Großzügigkeit, das ist das leidenschaftliche Schauspiel von Großzügigkeit: sehen Sie diese Stoffe, ich habe im

1 Ist es der Abend desselben Sonntags, an dem der Tourist angekommen ist, den der Autor hier anders beginnen will?

Überfluß davon, ich werfe sie auf den Boden, bedenken Sie, zu welchen *prezzi disastrosi* ich sie Ihnen verkaufen werde.

Kaffee: das ist nicht mehr jener Likör, jener flüssige Karamel, den man in Rom trinkt. Je eleganter das Café, um so schlechter der Kaffee. In den kleinen Bars ein Kompromiß zwischen der wässrigen, flachen Flüssigkeit Nordeuropas und dem winzigen Juwel des Südens.

Man muß auch das erwähnen, was durch die Ohren und die Nasenlöcher des Touristen eindringt. Dieses Jahr hören meine Ohren ein italienisches Lied, dessen Titel ich nicht kenne, *September Song* und *La vie en rose*. Auf dem vierten Platz kommt *Die schöne blaue Donau*. *Alle* Kapellen spielen diese Melodien und oft sogar mehrmals am Abend. Langsamer Verfall des *September Song*, den ich in Rom auf dem Saxophon gehört habe und den ich schließlich auf dem Markusplatz auf der Geige höre, die sanfte, entsagungsvolle Klage eines verliebten Gondoliere. Zwei Kapellen, im *Quadri* und nebenan, spielen dieselben Melodien, aber in umgekehrter Reihenfolge, um die Kakophonie beizubehalten. Der Geruch: heißer Kaffee.

Es gibt ausgezeichnete Jazzamateure. Wie machen sie das? Der Jazz ist dem italienischen Geist feindlich. Die fast ungeschickte Wiederholung einer musikalischen Form ist keine Melodie mehr, es ist ein Objekt, das man Ihnen zwanzigmal zeigt und das Sie schließlich in seinen Bann schlägt. Gesunde Barbarei. Wenn man sich den Spaß macht zu entwickeln, dann keineswegs das Thema, und dann kehrt man zu diesem scharfkantigen Klangobjekt zurück. Der Italiener aber entwikkelt; kaum hat er, unecht ätzend, unecht schrill, die sechs Takte seines Themas vorgeführt, wiederholt er es verzuckert, abgerundet, wir sind beruhigt. Das Jazzthema bleibt in der Luft hängen. Wenn wir schließlich den letzten Ton als Ende sehen, so, weil wir durch seine Wiederholung nichts darüber hinaus erwarten. Dieses Klangobjekt entscheidet abweichend von den klassischen Regeln über sein eigenes Ende. Und Miles Davis hört einfach in dem Augenblick auf, in dem er keine Inspiration mehr hat. Der italienische Geist liebt Improvisationen, die ursprüngliche Unruhe ist nur eine Finte, um Aufmerksamkeit zu erregen, es ist ein Fragezeichen, worauf jetzt die Antwort folgt, es ist eine Schwierigkeit, die man durch allmähliches Ausgleichen einebnet, und schließlich endet alles (grausame Leidenschaft, Verzweiflung oder Fröhlichkeit) im Akkord einer klassischen Auflösung. Man spricht nicht mehr darüber, man geht zu etwas anderem über. Während doch das Jazzthema nicht beendet werden soll: es bleibt, was es ist, Frage, Vorwurf oder Schrei, und es *vergeht nicht*, genausowenig wie ein flüchtig gefühlter Schmerz nicht vergeht, nicht gut endet.

Ein Notenpult im *Quadri*, eine Tafel am Pult, zwei Pin-up-Girls von Varga, geschickt mit Faltern getarnt, so daß sie noch nackter wirken. Und die Reproduktion eines Gemäldes von Chirico aus seiner guten Epoche.

Die Tauben, verrückte Marmorstücke. Welche Prüfung diese Hochnervösen mitmachen müssen. Fotografiert, gefüttert von Touristen, die selbst entnervt sind, haben sie die Verstörtheit von Lebewesen, die Lokalkolorit herstellen sollen. Sie laufen zwischen den Beinen von Engländerinnen herum, fliegen aber bei jedem Glockenschlag in verrückten Kreisen auf, eine knatternde große Stoffbahn. Ich bin sicher, daß sie die Angst spielen: bedenken Sie, das geht so seit einem Jahrhundert. Sie sind in zwei Abteilungen aufgeteilt, die eine mimt den panischen Schrecken, um die Fremden zum Lachen zu bringen, und die andere Hälfte pickt in aller Ruhe die Brotkrumen oder Maiskörner, die man ihnen hinwirft. Heute abend arbeitet die andere Mannschaft, und die erste frißt und ruht sich aus.

Italien bewegt sich: der Prozeß von Viterbo[1], Visionen des Papstes[2], Reise von Gasperi[3], Wirbelwind über Si-

1 Gemeint ist der lange Prozeß um das Massaker von Portella della Ginestra (1947), das von der mit den sizilianischen Separatisten und der Mafia in Verbindung stehenden Bande von Salvatore Giuliano begangen wurde. Der Prozeß, der mehrfach wiederaufgenommen wurde, hatte im Juni 1951 wiederbegonnen.

2 Am Samstag, dem 13. Oktober 1951, zum Abschluß des heiligen Jahres der Fatima verkündete der päpstliche Legat, Pius XII. habe ein Jahr zuvor in den Gärten des Vatikans die Wunder sich erneuern sehen, deren Zeuge Tausende von Gläubigen am 13. Oktober 1917 in Fatima gewesen waren (Erscheinung der Jungfrau, Formveränderung und Bewegung der Sonne).

3 Der damalige italienische Ministerpräsident.

zilien, Streik und drohender Streik. Der Plan der U.I.L., der Skandal um die Nationale Versicherungsanstalt.

In Venedig gehen: Weiblichkeit und Langsamkeit

Nach seiner ersten venezianischen Nacht erwacht das Touristentier als Amphibie; es stellt gleichzeitig fest, daß ihm Flossen gewachsen sind und daß es den Gebrauch seiner Füße wiedergefunden hat. Hier nimmt das Gehen wieder seinen natürlichen Adel an, hier ist das Gehen heilig. Heute morgen gehe ich; ich gehe dem Zufall eines sumerischen oder dorischen, auf jeden Fall pastoralen und jahrhundertealten Schrittes überlassen durch *calli*, über Brücken, lande auf *campi*, verirre mich, gerate in eine Sackgasse, mache kehrt, überquere andere Brücken und komme oft durch dieselben *calli* und auf dieselben *campi*, ohne es richtig zu bemerken. Macht nichts: Venedig ist überall Venedig, ich kenne keine Stadt, die sturer sich selbst gleichbleibt, ich kenne keine, wo die Armenviertel mehr den wohlhabenden Vierteln gleichen. Antik und feierlich streune ich zwischen Miniaturen herum, ohne anderes Ziel, als meine pastorale Würde eines *Gehenden* in der einzigen 400 000-Seelen-Stadt spazierenzuführen, die den Fußgänger noch als feinen Mann behandelt.

Einmal bin ich einem heiligen Johannes dem Täufer begegnet: das war im Ahaggar, zwei Kilometer von

Tamanrasset entfernt. Er ging barfuß, die ganze Wüste hatte sich als Reismehl auf seinen braunen Beinen abgelagert. Weder Tuareg – denn sein Gesicht war unverhüllt – noch Neger. Er war mit einer kurzen, in der Taille mit einem Bindfaden zusammengebundenen Chlamys bekleidet und stützte sich auf einen Stock. Er führte Selbstgespräche, aber es war nicht dieses Gemurmel, dem er seine ungewöhnliche Wirkung verdankte. Auch nicht seinen schönen, verstörten Augen, die in seinem vom Bart verschlungenen Gesicht rollten. Nein: aber in dieser Wüste, die die Targi[1] auf Kamelrücken und die Europäer in Dodges durchstreifen, *ging* er. Das genügte, damit man sich fragte, woher er wohl kam, wohin er ging, wie er die Hitze der Wüste aushielt. Er war wirklich *der Fremde*, der Mann von anderswo, edler als ein Krieger zu Pferde, bloß weil er eine Fortbewegungsart benutzte, die dem Menschen eigentümlich gewesen ist und die wir mehr und mehr den dressierten Tieren überlassen. Er behauptete den Menschen mit seinen Schenkeln und seinen Waden, er *machte* das Gehen, wie die Seidenraupe die Seide macht, wie die Biene ihren Honig macht, indem er mit seinen Füßen ein langes Band, seinen Weg, webte. Sie werden sagen, daß auch ich ging. Ach woher: ich trippelte am Rande der Stadt: wer geht denn noch bei uns, außer den Haute-Couture-Mannequins oder den Marseiller Ausflüglern? Ich bin wie der Einsiedlerkrebs, ich

1 Hier würde man Tuareg (im Plural) und weiter oben Targi (im Singular) erwarten.

zwänge meinen weichen Bauch in Schalen, Autos, Autobusse, die Metro, Züge, Flugzeuge. An jenem Tag schleppte ich meinen Unterleib auf der Suche nach einem anderen Gehäuse über den Sand.

Um ehrlich zu sein, man geht noch. In Europa zumindest. Aber diese im allgemeinen gesundheitsfördernde und mitunter heimliche Aktivität ist in Verruf geraten. Man hat ihr nämlich ihre Wirkung genommen, indem man ihr das Recht entzog, die Wege zu ziehen. Heute geht man in den Spuren von Wagen, zwischen Stahlgleisen, auf erkalteter Geschwindigkeit; in einem von Projektilen durchkreuzten Universum führt man ephemere und nutzlose kleine Ortsveränderungen durch. Man zog die Wege; heute benutzt man sie. Wem gehören sie? Ach, das ist das Drama: Touristen, ihr seid in euren Heimatstädten nicht mehr zu Hause; es sind Rastplätze am Rand des europäischen Verkehrs, das Vorbeifahren der Lastwagen legt sie um wie Schilfrohr, sie ziehen sich in die Länge, um diesen in der Richtung der Strömung zu folgen, und diese lassen sie an Ort und Stelle. Eure Straßen sind verkleidete Hauptwege; und diese Wege kommen von weit her. Vergebens flankiert ihr sie mit Gebäuden, vergebens deckt ihr sie mit Asphalt: ihr könnt nicht vertuschen, daß sie *auf der Durchfahrt* sind; sie sind schon benutzt worden, die Sohlen des Nordens haben sie schon abgenutzt, die Bewegung, die sie bis zu euch rollt, hat an den Grenzen angefangen und wird an den Grenzen aufhören; es ist das Universum, das in einem Höllentempo zwischen euren Mauern hindurchfährt. Wenn ihr sonntags zu einem Familienspaziergang aus dem Haus geht, setzt ihr den Fuß auf ein Fließband, die Bewegung der anderen drängt und treibt euch voran, diese Bewegung, die von Norden nach Süden herabstürzt oder von Süden nach Norden hinaufsteigt: sie ist es, die eure Beine antreibt. Ihr seid ein passiver Körper, und euer Gehen ist geliehen, man vermittelt es euch. Auf dieser Straße, die verärgert ist, daß sie keine Autobahn und nicht von Boliden durchschossen ist, bewegen wir uns mit Menschenschritten voran, wir legen einen Kilometer in Richtung Lille oder in Richtung Marseille zurück, vorsichtig, uns sehr dessen bewußt, daß wir hier nicht heimisch sind. Und wenn wir die Place Edmond-Rostand erreichen, ist das Motorrad, das uns an der Place Saint-Michel überholt, bereits über die Porte d'Orléans hinaus. In euren eigenen Städten seid ihr Nachzügler der Straße.

In Venedig sind die Venezianer bei sich zu Hause. Und es genügt ein etwas zarter Himmel wie heute morgen mit etwas mildem Licht, heiter wie ein Lächeln, damit der Tourist sich etwas weniger als Tourist, fast wie ein Venezianer fühlt. Andernorts verfrachtet ihn die Landstraße, lagert ihn in einem kleinen Marktflekken ein, nimmt ihn wieder auf und trägt ihn fort. Hier existieren keine Landstraßen. Die Stadt hat sich gegen die großen kontinentalen Wanderungen erbaut, außerhalb der Wege der Barbareninvasion. Es war manchmal ein Ankunftshafen, meistens ein Ausgangshafen oder ein Heimathafen: nie ein Durchfahrtsort. Keine Bewegung durchquert es, kein Impuls wird von außen auf es übertragen: alle Erdkräfte sterben im Wasser ringsum, ohne es zu berühren; die Venezianer haben das Universum durchkreuzt, aber das Universum hat nie Venedig durchquert: die Straßen rollen, rasen, rumpeln auf dem Festland, zwanzig Meilen entfernt; unbeweglich, stellt es selbst und für seinen eigenen Gebrauch seine Maße, seine Entfernungen und seine Geschwindigkeiten her. Seine *calli* sind örtlich; keine entsteht außerhalb von ihm, keine endet außerhalb; handwerkliche Straßen, «home made», wirklich einheimisch, Straßen für Viertel oder, mehr noch, Straßen für *Inselchen*, begrenzt von anderen ebensolchen Straßen oder solchen, die in einer Sackgasse enden oder plötzlich auf einen *rio* ohne Brücke stoßen. Sie scheinen nicht dafür gemacht, von einem Punkt zu einem anderen zu *gehen*; sie *führen* zu nichts, und wenn man eine einschlägt, ist man nie sicher, ob man nicht umkehren muß. Außerdem wird keine an Hand der üblichen Koordinaten definiert: wer würde in Venedig denken, daß er nach Norden oder nach Süden geht? Venedig hat seine eigenen Koordinaten: den Markusplatz, die Lagune, die Fondamenta Nuove; es kennt die Himmelsrichtungen nicht. Ich habe mich eben geirrt, als ich sagte, daß es seine eigenen Geschwindigkeiten herstellt: innerhalb von Venedig gibt es überhaupt keine Geschwindigkeit. Seine Straßen sind unbelebt: wären sie gerade, könnte man eine Ausrichtung in ihnen entdecken; aber sie sind nie gerade; wenn Sie ihnen eine Bewegung unterstellen, widersprechen sie Ihnen sofort, indem sie eine Kehrtwendung machen und zu einer Gegenbewegung ansetzen. Der Raum ist in Venedig nicht vektoriell; er ist homogen und neutral. Zierlich und kurvenreich, wirken die *calli*, viel mehr als die schmalen neapolitanischen Engpässe, wie ein Artefakt. Ihr Halbdunkel und ihre überflüssige Spitzfindigkeit, ihre offensichtliche Nutzlosigkeit geben ihnen etwas Raffiniertes. Und trotzdem – oder vielleicht deswegen – bewahren sie zwischen ihren rosa Mauern diese Gleichgültigkeit der Wüsten und des Meeres; träge und schläfrig, wirken sie wie der Erdkruste vor Erschaffung der Straßennetze entnommene Lamellen. Meine Schritte gehören mir mehr; ich sagte Ihnen ja, daß sie überall sonst eine Richtung *benutzen*, hier macht man sie. Meine Schritte hallen auf diesen toten Steinplatten, ich ziehe eine Linie, ich verknüpfe und gruppiere durch mein Vorbeigehen eine unbegrenzte Teilbarkeit um, die hinter mir schleunigst wieder in ihre Zersplitterung [1] zurückfallen wird; und plötzlich lande ich in einer anderen Wüste, einem *campo*. Bei uns kommt es vor, daß zwei oder drei Straßen in vollem Tempo aufeinanderprallen und sich in einem Strudel von Füßen und Rädern verknäulen. Überstürzt pflanzt man Rasen auf das ruhige Zentrum dieses Malstroms und gibt dem Schauplatz des Unfalls den Namen *Platz*. So gesehen ist der *campo* kein Platz, denn ihn hat keine Katastrophe hervorgebracht. Die Gassen, die von diesem unbebauten Gelände aus Stein ausgehen, sind keineswegs dessen Ursprung, sondern entspringen vielmehr dort. Niemand erläge der absur-

1 Über dieses Wort hat der Verfasser, ohne es durchzustreichen, *Zerstreuung* geschrieben.

den Versuchung, irgendeine von ihnen in Gedanken oder mit einer Augenbewegung bis zu der gegenüber zu verlängern: überdies ist es die Ausnahme, daß venezianische *calli* auf die Idee kämen, sich gegenüberzuliegen. Eine argwöhnische, umsichtige Polizei hat überall für ganz leichte Verschiebungen gesorgt, so daß alles schief ist. Die *campi* werden von keiner geraden oder gekrümmten Linie durchkreuzt: es sind Flächen aus stagnierendem Stein, Steinsümpfe. Alle gleich: weißer Plattenbelag, Brunnenstein, Kirche der Gegenreformation; und es ist sehr selten, daß ein Café nicht ein Dutzend Stühle herausgestellt hat, die «Terrasse» spielen, ein bißchen verloren an diesem abstrakten Ort, wo nichts, weder Fahrbahn noch Trottoir ihrer Streuung Einhalt gebietet, wie bei den wenigen Sitzen in einer italienischen Kathedrale. Aber obwohl nichts sie zusammenhält, entfernen sie sich nicht, sie bleiben dicht an die Mauern gedrängt,[1] als mache diese große Leere ihnen angst. Das ist es vielleicht, was einem *campo* Ähnlichkeit mit einem Kirchenschiff verleiht, dessen Haube man weggesprengt hat. Auf jeden Fall ist dieser große Saal unter offenem Himmel nicht ausreichend möbliert: hier habe ich wieder das Gefühl von Leere; etwas fehlt: was? Ist es eine betende Menge? Ein Markt? Oder ist die Stadt noch nicht ganz eingezogen? Ich glaube eher, ihm fehlt, daß er von diesen kreisenden

1 Das Folgende in diesem Absatz und der nächste gehören zu einer anderen Version, deren Anfang wir nicht wiedergeben, weil er zu verstümmelt ist (seine Bedeutung und Formulierung sind deutlich gleich).

Auto- und Motorradströmen umgerührt wird, die die Place de l'Étoile so gut «möblieren». Auf diesen Lichtungen, diesen Kahlstellen ist jede Bewegung ein kleines lokales Prasseln, das den *campo* plötzlich mit Straßen durchfurcht und sogleich erstirbt. Ihr Verursacher bleibt der einzige dafür Verantwortliche. Ich fühle voller Stolz, daß mein Spaziergang für den *campo*, den ich überquere, ein Ereignis ist, und gleichzeitig fühle ich mich ganz leicht eingeschüchtert, als müßte ich in der Kathedrale laut sprechen. In dieser Bewegungslosigkeit ist das Gehen so unpassend wie ein Schrei in der Stille. Übrigens sehen die Leute, die auf den Terrassen der Cafés sitzen oder sich auf den Brunnenstein stützen, mich mit einem komischen Ausdruck vorbeigehen, als fühlten sie gleichzeitig, daß das Gehen heilig und ein Sakrileg ist. Unter ihren Augen fühle ich mich hundertjährig wie die Pastoren und die Haitianerinnen, die ewige Freiheit, die die menschlichen Kräfte gegen das Schweigen Gottes behauptet.

Und doch läßt, wie jedesmal, mein Vergnügen nach. Schon denke ich an die Arbeitslosen von gestern. Dies ist eine Stadt, die zu ihnen paßt: in diesen Straßen, die nirgendwo hinführen, auf diesen passiven kleinen Einöden, kann ich sie sehr gut ohne Ende gehen sehen, sie, die niemand erwartet und die nicht wissen, wohin. Gehen, um zu gehen, wie der Tourist: in Ermangelung des Rechts, sich zu setzen.

…Der *campo*, den ich eben betreten habe, wird von keiner Bahn, weder gerade noch gekrümmt, durchzogen, von keinem Vektor durchquert, es ist ein vager, klassischer Ort wie das Atrium in Tragödien: man kann hier den vierten Akt von *Robert der Teufel* samt der Erscheinung der verdammten Nonnen[1] unterbringen oder *Die Bergung des hl. Markus*[2] mit Blitzen, Donner und Flucht von verschreckten Ungläubigen oder unter dem grauen Himmel dieses Morgens einfach den Schwur der Horazier.

Ich fühle mich schuldig, ohne zu wissen, warum: als hätte ich zuviel von Venedig gegessen, eine Mattigkeit, die nicht aus meinen Beinen kommt. Daher, daß ich immer dasselbe sehe? Nein: ich mag diese falsche Neuheit immer noch. Aber es ist keine *Zukunft* in diesem Vergnügen. Seltsames Gefühl von Endlichkeit. Als hätte sich eine ihrer alten Lüste, ausgeklügelt und schal, wie ein Schatten umherirrend, an mich geheftet. So stelle ich sie mir vor. Ich habe eine Mulattin über eine bestimmte Art von überdrüssiger, ganz leicht banger und sanfter, auf sich selbst bezogener Traurigkeit sprechen hören, und um sie zu erläutern, sagte sie: «Wie wenn man zu oft ohne Sympathie geliebt hat.» So ist es: ich liebe Venedig, aber ohne Sympathie. Warum? Und

1 Oper in fünf Akten von Meyerbeer, Libretto von Scribe (1831).
2 Gemälde von Tintoretto in der Galleria dell'Accademia in Venedig.

woher kommt es, daß man hier seine Freuden nicht trocken aufbewahren kann?[1]

Schon gehe ich weiter – die Untersuchung beginnt. Wie gern hätte ich Ihnen meine Freuden in leichten Pinselstrichen mitgeteilt, ohne zu bekräftigen, vor allem ohne zu erklären, fast ohne Worte. Ich kann nicht. Wahrscheinlich bin ich so. Aber meine Epoche ist wie ich: glauben Sie, man könnte in einer Zeit, in der man von Ihnen über alles Rechenschaft verlangt, wie Stendhal ganz einfach sagen: «Ich war glücklich»? Ich kenne heute niemanden, der es sagt; oder wenn irgendein Rückständiger es wagt, hat sein Glück etwas Verkrampftes. Glücklich *gegen* etwas. Glücklich, um zu beweisen, daß das Glück möglich ist. Linker Glücklicher, rechter Glücklicher: ach, ein glücklicher Mensch ist heutzutage so einsam, daß er sein Gefühl erklären muß; er spricht zu Blinden über Farben. Eines Tages wird die glückliche Epoche kommen, in der man in bloßen Andeutungen über das Glück sprechen kann. Aber wir werden tot sein, und falls sich Leute finden, die unsere alten Bücher lesen, werden sie eher darüber lachen: «Wenn man bedenkt, daß sie *das* Glück nannten.» Ich gehe, ich schaue, ich beobachte mich: als hätte ich Angst, mich zu dieser vergessenen Wonne hinreißen zu lassen. Ein falscher Unschuldiger und ein Gericht, das über ihn richtet: das bin ich in extenso.

Ja, allerdings: in Rom war ich leichter. Weniger

1 Das Folgende stammt aus einer anderen Fassung desselben Abschnitts.

schuldig. Rom kann auch köstlich sein, und nie ekelt es einen an. Eine meiner letzten Erinnerungen: ich war auf der Via Cristoforo Colombo, ich sah mir die Stadtmauer an; staubige, weiße, gleißende Straße, gleißendes und hartes Vergnügen: Fischbein. Wieso? Ich stand mitten auf dem Weg, ein Auto raste auf mich zu, dann noch eins, ich bin in den Graben gesprungen. Voilà: die Stadt liefert sich in unzusammenhängenden Schnappschüssen aus: ein Blick auf den Efeu, der sich an die Ruinen klammert, eine Vespa saust an meinem Hintern vorbei, ein Blick auf die Porta Latina, auf die auberginefarbigen Ziegelsteine, ein Bengel brüllt mir in die Ohren und haut ab; ich gehe durch eine schattige Gasse und sehe von weitem im Schatten einen schmucklosen, zarten Palazzo, aber plötzlich ändert sich die Szenerie, die Gasse wirft mich auf einen Sonnenplatz und läßt mich dort im Stich, der Palazzo verschwindet, der Gott Ra sticht mir mit seinen glühenden Messern ein Auge aus. Gespickt mit Nadelstichen: von morgens bis abends; die Walze meiner Wahrnehmungen ist ein schlecht haltendes Korsett, das die ganze Zeit aufspringt. Diese winzigen Störungen des Gleichgewichts sind für unsere tägliche Ausgeglichenheit unentbehrlich. Anscheinend gibt es sanfte Gesellschaften, in denen die männlichen Kinder gehätschelt und überfüttert werden: sie werden später die zärtlichen Schwestern ihrer Ehefrauen, und wenn sie mit ihnen schlafen, wirkt es wie laszive Haremsspiele; und es gibt andere, die nicht ärmer sind, in denen läßt man die Kinder nach Nahrung schreien: wenn diese Gänschen sich heiser geschrien haben, werden sie großartige Geier. Wir wären wohl eher auf der Seite der Geier. Ich habe nicht nach meinem Happen geschrien, aber ich habe soviel Schreien um mich herum gehört, daß es auf dasselbe hinausläuft. Alle Welt kämpft heutzutage, das ist die Regel: ich habe lendenlahme alte Mähren gesehen, die sich noch einmal für zehn Jahre dem «L'art pour l'art» verpflichten, um gegen das «L'art engagé» zu kämpfen. Man ist militant oder Milizionär oder Militär. Und in dieser militanten Gesellschaft könnte der Bürger nicht ohne diese leichten, ständigen Aufregungen, ohne diese oberflächlichen Verärgerungen auskommen, deren Aufgabe es ist, ihn bei etwas heiterer schlechter Laune zu halten. Eine prächtige, strenge Frau hatte einen Jüngling geheiratet; sie machte ihm prompt ein männliches Kind, dessen Verhalten bald die Umgebung beunruhigte: bescheiden und schüchtern, spielte er als Zehnjähriger noch mit Puppen, und wenn man ihn fragte, was er einmal im Leben machen wollte, antwortete er: «Gebären, wie Mama.» Man merkt, daß er sich in der Gesellschaft geirrt hatte. Ein Freund der Familie, der sich etwas auf seine psychoanalytischen Kenntnisse einbildete, faßte die allgemeine Besorgnis zusammen: «Um Gottes willen», sagte er, «wenn dieses Kind in seinem Alter noch nicht seinen Vater haßt, woher soll es dann seine aggressive Komponente beziehen?» Gott sei's gelobt ist der Vater überall: in Versailles, in Madrid, in Neapel haben die Ruinen der absoluten Monarchie noch genug Kraft, um uns zu reizen; unbehaglich, verwandelt sich der bürgerliche Demokrat in einen aggressiven Sohn.

Aber in Venedig, welchen Vater soll man da hassen? Die unterschwellige weibliche Macht der Elite hat die Dogen kastriert; die rosa Spinne der Adria hat ihr Männchen gefressen. Nirgends werden Sie jene strengen Bauten – Turm und Bergfried, Regierungspalast, Polizei, Gefängnis – finden, die an die väterliche Unerbittlichkeit erinnern und das schlummernde Überich in uns wecken. Es gibt die Bleidächer[1], ja. Die Bleidächer sind nicht besonders schlimm: ein Don Juan, der an Hämorrhoiden litt, entfloh über die Dächer; was die reizende Brücke angeht, die das Gefängnis mit dem Palazzo verbindet, so ruft ihr Name eher den Kummer der Liebenden als die Seufzer der Gefangenen wach. Väterlicherseits Halbwaise, verirrt sich der Tourist in mütterlichen Schleimhäuten; er findet dunkle und weiche Erinnerungen an feenhafte Grotten wieder: die Stadt verbirgt mich; ich habe meine *Sichtbarkeit* verloren, diese Unruhe, die mich unter dem Kreuzfeuer der Blicke aufrechthielt. Diese Gassen hüllen mich ein, dieses Halbdunkel löscht mich aus; und wer sollte mich sehen? Manchmal höre ich Schritte, ich drehe mich um: niemand. Was bleibt von einem Menschen übrig, wenn er nicht gesehen wird? Gerade eben ein individuelles Aroma. Vielleicht ist es mein eigener Geschmack, von dem ich satt bin? Als Touristen kehren wir in jenes Kleinkindalter vor der Entwöhnung, in jene stumme Kindheit ohne Gehäuse und Korsetts zurück, als wir mit unseren Müttern in einer etwas feuchten, fleisch-

1 Die Gefängnisse Venedigs. *Anm. d. Ü.*

lichen Vereinigung lebten, als wir für niemanden Objekt waren. Venedig hält keinen Stadtabstand, keinen respektvollen Abstand: es preßt sich an uns und streift uns, weibliche Gerüche, mütterliche Promiskuität. Alles ist viel zu einfach, die Wachsamkeit des Körpers erschlafft, und sogar jener Energieherd erlischt: die heimliche kleine Wut, die gewöhnlich von den wiederholten Aggressionen des Hervortretenden aufgeheizt wird. Denn das Hervortretende entrüstet: von den Balkonen, die über Trottoirs ragen, spucken die Kinder herunter; Trägerbalken und Rostra stoßen gegen Stirn und Schädel, die Dachrinnen spritzen, die Dächer lassen Ziegel fallen: Venedig ist glatt; es bearbeitet seine Fassaden nur, um Löcher hineinzumachen. Das patrizische Mißtrauen hat alles, was übersteht, weggehobelt; keine Dächer, vertikale Flächen auf einer horizontalen Ebene, das ist alles, was sie übriggelassen haben. Mein Blick, der sich seit fast einem halben Jahrhundert an Vorsprüngen, eisernen Schutzringen, Kragsteinen, Kanten schabte, saust über die Mauern, ohne hängenzubleiben. Wenn er wenigstens manchmal auf ein Hindernis stoßen und zurückkommen könnte, dieser Radar, um mir die Gefahr zu melden, würde ich aus diesem hypnotischen Schlaf erwachen. Oder aber wenn er geradeaus sausen würde, wie in New York, bis er unter seinem eigenen Gewicht bricht. Doch nein: die venezianische Welt ist endlich und unbegrenzt wie Einsteins Universum; der Blick trifft auf nichts, was ihn begrenzt: ganz hinten in der Gasse ruft ihn ein verfängliches Halbdunkel, öffnet sich ein wenig, er bohrt sich, unmerklich gebremst, hinein und macht schließlich sachte, wie von selbst halt. Soviel Zuvorkommenheit verwundert am Ende. Denn schließlich ist Venedig nicht *unsere* Mutter; in seiner Zuwendung liegt eine Art Kälte. Kurz und gut, es ist so, daß die Dinge ihre Widrigkeit abgelegt haben. Ja, wirklich: schon gestern war es so. Bloß gestern, auf den Kanälen, träumte ich: heute gehe ich, *spüre* ich mich trotz allem; und doch hat sich die universelle Feindseligkeit vermindert. Eigentlich ist es mein Michgehenlassen, das mich beunruhigt: mein einziges Motiv für Argwohn ist, daß ich keinerlei Grund habe, argwöhnisch zu sein. Ich wäre es gern und kann nicht: ich bin eingenommen von der giftigen und beruhigenden Sanftheit von allem. In meiner holprigen Jugend hatte ich eine lange Schreckensphase – zwei Jahre vielleicht: das war der Übergang zum Mannesalter –, manchmal jedoch wurde ich von einem schlichten Glück heimgesucht – das Wetter war schön, ich würde einen Freund wiedersehen, ich war mit meiner Arbeit zufrieden. Ich gab mich ihm einen Augenblick hin, und dann, plötzlich, schoß der Giftstrahl aus eben der Zufriedenheit, und ich sagte mir: «Das ist nicht natürlich, so glücklich zu sein. Da ist ein Haken dabei. Etwas, was schiefläuft.» Ich suchte den Haken und fand ihn natürlich. Heute bekomme ich bei diesem Einsickern von Glück Lust, den Haken zu suchen: man *schläfert* mein Mißtrauen *ein*, man überschüttet mich. Warum? Ich werde in Venedig schon ein hübsches kleines Motiv für Angst finden. Doch nein: diese Stadt ist vollkommen harmlos.

Es gibt jedoch diese Begrenzung des Blicks, die mich beunruhigt; ich sehe nicht über meine Nasenspitze hinaus. Das ist nicht vielversprechend: das Blickfeld ist die unmittelbare Zukunft. Immer ein bißchen prophetisch, das Sehen: es enthüllt, mit einigen Minuten Vorsprung, alles, was mir passieren wird; manchmal hat man achtzig Minuten sichtbare Zukunft vor sich, zum Beispiel wenn man sich über ein Meer von Öl nach Capri einschifft und die Insel in der Ferne sieht. Hier zieht sich meine Zukunft zusammen wie Chagrinleder, man verabreicht mir die Minuten mit dem Tropfenzähler, eine nach der anderen: in einer Minute genau werde ich vor jener Jungfrau aus Gips sein; und mein Blick geht bis zu der Jungfrau; nicht weiter. Ich bin da, ich berühre sie, blau in ihrer Gipsnische: man gibt mir einen neuen Vorrat an Zukunft; bis zu jenem merkwürdigen, in den Ziegelstein eingelegten Wappen. Gewiß, ich habe keinen Grund, mehr zu verlangen: warum sollte man mir eine Stunde im voraus enthüllen, was mich hinter jener Straßenecke erwartet, wo ich doch aus Erfahrung weiß, daß *nichts*, weder Versuchung noch Gefahr, mich dort erwartet. Keine Vespa, um mich über den Haufen zu fahren, kein Bandit, um mich auszuplündern. Es genügt, daß ich der Stadt *vertraue*. Auf diese Weise, glaube ich, teilte die Regierung der Patrizier dem Volk seine Zukunft aus: von einem Tag zum andern. Großzügig ernährt, mit Festen überschüttet, verlangte der Pöbel nicht mehr; er wußte, daß «es zu seinem Wohl war». Jetzt weist man mir seine Kurzsichtigkeit zu: das benebelt mich. Ich weiß natürlich, daß die Bürger unserer Demokratien auch nicht mehr Ahnung haben: eines schönen Tages meldet man ihnen, daß der Krieg vor ihrer Tür steht, und am nächsten Tag ist er weitergezogen nach Korea oder nach Malaysia. Was weiß ich von diesem Krieg? Daß er *morgen* nicht stattfindet, sonst nichts. Aber wir haben unsere Illusionen: Presse, Massenmedien, Telekommunikation. Seit meiner Kindheit tastet mein an der Nase herumgeführter Blick eine unermeßliche Ebene ab und sieht nichts kommen; er sieht die Straße, die bis in den Kaukasus Staub aufwirbelt, und das Gras, das bis nach Dänemark grünt. Währenddessen trifft mich das Ereignis im Rücken. Egal: der Demokrat sieht breit, er sieht weit; das ist sein *Recht*. Mit den Fußtritten in den Hintern kommt er schon zurecht. Aber was er nicht ertragen kann – was ich nicht ertragen kann –, ist, plötzlich, wie es mir eben passiert ist, mit der Nase auf eine Jesuitenkirche zu stoßen, die durch nichts angekündigt wurde, ohne zurücktreten zu können, um sie anzuschauen: das ist ein Mangel an Rücksicht.

Und trotzdem, es macht nichts: es ist einfach so, daß ich in einer Pfütze uralter Zeit gehe, die wahrscheinlich seit dem Untergang des venezianischen Imperiums da steht. Als Algier zehn Tage von Marseille und die spanischen Küsten zwei Monate von Konstantinopel entfernt waren, als die Antwort auf einen Brief, den ein Pariser Geschäftsmann einem venezianischen Bankier am Monatsersten schickte, am 26.[1] ankam, als der Welt-

1 Ungefähr 2200 Kilometer in 25 Tagen. *Anm. d. Verf.*

wirtschaftsraum in siebzig Tagen durchquert wurde, war die verfallene Zeit, die zwischen diesen Mauern weilt, ganz einfach die *normale* Zeit. Da die schnellste Postsendung neunzig Kilometer in vierundzwanzig Stunden zurücklegte, konnte über den Patrizier kein Ereignis schneller als mit vier Stundenkilometern hereinbrechen. Die Schlacht bei Lepanto war lange unentschieden: die Schiffe kämpften mit fünfzehn Stundenkilometern; es dauerte elf Tage, um sie in Venedig zu melden. Die Zukunft bewegte sich zu Lande mit der Geschwindigkeit eines Pferdes im Schritt fort, zu Wasser mit der eines 30-Tonnen-Schiffs; man floh sie, oder man ging ihr zu Schiff oder zu Pferde entgegen. Die Geschichte war langsam. Ein Venezianer, der zufälligerweise seine Galerien verlassen hatte und den Lido oder die Giudecca betrachtete, sah um sich herum eine Raum-Zeit von einer halben Stunde sich fächerförmig ausbreiten. Weshalb hätte er denn in seinen Straßen von zwei bis drei Minuten gelitten? Was konnte ihm denn in zwei Minuten zustoßen, was er nicht – mit Ausnahme eines Schusses – vermeiden konnte, wenn er Lust dazu bekam? Wenn er an einem Ende der Gasse seine bewaffneten Feinde kommen sah, nutzte er die Zeit, die sie brauchten, auf ihn loszugehen, um sich in den Gassen zu verlieren. Was soll man sagen. Raum und Zeit hatten eine Dichte, die sie eingebüßt haben. Ein Tag war neunzig Kilometer; heute sind es sechstausend. Auf den Boulevards, die es zu meiner Zeit gibt, rast meine Zukunft mit neunzig Stundenkilometern auf mich zu; zwei reale Minuten meiner Zukunft sind drei

Kilometer Straße. Man braucht einen Monat, um den Wirtschaftsraum zu durchqueren, und dieser Raum ist die Erde. Die Nachricht von einer Schlacht in Korea erreicht mich mit Lichtgeschwindigkeit, und diese Nachricht kann einen Weltkrieg nach sich ziehen und eine Bombardierung, die mit nahezu tausend Stundenkilometern auf mich herabsaust. Ich lebe mit verschiedenen Geschwindigkeiten, die sich von achtzig bis tausend Stundenkilometern staffeln. Meine Beunruhigung drückt sich in dem Bedürfnis aus, immer weiter und mehr zu sehen. Das ist es vielleicht, was New York, diese in vieler Hinsicht so harte Stadt, trotz allem beruhigend macht: man sieht dort mit hundert in der Stunde. Welche Torheit stürzte mich, nachdem ich von Nizza nach Rom im Flugzeug, von Rom nach Venedig im Schnellzug gesprungen war, noch ganz von *meinem* Tempo bebend, in dieses Labyrinth für Schnecken, das seine Maße und sein Tempo aus dem 16. Jahrhundert konserviert? Ab und zu treibt mich eine Ungeduld um, ich erinnere mich, was ich war, ein Bolide kurvt mit unerhörter Geschwindigkeit in einem Jahrmarktslabyrinth herum, kommt aus einer Gasse und ist schon am anderen Ende, ich klammere mich, in der Angst, an den Mauern zu zerschellen, ans Steuer, und dann, allmählich, merke ich, daß ich an Tempo verliere: meine Beklemmung, daß ich nach vorn nichts sehe, ist die des Passagiers im viermotorigen Flugzeug oder im Schnelltriebwagen, dann beruhige ich mich, ich laufe immer langsamer herum, ich passe mich der lokalen Zeit an. Aber meine Angst weicht einer andersartigen Beunruhigung. Manchmal bleiben Züge ohne erkennbaren Grund auf freier Strecke stehen, und der Reisende fühlt etwas aus sich auslaufen, eine unsichtbare Blutung: er entleert sich von der erworbenen Geschwindigkeit; nach und nach steigt die scharfe Kälte der Unbeweglichkeit wieder von seinen Füßen in seinen Bauch auf; ein kleines Sterben. Ein in feuchte Laken gewickelter Typhuskranker, ein Wütender der sich zwingt zu lächeln, ein Reisender im D-Zug, dessen Lokomotive stehenbleibt, empfinden den gleichen Widerspruch in ihrem Fleisch. Ich spüre die Wirkungen dieser Verlangsamung mit meinem ganzen Sein. Ich habe viel Geschwindigkeit verloren, und das erschöpft mich: ein fast bewegungsloser Venedigreisender, dieses Anhalten der Zeit mitten in den Feldern des Meeres.

Regen

23. Oktober

Es regnet. Die Gondolieri tragen Gummimäntel. Auf einer Barke fahren vier stehende Herren in Trauer unter Regenschirmen vorbei.[1] Vier reglose Herren mit Schirm gleiten unter meinem Fenster vorbei, und ich muß aufstehen, um den Schlepper zu sehen, der sie, starr wie Theaterrequisiten, davonträgt. Das Wasser ist gesprenkelt. Tausende von kleinen Kringeln. Es regt sich ein bißchen auf, macht einen Buckel, ist hektisch;

1 Vielleicht hat der Autor vergessen, diesen Satz zu streichen.

dreht und wendet sich mit den Bewegungen einer schlafenden fetten Frau, eine Möwe kreist zwischen dem Palazzo Fini und der Abtei San Gregorio. Das Wasser ist schmutziger, zerzauster, mehr als sonst Bidetwasser: Papierfetzen, Blätter, Dinge. So oft hin und her bewegtes Wasser, das sich immer noch hin und her bewegt; das Auffliegen der Tauben, wenn die Uhr die Stunden schlägt, die Hektik des Wassers, das überall hinrennt wie eine Henne, die nicht weiß, wie sie hinüberkommen soll, wenn die Schiffe vorbeifahren, das ist gleich: so alt und nie verändert. Das Wasser gewöhnt sich nie. Es ist rund. Es wirft ein paar knappe kleine Spritzer auf die Stufen des Palazzo Semitecolo, Brecher auf die niedrigeren Stufen der Abtei. Es faltet und entfaltet sich unentwegt beim Vorbeifahren der Schiffe; es öffnet sich, schließt sich, wird glatt; es knittert, entknittert sich wie eine Halskrause. Zwei Männer in Schwarz gehen vorbei, ein wenig gebeugt, unter Regenschirmen, auf dem glänzenden Marmor von Santa Maria della Salute. Eine Gondel fährt vorbei, ein edler Schwan. Fahrgäste sehen sich gegenseitig flüchtig unter einem seltsamen kleinen Verband aus gummierten Zeltbahnen, Miseren des Luxus. Es gibt sie oft. Diese Amerikaner legen Tausende von Meilen zurück, um sich im Regen in diesen Kabinen herumschippern zu lassen. Das Wasser ist jetzt schuppig, Tausende von Silberschuppen. Das Boot fährt vorbei, ein Vaporetto, zuerst fängt es an, in großen Streifen zu leuchten, und dann schäumt es, und dann schließlich randaliert es und springt wie ein Tier auf die Stufen der Abtei zu.

Ich gehe hinaus. Grauer Himmel, Panzerschiff auf grauem Wasser; ganz hinten, im Nebel, die schwarze Linie des Lidos. Man hat mich genug mit den Venedigs des Nordens angeödet. Heute ist Venedig das Amsterdam des Südens.

Den ganzen Tag lang spaziere ich im Wasser herum, zwischen dem des Himmels und (dem) der Erde; rechts von mir, links von mir, die feuchten kleinen Leuchtfeuer der Schaufenster. Das Wasser des Himmels ist vor allem ein Nieseln mit ab und zu einem vereinzelten Tropfen, der sich herauslöst und fällt, oder vielfältige eilige, lauwarme Küßchen, die mich umgeben, die sich auf mein Gesicht und auf meine Hände legen, Küsse von Engeln oder von Tieren, die verschwinden, wie durchsichtige Tiere am Faden der Luft hängend, gleichsam sehr zarte Quallen, die auf Ihren Händen als prasselndes Wasser explodieren, um sich etwas weiter neu zu bilden.[1] Im ganzen Norden regnet es, es regnet seit achtundvierzig Stunden in Genua, aber in Strömen, es gibt schon Schäden, es regnet in Varese, in Alessandria. In Venedig ist es bis jetzt das Herumfliegen dieser lebendigen, durchsichtigen Bündel aus kleinen Tropfen, dieser Regentrauben. Der Regen und das Grau stehen

1 Zwei sich wiederholende Wörter (*Tiere* und *Hände*) lassen vermuten, daß Sartre noch nicht zwischen zwei Bildern gewählt hatte: die Tropfen sind Küsse von Engeln oder von Tieren oder aber durchsichtige Tieren, Quallen, die prasselnd explodieren usw. Wir möchten daran erinnern, daß der Autor seinen Text auf diesen Seiten noch bearbeitet.

Venedig gut. Die Palazzi unter dem schwarzen Moos der Zeit, unter den Absonderungen des Steins, sehen aus, als wären sie bis zum Dachstuhl vom Wasser zerfressen; man fragt sich, ob das Wasser des Canal Grande manchmal in Wut gerät und bis zu den obersten Fenstern ansteigt. Aber nein, alles ist trocken. Die Luftfeuchtigkeit, der Nebel, wenn es welchen gibt, machen alles gleich, man könnte meinen, das Wasser steige aus den Kellern auf, die Feuchtigkeit sei das ganze Wasser von unten, das die Luft erfüllt. Venedig wirkt nie wie unter offenem Himmel, es ist eine Aneinanderreihung von Palazzi, aber heute ist es eine versunkene Stadt. Kein Unterschied zwischen Luft und Wasser.

Abends: die Kanäle glänzen im Dunkeln wie nasser, rutschiger Asphalt; Straßen wie in Varese, dann hat der Regen sie überschwemmt. Jetzt liegen sie zwei Fuß unter Wasser. Vom verlassenen Markusplatz, heute abend vom Café *Florian* aus gesehen, könnte man wegen der langen Spiegelungen der Lampen hingegen sagen, er sei ein kleiner See zwischen Arkaden.

Besuch in der Accademia

Die Accademia ist menschenleer, graues Licht auf den Gemälden. Zum Glück haben sie ihr inneres Leuchten. Carpaccio, ein todlangweiliger Maler religiöser Szenen, an die er nicht glaubt. Die *Darbringung Christi im Tempel.* Ja, das ist gut gemalt. Na und? Langweilig in seiner unechten Vornehmheit, seiner konventionellen

Bewegung. Glücklicherweise gibt es den Carpaccio der *Heiligen Ursula*. Ganz sicher homosexuell. Denn eigentlich kommt die heilige Ursula kaum vor. Man verliert wahnsinnig viel Zeit damit, uns eine Gesandtschaft, ihren Empfang, ihre Rückkehr, die Hochzeit zu zeigen. Und dann überstürzt man die Dinge, man zeigt uns endlich die Heilige, nach einem mittelmäßigen Bild, auf dem sie schläft, aber nur, um sie abmurksen zu lassen. Wie glücklich er dagegen im Malen der wohlgeformten Schenkel, des Goldhaars der Logengefährten[1] und ihrer reizenden kleinen Hintern[2] ist. Haß auf die Frau. Es ist diese Liebe zu Männern, die die Schönheit der Gemälde, ihren Humanismus ausmacht. Man könnte es für einen amerikanischen Film halten, wie *Geächtet*, in dem hinter Jane Russells Busen eine Schwulengeschichte steckt. Ursula ist das Etikett, unter dem die Ware durchgeschmuggelt wird. Wieviel Wäsche! Von Carpaccio zu Tintoretto und Veronese über Tizian drückt sich die Virtuosität in dieser Flut von Wäsche, Seide, Satin, Samt, feinem Leinen aus, jeder fügt das Seine hinzu, man malt auserlesene Materialen, ein Zwischending zwischen Stoff und Sahne; Bauten aus Stoff, die schäumen, wirbeln oder reißen, eine ganze flammende Gotik aus Tuch. Am Ende ist man davon benommen. Tintoretto: ein moderner Regisseur. Die über die Jungfrau gebeugten Heiligen in der

1 Dieses Wort ist undeutlich geschrieben.

2 Gemeint sein könnten die beiden ganz links stehenden jungen Männer, von denen einer einen Falken hält, auf dem Bild, das die Ankunft der englischen Gesandten bei König Théonat darstellt.

Kreuzigung: man sieht ihre Schädel. Der Mann, der sich im Begräbnis des heiligen Markus[1] an den Vorhang klammert. Das Weiß in weiß der Kreaturen, die unter die Arkaden laufen, wie ich selbst im Regen. Das ist noch nicht die komische Oper Raffaels, aber es ist guter Jouvet[2]. Das Fleisch des Sklaven[3] ist aus demselben Stoff, aus dem man auch die Wäsche macht, eine beige, gut aufgegangene Paste. Der Glaube verwandelt sich in einen Aberglauben der Imagination. Das ist eine Anstrengung, um das Übernatürliche im Rahmen des Naturalismus zu denken. Bei Duccio, bei Giotto ist es nie das Phantastische, weil es noch keine Natur gibt. Hier hat die Natur ihren festen Platz, folglich wird das Wunder auf der Grundlage der Natur gesehen. Der Heilige ist ein Mensch, der wie ein Milan, den Schnabel voran, herabstößt.

Er ist der erste Filmregisseur. Die Frau, die in der *Darbringung im Tempel*[4] die Stufen hinuntersteigt: *Take* steil von unten, aber zunehmendes *Fading*; er malt je nach Entfernung unterschiedlich. Aretino sagt: zu schnell gemacht. Er zeigt nämlich seine Kniffe, er trägt den letzten Firnis nicht auf. Damit ist er einer von uns. Gigantismus der venezianischen Bilder. Schon bei Gentile Bellini und Carpaccio. Tizian, Veronese, Tin-

1 Der genaue Titel lautet: *Die Bergung des Leichnams des hl. Markus.*

2 Louis Jouvet. Französischer Theater- und Filmregisseur. *Anm. d. Ü.*

3 In Tintorettos Gemälde *Der hl. Markus befreit einen Sklaven.*

4 In diesem Fall von Tintoretto.

toretto. Prahlerei der Stadt. Tintoretto: ganz sicher nervös, abergläubisch, labil. Ein Rationalismus und ein Humanismus, die ihm den Zugang zum Glauben versperren und ihn in niederen Ängsten belassen. Niederschlagen des Sklaven. Herabsteigen des Heiligen, über den Sklaven gebeugte Henker, schließlich der Sklave selbst[1]. Der heilige Markus, die heilige Ursula, der heilige Rochus, der heilige Theodor, der heilige Georg: Lokalgottheiten. Polytheismus der Venezianer. Bellini der größte.

Eine Gondel mit Regenschirm. In der dunklen Tiefe eines *rio* ist der Mann, der den Regenschirm hält, nicht sichtbar. Ein Lastkahn an einer Mauer. Die Männer stemmen sich gegen die Mauer, stoßen. Das ist kein Wasser mehr. Es ist nicht sichtbar. Das ist ein Objekt, das ohne überflüssigen Widerstand über eine ideale Fläche gleitet.

Heute ist Venedig ein Salon in einem See. Die Kanäle: *Arbeits*material. Lastkähne. Steine werden in Holz auf Wasser transportiert. Empörend, dieses Feste, dieses reine Sein über das Wasser gleiten zu sehen.

In den engen Gassen klappen die Venezianer ihren Schirm zu. Nicht, weil sie im Trockenen wären, sondern um die Mauer nicht zu kratzen oder zu beschädigen.

1 *Der hl. Markus befreit einen Sklaven.*

Der Mangel an Realität

Venedig ist die Stadt, die am wenigsten vor dem Raum schützt. Himmel und Wasser sind Komplizen, sie sind *zuviel*. Das Wasser rollt in sich selbst zusammen, der Himmel hat eine andere Art des Überflusses, er weist die Blicke ab, er blendet, zieht durch glanzlose Aufheiterungen des Lichts auseinander. Das Wasser ist keine Zuflucht vor dem Himmel und der Himmel keine vor dem Wasser. Am Ende einer kreidigen Mauer sieht man in der Ferne ebene, dunkle Linien. Sie sind eher das Scharnier zwischen Himmel und Wasser, als daß sie sie trennen. Das Wasser ist überzählig in bezug auf den Himmel, seinem auf dem Kopf stehenden Bild, und der Himmel in bezug auf das Wasser. Der Himmel ist im Wasser, das Wasser ist im Himmel. Alles vermehrt und zerstreut sich, alles wuchert, löst sich auf, zuckt. Der immer zarte Himmel in Venedig. Und das immer verlassene Wasser. Auf dieser Ausdehnung, die alles auseinanderzieht, gibt es einige blasse Pinselstriche Rosa und Grau, die fast durchsichtig sind und, ein Spielball des Wassers, umhergaukeln, das ist Venedig. Venedig, das keinen Schutz zu bieten scheint, Venedig, ein wirklich verlorenes Juwel, so zarte blasse Farben, daß allein ihre außerordentliche Feinheit verhindert, daß sie aus sich herausgerissen und in Fetzen zerstreut werden. Diese gaukelnden hellen Flecken schützen nicht vor der Einsamkeit. Es gibt eine Art Verlassenheit in Venedig, als wären all seine Wonnen nur gemalt, als dauerte die Präsenz des Himmels und des Wassers bis in sein

Labyrinth fort. Seltsamer Kontrast zwischen den Goldschmiedearbeiten und dieser Ödnis. Bisweilen ist es so, als wäre jedes Haus von den anderen durch eine Lücke getrennt, die es umgibt. Sie stehen zusammen und stehen doch nicht zusammen. Eine Präsenz des Wassers ist in Gestalt des Himmels noch bis auf dem Markusplatz vorhanden. Man weiß, daß die heiterste Sonne weder Blumen noch Erde, noch Tiere bescheint, sondern eine große Pfütze toten Himmel, aus dem Sandbänke ragen. Jeder Platz erscheint als eine Zuflucht vor dem Raum, seine Spielzeugkleinheit scheint gerade eine Art und Weise zu sein, sich zusammenzuziehen, um seine unvermeidliche Zerstreuung zu verhindern. Es gibt in Venedig mit Sicherheit einen *Mangel an Realität*, der es unheimlich macht. Es wirkt wie ein aus einem blassen Spiegeln des Himmels im Wasser entstandenes Trugbild. Und ich fühle mich sehr oft selbst wie ein Trugbild. Alles wird verschwinden: bleiben wird das Wasser.

Irreflexivität, Narzißmus, Tiefe

...Die Mauern weichen auseinander, rücken wieder zusammen, drehen und wenden sich, man geht lange, und dann ist man auf einmal auf demselben *campo*, den man für einen anderen hält, wie in jenem endlichen, aber unbegrenzten Universum, dem unseren, aus dem man nie hinauskommt, ohne je auf Grenzen zu stoßen.

Was mich nach einer gewissen Zeit beunruhigt, ist beinahe moralisch: außer wenn man auf den Campanile von San Marco steigt, ist Venedig eine Stadt, die sich jeder Gesamtansicht entzieht. Sie flieht, zwingt Sie, sich im Detail zu verlieren; wie jene nicht greifbaren und unaufrichtigen Geister, die sich dauernd mit einem Strang ihres Geistes beschäftigen, ohne zu dulden, daß man das Ganze beurteilt. Rom windet sich um sich selbst, macht einen Buckel, man sieht es von überall her, man löst sich von ihm los, beurteilt es; in New York ist man sich ständig seiner Position bewußt, Paris breitet sich am Fuß von Ménilmontant, von Montmartre aus oder steigt stufenförmig über der Seine an. Ich bin ein Reflexiver und steige gern auf mich selbst. Aber Venedig ist gerade gegen jede Reflexion, es will nicht über sich urteilen, sich fragen, wer es ist, warum es da ist. Es gibt verfluchte, schlaue Geister, die gar nicht über sich urteilen wollen und die erleichtert sein müssen, daß sie nichts in Frage stellen. Das Gegenteil der luziden Höhen. Etwas von einem schrecklichen Ameisenhaufen. Wie er dem erscheint, der sich an jenes Labyrinth von Vorsichtsmaßnahmen erinnert, das der Ameisenhaufen gegen sich selbst ergriff und so alles lähmte: man fühlt sich wie ein Verfluchter, der sich nicht erkennen und nicht die Befreiung durch die Reflexion genießen kann.

Und doch ist diese Stadt narzißtisch, sie hat ein dunkles Gefallen an sich selbst: das Wasser. Sie schaut sich in kleinen Portionen von Nacktheit an, rosa, zittert sie ein wenig in dunklem Abend und, rosa, in Himmel; sie schlängelt sich, sie hat verschämtes Gefallen an sich.

Diese kurzen, zitternden kleinen Einsichten ersetzen die breiten Panorama-Ansichten von Rom und Florenz. Ein serviles und unbändiges Wasser spiegelt es, schmeichelt ihm und stellt es plötzlich in Zweifel, als wäre es das graugrüne Auge eines jener schwarzen Sklaven, die die Sklavenschiffe von der Elfenbeinküste brachten; Venedig hat zu seinem Bild jenes merkwürdige Verhältnis aus aristokratischer Abhängigkeit, Verachtung, innerer Unruhe und Mißtrauen, das der junge Gebieter zu dem Sklaven hat, der in seinem Haus aufgewachsen ist und den er auf die Jagd mitnimmt. Es ist Haß und Einverständnis,[1] er spricht mit ihm, und der Schwarze antwortet wie ein Echo und lächelt ihn an und wird ihn vielleicht eines Nachts ermorden. Die Verbindung dieser rosa Mauer mit ihrem Geißblatt zu ihrem Wasser ist so natürlich, so uralt, daß es schwerfällt, sie durch eine menschliche Präsenz zu stören. Man weiß nicht mehr, ob Venedig über seinen Schein gebeugt oder von diesem gefangen ist. Man weiß nicht einmal mehr, ob die Spiegelung ein geringeres dämonisches Sein ist oder ob nicht sogar diese aus dem toten Wasser aufgetauchte Stadt der Schein des Scheins und die Spiegelung der Spiegelung ist. Welche Stille. Keine Wurzeln, keine Erde, um sie festzuhalten, scheint diese Stadt aus einem Traum zu erstehen. Der Bolide hat aufgehört, sich im Kreis zu drehen; die Ellbogen auf eine

1 Über der Zeile die Wörter: *Ich will – ich will nicht*; vermutlich hat der Verfasser vorgehabt, hier das Thema *Wahnsinn des Wassers* einzuschieben. Siehe S. 175 ff u. auch S. 141 f.

Brücke gestützt, endlich Venezianer, meine Geschwindigkeit tot. In Rom, inmitten der Komödie, war ich selbst Komödiant; in Venedig, inmitten eines Trugbilds, fühle ich mich selbst wie ein Trugbild.

Das venezianische Wasser flößt Widerwillen ein, aber es zieht an, es verleiht dieser Stadt eine geheime Dimension: Tiefe. Die anderen Städte haben Höhe, Länge und Breite. Aber es gibt einen verborgenen Untergrund von Venedig, einen lebendigen Schlamm mit Tieren. Diesen – unvorhersehbaren – Untergrund des Wassers, der der Tiefe der Sklaven, der Gefangenen, der Massen ähnlich ist. Es gibt einen sichtbaren Untergrund. Anderswo sind die Menschen bestrebt, die Bedürfnisse dem Blick zu entziehen. Die Fassaden sind sauber. Hier auch. Aber es gibt den Untergrund des Schlafs, der natürlichen Bedürfnisse und der Ungeheuer. Der Mensch produziert Unrat. In Venedig kann er es nicht verbergen. Unter den dünnen Spiegelungen, die von Hängematten gewiegt werden, unter diesen Fensterscheiben und diesen Augen sind die Haushaltsabfälle und der Tod. Venedig, die sanfteste und perfideste aller Städte der Welt, ist diejenige, die die Unmöglichkeit des Menschen am besten zeigt. Auf einem schwammigen, unbewohnbaren Gelände erbaut, erinnert das Wasser an die öde Welt der Barbarei und zugleich an Ertränken, an Haß. Das Wasser ist zugleich menschlich und unmenschlich. Die Blasen.[1]

1 Zum Thema «Blasen» siehe Entwurf und den Abschnitt, dem wir den Titel *Regen* gegeben haben (S. 124ff). Der Verfasser plant hier,

Und dann wieder ist das Wasser der Himmel. Das Wasser ist jene Unbeständigkeit zwischen Mineral und Gas, immer bereit, sich als Dampf zu verziehen oder zu Festem zu verkrusten. Bisweilen enden die Kais am Rand von silbrigen, kreisenden Dämpfen, Venedig ist die Stadt der Lüfte. Und in anderen Momenten wieder ist die Stadt ganz und gar verschlungen. Heute regnet es. Venedig ist ein Salon in einem See. Der Himmel ist durchnäßt, der Regen steigt aus den Kanälen auf, das ist ihre Verdunstung, sie knospen, sie werfen die Tropfen wie Blasen, oder diese wallen durch die Straßen, man begegnet ihnen im Vorbeigehen, sie spritzen einem auf den Händen, auf dem Gesicht auseinander...

Das Wasser von Venedig wogt, es dehnt sich aus und zieht sich zusammen wie angeblich unser Universum. Aus der Gondel gestiegen, bleibe ich lange stehen, um eine grünliche Creme auf der Oberfläche des *rio* anzusehen, die sich mal ausbreitet, mal zusammenzieht, mal langsam zum Canale della Giudecca treibt, mal zurückfließt und mal innehält. Eine Brücke, ich beuge mich hinüber; langsam, heimtückisch wie jene Chinesen in

es in den folgenden Absatz einzufügen (den er vor dem Seitenende aufgibt). Aber dann hätte er *Regen* umändern müssen (den Moment, wo der Tourist an seinem Fenster ist, streichen), falls er es nicht später geschrieben und die ursprüngliche Absicht aufgegeben hat. Zwei Anmerkungen oben auf der Seite: *Meinen wahnsinnigen Spaziergang bringen (nächste Seite)*, und *Er sieht eine Gondel mit einem Spiegelschrank vorbeifahren*. Dazu siehe weiter unten und Entwurf (S. 145 ff).

den Kriminalromanen, die man nie kommen hört, taucht eine Gondel unter der Brücke auf, und mit einemmal kommt es mir vor, als würde sie entzweigeschnitten und als wäre das Wasser wirklich Glas geworden. Ich sehe mich über die Brücke gebeugt, ich sehe den Himmel. Ein Loch aus glasigem Himmel im Wasser. Es ist ein Spiegelschrank, der auf dem Rücken dahingleitet, davongetragen von einer Umzugsgondel.

Das anekdotische Wasser
Das Wasser, wahnsinniges Denken

Je nachdem ob Sie es von Venedig oder von der Barbarei der Lagune aus betrachten, ist es Natur und Tod oder Haustier. Es trägt. Man läuft auf seinem Rücken; die Schnellboote der Post sausen über die Kanäle, um schneller voranzukommen. Aber ist es wirklich domestiziert? Eingedämmt, ummauert, kanalisiert, von Abfällen verschmutzt, wirkt es wie eine aufgebrochene Kloake, es stinkt. Ein seltsames, verhextes, zweideutiges Objekt, ein deklassiertes Mineral, das weder zur Natur zurückkehren noch die präzise, geometrische Exaktheit der Fertigprodukte erlangen kann. Wie ein fortwährend aufgegebener, verwilderter Garten, der ständig von Unkraut und wuchernden Parasiten verunstaltet wird und sich ständig neu bildet.

Städte sind ruhige Wesenheiten, die reglos in ihrer künstlichen Ewigkeit verharren; der Mensch, der einzig Lebendige und so wenig Natürliche, verändert sich, ohne es zu merken, zwischen diesen Blöcken, die ihm sein Sein falsch spiegeln. Aber hier gibt es ein Element mehr, das Wasser stellt das dar, was er allein ist, das Vielfältige und das Werden, es ist sein eigenes gefangenes und unheilvolles Bild zwischen diesen ruhigen Wesenheiten. Es ist der Mythos. Daher ist Venedig die Stadt des Vielfältigen und des Ereignisses. Aber des verrückten, belanglosen, anekdotischen Ereignisses, ähnlich dem absurden Leben eines jeden von uns. Auf allen Kanälen wuchert jeden Augenblick die Anekdote. Jede Welle, jede Mondsichel, jede Spiegelung, jeder vorbeifahrende Lastkahn fasziniert zwischen Steilwänden aus Schatten. Das Gegenteil von Geschichte: Veränderung, die sich im Unwandelbaren einebnet. Die Aufmerksamkeit wird ständig abgelenkt von Myriaden von Funken, die aufblühen und zu unseren Füßen erlöschen. Nichts passiert, und alles passiert. Die Zeit, bewegliches Bild der Ewigkeit; an der Oberfläche einer unbestimmten Trägheit, am unteren Rand dessen, was überall sonst Trottoir wäre, findet von einem Ende des Labyrinths zum andern ein fortwährendes, winziges Umhertollen statt, das die *Kunst* in Abrede stellt. Man kam, um Steine zu sehen, die in einen zu Glas gewordenen Himmel eingelassen sind, und man senkt den Blick, man betrachtet das Unbedeutende, unsere heutige *Schönheit*, diese im Entstehen und Vergehen begriffene Schönheit, die unsere Mitwirkung beansprucht. Der Geist hat heute die Passivität aufgegeben, er zieht die Decke weg, fältelt eine Landschaft, friedet sie ein, fügt dies und das hinzu, verbindet alles und läßt ein Sein erstehen, wobei er sich, noch immer Draufgänger und Kavalier, jedes Werkzeugs wie eines Weibchens bedient. Wir haben weniger Spaß an den homosexuellen Ohnmachten des Fertigen. Wie feminin der biedere Henry Bordeaux wirkt, wenn er wollüstig seufzt: «   .»[1] Also, mir geht es auf die Nerven, mir all diese Obelisken und Säulen reinschieben zu lassen. In Venedig wähle ich, ich gehe vom Weiblichen zum Männlichen, von der Seele zum Geist über, es genügt, den Blick ein wenig abzuwenden.

Eine komische Stadt, senkrecht zu ihrer Spiegelung. Es gibt Stunden, in denen das Wasser sich beruhigt und plötzlich der Schein sich bildet. Das harte, trockene Venedig steigt aus seiner platten Spiegelung, eine auf einen Spiegel gestellte Stadt. Und dann hebt die Spiegelung zu tanzen an, ganz leicht, schnell aufeinanderfolgende konkave und konvexe Spiegel ziehen sie auseinander und verdichten sie wieder, sie schaukelt sich in unsichtbaren Hängematten, sie wirft sich in gekrümmte Räume, deren Krümmung sich jeden Augenblick ändert. Diese zerzausten schwimmenden Palazzi haben in der Luft ein Double. Aber unten, auf dem Kopf stehend, leben sie in einer anderen Materie, in einem minderen Sein. Sie, diese Soliden, werden karikiert. Sie, diese Eigensinnigen, erklären unermüdlich, daß nichts ist als das, was ist, daß ein Palast keine Strohhütte ist, und dann, sobald man den Blick senkt, sieht man ihre gespreizte Spannung nachlassen, eine fortwährende

1 Leerstelle im Manuskript.

Annäherung, ein fortwährendes Zögern erscheint zwischen den Steinen. Auf einmal wird eine Logik des Widersprüchlichen sichtbar. Gleichsam ein Bewußtsein, das sich bemüht, alle Nuancen zu erfassen, eine scharfsinnige Vernunft, die das Sein in ein Gefüge sich ausgleichender Gegensätze auflöst, und zugleich auch eine zersetzende Bosheit, die unnötige Schwierigkeiten macht, wo keine sind und wo welche sind. Grün und rosa, absurd, nutzlos, seit fünfhundert Jahren entsteht und vergeht, erscheint und verschwindet dieser Palazzo, ein bißchen zu weit links, ein bißchen zu weit rechts, fliegt mit dem Vorbeifahren eines Bootes auf und setzt sich behutsam wieder nieder, grün und rosa, in ständigem Entstehen, immer unvollendet, ein Abbild des Zufalls und des menschlichen Scheiterns, wie ein Werk, das im letzten Moment durch einen Zwischenfall wieder in Frage gestellt wird. Verwaschen, verblaßt oder plötzlich fahl, bleifarbig glänzend, bersten die Steine, rückt das Puzzle zusammen. Fasziniert betrachte ich zu meinen Füßen ein beinahe menschliches Denken, ein immer in sein Gegenteil verstricktes Wasserdenken, ein Wollen, das sich verneint, um sich zu behaupten, ich will, ich will nicht, ich will, ICH WILL, ich will nicht, ich will rosa, ROSA sein, nicht sein, ein grüner Schleier überdeckt alles mit seiner Welle, ich will, alles muß noch einmal begonnen werden, ich will, ich will nicht ich will sein, ich will nicht, ein weißes Loch, ICH WILL ROSA, ROSA, ROSA SEIN, langsames Voranschreiten eines Denkens, das nicht das unsere ist und nicht Ja von Nein, nicht das

Mögliche vom Wirklichen unterscheidet; doch, ich weiß: es ist das Denken unserer Träume, von sich selbst behindert, in ständiger fruchtloser Hektik, das *ist*, was es *denkt*. Ein autistischer Alptraum plätschert zu meinen Füßen, zarter, zarter Wahnsinn: das Wasser ist wahnsinnig. Vielfältiges, faszinierendes Wiederkäuen zu meinen Füßen. Vor zwanzig Jahren habe ich darin die Spiegelung meines eigenen Wahnsinns gesehen. Wenn man den Kopf wieder hebt und die so feinen, fast gezierten Palazzi ansieht – wie *dumm* und *beschränkt* sie dann wirken! Ich erinnere mich, ich saß mit S. im Zug, sie hatte gerade eine Freundin wiedergesehen, die wahnsinnig geworden war, sie war fasziniert. Ich weiß nicht, was ich ihr sagte, aber ich erinnere mich an ihre erstaunte Verachtung: «Es ist wahr, *Sie sind nicht* wahnsinnig.»[1] Ich sehe diese Palazzi mit der gleichen Verachtung an und denke: sie sind nicht wahnsinnig. Die Architektur ist nicht wahnsinnig, sie hat alle Sinne beisammen, ihre Vernunft ist die Schwerkraft, ihre Einsicht die Gerade, die man zieht, die Gerade, der kürzeste Weg von einem Punkt zum andern. Ihre Leichtheit ist die besiegte Schwerkraft. Die Mauer steht, weil sie

1 Was der Tourist hier wachruft, ist eine Erinnerung Sartres: 1935, nach einer Meskalininjektion (ein Experiment im Zusammenhang mit seinen Untersuchungen zum geistigen Bild) glaubte Sartre eine Zeitlang, er sei «wahnsinnig». Das lag nicht nur an dieser Spritze. Er schildert diese Krise in *Les Carnets de la drôle de guerre*, p. 99f (deutsch: *Tagebücher*, S. 116f). Zur gleichen Zeit verfiel eine Freundin von Simone de Beauvoir, die am selben Lycée lehrte, in Erotomanie.

vernünftig ist. Beschränktes, beschränktes Denken, Reize geometrischer Denkweise. Alle Bauwerke werden vom wirrköpfigen und scharfsinnigen Feind angefochten, dem Wasser mit den zehntausend Prinzipien, dem Geist der Schlauheit und Diplomatie.

Das Wasser in Venedig ist der Negative Begriff. Diese unzusammenhängende Unordnung, diese ständige, anonyme Hektik tummelt sich rings um apodiktische Behauptungen. Diese Ewigkeit, die kein Sitzfleisch hat und alle Umrisse in sich aufnimmt, um sie zu vereinen, ist das Werden, ist die Zeit. Die Palazzi tauchen in das Wasser ein wie die ewigen Wahrheiten, die dem Tod entgegenfliehen. In Venedig kann man die Zeit *sehen*, man kann auf ihr reiten, wie ich jetzt. Sehen Sie, wie sie die Fassaden leckt, zittert, sich zurückzieht, wiederkommt und dieselben Wunden leckt, an denselben Steinen nagt. Die römische Sonne schminkt hinterrücks die alten Gipsfiguren, man weiß nicht, daß jeder Strahl ein Pinsel ist. In Venedig aber sieht man das langsame Einsickern, man sieht die Saugnäpfe der Zeit, ihr Lutschen, ihr Saugen am Backstein, an den grünbemoosten Stufen, an den Holzpfählen. *Im Wasser* altert Venedig zusehends, es ertrinkt. Wenn ich den Kopf hebe, sehe ich wieder diese verhaltenen kleinen Wesen, verkrampft in ihren kargen Grenzen, die die Ewigkeit zu spielen scheinen. Komödien. Diese versteinerten Rosen, diese Kandiszuckerstücke über uns haben eine unmenschliche Geduld; sie scheinen zu warten. Ich denke an jene harten Felsen in Norwegen, die wie Krallen auf dem Wasser liegen; die letzten Europas. Im

Grunde ist alles Feste, das ins Wasser eintaucht, ein wenig das Ende der Erde, etwas endet. Auf dieser Rollfahrbahn gleite ich zwischen zwei *Finis Terrae*, zwei sich gegenüberliegenden Stadtenden. Man hat den Eindruck, als hätte sich eine Art Leere zwischen sie geschoben und als könnten sie sich nicht sehen, als ginge der Blick nicht von einem Ende zum andern: schlecht leitende Luft. Mir hat es immer gefallen, wenn ein menschliches Bauwerk jäh über einer unerträglichen Leere abbricht, und ich habe mich lange an dem Wort Finistère ergötzt; jenseits davon stellte ich mir einen von Fall zu Fall metallischen oder dunstigen Norden vor. Sollte ich ein Überbleibsel der Unfruchtbarkeit sein? Nein. Ich glaube nicht. Aber die Übergänge des pflanzlichen Lebens oder der feuchten, moosigen Erde sind mir unangenehm. Philosophisch bin ich damit einverstanden, daß der Mensch am Ende einer Evolution aufgetreten ist: gefühlsmäßig ist es mir unangenehm, da wünschte ich, er wäre ganz von selbst aus nichts oder aus dem Mineral erstanden. Die Palazzi scheinen aus nichts hervorgegangen. Aus dem Wasser. Und dann sehe ich die Dinge auch in der anderen Richtung, das Wasser begrenzt sie, wie eine Lebensgefahr. *No man's land*. Ich mag Wüsten und *no man's lands*. Ich finde, daß das Denken sich wohl fühlt. Es hat viel mehr Ähnlichkeit mit einem Feuerstein als mit einer Anemone. Heute allerdings bin ich im *no man's land*...

Entwurf
und andere Texte

La regina Albemarla
o
Il ultimo turisto[1]

Abgeblättertes Rosa, Weiß mit schwarzen Tränen, das sind die Farben, die zuerst auffallen. Danach Grün und Schwarz. Das Grün des Wassers. Wenn das Wasser ruhig ist, ist es von nahem das fette Grün von Schweröl mit irisierenden Stellen und geheimen Finsternissen. In Ruhe wirkt es teigig und schnalzend. Da ist das Grün der Haarflechten, die die Mauern herabhängen und manchmal ins Wasser eintauchen. Da ist auch das Grün der Fensterläden, manchmal rein, wenn sie frisch gestrichen sind, manchmal gräulich oder kastanienbraun getönt, wenn sie in der Hitze, aber ohne Sonne alt geworden und ausgetrocknet sind. Und dann ist da das Schwarz der Gassen, die hinten im Dunkeln enden, und vor allem das glänzende Schwarz der Gondeln und Lastkähne, ein Insektenschwarz. Nicht so sehr, daß es glänzt, aber die Wasserspiegelungen verleihen ihm eine Art Schimmer, einen fließenden Lack.

Die Brücken. Bögen, man gleitet darunter hindurch. Im allgemeinen sieht man sie zu zweien, zu dreien, und sie bilden spitze Winkel zueinander. Von unten her

1 So auf der ersten Seite des Heftes. Diese Seiten müssen wohl als ein allererster Entwurf gesehen werden.

rund, von oben kantig. Ihre Schönheit rührt daher, daß der Kreis im Unendlichen der Multiplikation des Vielecks ist und daß diese Andeutung eines Achtecks also ein anderer Zustand des Kreises ist.  Man kann sowohl die sanfte Auflösung eines Kreisbogens in tausend Facetten sehen wie auch, von oben nach unten, die Abrundung eckiger Kanten zu einem Kreis. Diese Säulengänge, diese Arkaden sind lebendig, dunkle Menschenmengen überqueren sie in entgegengesetzten Richtungen. Jede Brücke mit ihrer schwarzen Schlange von Passanten wirkt wie ein langsames Schaukeln in eine Richtung, ein Enjambement, das durch das weiter entfernte Enjambement in die Gegenrichtung angefochten wird. Wenn man über die Riva degli Schiavoni geht und die Stadt sich in einer langen dunklen Spalte tief öffnet, sieht man zwei zueinander senkrechte Bewegungen, das untergründige Gleiten, das sie wie ein Schwert durchfurcht, und die Querwellenbewegungen dieser übervollen Loggien.

Die Gärten sind im Gefängnis. Zwischen zwei Kanälen, an der Kreuzung ein schwimmender Kerker. Drei Backsteinmauern bilden die drei sichtbaren Seiten. Die Vorderseite ist von einem Loch mit einem Gittertor davor durchbrochen. Zwischen den Gitterstäben erblickt man, feucht, dicht gedrängt, mysteriös und melancholisch, die gefangene Vegetation, die sich manchmal elendiglich als langes, herabhängendes rotes oder grünes Haar über die Mauer neigt. Die Vegetation ist in dieser Stadt aus Stein so kostbar, daß man sie versteckt, daß man sie einsperrt, sie ist Venedigs geheimer Luxus, man geht an einer Backsteinmauer entlang, man ahnt das Atmen der Bäume dahinter. Sie ist auch seine Stille und gleichsam das Produkt der Verwesung der Steine.[1] Wenn man von einem Fenster aus zufällig einen Garten sehen kann, wirkt er tropisch. Tatsächlich ein Vorstadtschrebergarten, ist er kärglich und grau, aber die Bäume und Sträucher sind auf so kleinem Raum zusammengepfercht, daß es aussieht wie eine verschwenderische Üppigkeit. Traurige versteckte Gärten: zwei vom Wasser getätschelte, nasse Stufen, ein Gittertor, man ahnt feuchte, schwarze Erde. Erde: das einzige, was man nie sieht. An der Akademiebrücke wachsen Bäume aus dem aufgeworfenen Steinboden, aber sie wachsen aus dem Stein, der Boden ist versteckt. Das ist das einzige Geheimnis von Venedig – das so geheimnisvoll war –, diese seltene, schwarze (so stelle ich sie mir vor) Erde, die versteckt wird.

Was ich jetzt schreibe, wird niemand glauben. Ich scheue aus Faulheit anzufangen. Ich fuhr also in einer von einem Familienvater gelenkten Gondel. Familienvater, aber trotzdem Gondoliere. Etwa um die fünfzig. Eine alte Bootsstange, lang und bereits mit einem Kupferring wie ein gebrochener Arm im Gips, die schon die

1 Notiz des Autors quer über die linke Manuskriptseite: *zwei Arten von Gärten in Venedig: hängende Gärten und schwimmende Gärten. Feigenbäume, wilder Wein, Platanen. Sie sehen aus, als würden sie gleichzeitig an zuviel Wasser und an Trockenheit eingehen.*

komischsten Sachen mitgemacht hatte. Er hatte mich nicht betrogen, was ein Zeichen von Resignation ist. Ich hatte ihn zögern hören, ehe er die regulären tausend Lire von mir verlangte, aber ich weiß nicht, welche Verbitterung ihn zu diesem vorsätzlichen Scheitern trieb: den regulären Tarif zu verlangen. Er war dick, stark und schweigsam. Er trieb mich, hinter meinem Rücken stehend, ohne zu sprechen, vorwärts, und es gelang mir, ihn zu vergessen. Wir glitten in das Kapillarnetz, das sich zwischen der Ca' d'Oro, dem Bahnhof und dem Ufer ausdehnt. Es war ein volkstümliches Viertel. Es gibt arme *rios*, die schmutziger sind als die anderen. Boote verfaulen darin. Eines war halb voll Wasser gelaufen, und Papierpacken, in denen Abfälle steckten, waren vorne auf die Sitze gefallen. Abblätternde Häuser, der Stuck riß auf wie trockene Haut, das Rosa der Lederhaut – die rosa Backsteine – wurde sichtbar wie Wunden; zwischen zwei Häusern war ein niedriges Mäuerchen von rostigem Stacheldraht bekrönt, wir fuhren an einem kleinen Hof vorbei: hohe, dunkle Häuser umstanden ihn an drei Seiten: auf der vierten Seite das Wasser, sogar ohne die Stufen einer Treppe, um hinabzusteigen. Nebeneinander warteten, seit wann, ein paar Sesselskelette in diesem verlassenen Hof auf das Roßhaar und den Stoff, die sie wieder aufmöbeln würden; man sah den Knochen, das weiße Holz des Oberarmbeins und der Elle. Vor den Fenstern trocknete Wäsche auf einer Schnur, die von einer Stange gespannt wurde. Die Stange dehnte den Strick in der Mitte, es sah aus wie eine Armbrust, denn die beiden Hälften der Schnur bildeten einen rechten Winkel. Das sieht man in Südfrankreich, in Saint-Tropez zum Beispiel. Hin und wieder glitt verschämt ein Palazzo vorbei, dessen Fenster zugenagelt oder von verschmorten, niemals geöffneten Läden verschlossen waren und dessen oberstes Stockwerk, vielleicht, bewohnt war. Über einer Türwölbung ragte ein Frauenkopf aus weißem Stein aus der rosa Wand. Lastkähne zogen langsam vorbei, beladen mit sonderbaren Gegenständen, zum Beispiel mit zwei Reihen roter Sessel mit Goldleisten, die sie zu irgendeinem Kino transportierten. Die Arbeit hat auf diesen Kanälen etwas Stilles und Beunruhigendes, das sonst nur der Freizeit, der Müßiggang der Jungs aus dem Milieu eigen ist. Ein Lastkahn fährt mit der Noblesse und Ruhe eines Zuhälters wie bei Genet vorbei, und er ist ein Steingrab. Alle Geräusche, die Arbeit bedeuten, Knirschen, Krachen, Brummen, Schaben werden aufgehoben. Man weiß nicht, ob man taub geworden ist, es ist fast genauso absurd, wie Paare durch eine Glasscheibe tanzen zu sehen, ohne die Musik zu hören. Und außerdem ist es eine komische nasse Arbeit, die nicht den Gedanken an Schweiß oder Anstrengung erweckt (obwohl sie sehr anstrengend sein muß), sondern eher den an Verwesung, am Ende des Tages muß man *triefen*. Und diese komische, so wenig seriöse Art, die Häuser als Antriebsmittel zu benutzen. Alle diese Männer, die sich von den Mauern abstoßen, wirken wie spielende Kinder. Über alldem um Viertel vor fünf – warum um Viertel vor fünf? – das unheilvolle Heulen der Sirene des Arsenals, die in dieser fauligen

Ruhe an den Krieg und bei diesem seltsamen Wasserhandwerk an die Fließbandarbeit der Fabriken erinnert. Wir fuhren weiter, und von jeder Straßenecke kamen diese so menschlichen Rufe, zugleich vertraulich und betroffen, die einem Pferd oder einer Frau zu gelten scheinen, die die Gondolieri aneinander richten. Die Gondel nahm die Biegungen auf der Innenseite, wobei sie sich etwas nach innen neigte, wie ein Auto, das auf zwei Rädern um die Kurven saust; beim Abbiegen schleuderte sie ein bißchen, ein köstliches Gefühl. Ich dachte: «Sie sind erstaunlich: sie machen ihr Manöver auf drei Metern, sie fahren dicht an den Nachbargondeln vorbei», und damit reproduzierte ich, ohne daß es mir bewußt wurde, das jahrhundertealte Staunen des Touristen, der erst befriedigt ist, wenn er denkt, daß der Gondoliere ein Virtuose der Gondel ist. Man reist, um Perfektes zu sehen und zu essen. Alfredos *tagliatelli* sind die besten der Welt, und die Gondolieri sind Paganinis der Gondel, sie spielen mit ihnen wie mit Bögen auf dieser Geige, die das Wasser des Kanals ist. Zum erstenmal sprach der Gondoliere über meinem Kopf. «Das ist Paolo Sarpi», sagte er mir. Dann jodelte er seinen kleinen männlichen und vorwurfsvollen Klagelaut, während ich zum erstenmal *Erde* sah. Das kam mir komisch vor: ein Abhang aus schlammiger, schwarzer Erde senkte sich zwischen zwei Mauern bis zum Wasser. Auf dieser Erde Gondeln. Zwei Männer waren damit beschäftigt, sie zusammenzuflicken, und ihre Füße versanken ein wenig in dieser vergessenen Substanz. Wir wollten gerade in einen

Kanal einbiegen, der unseren im rechten Winkel kreuzte und von dem ich nur die dunkle Einfahrt sah, und ich erwartete – das war mein Fehler – *Eleganz*. Eleganz, wie wenn der Maestro Hand an seine Stradivari legt, wie wenn der Torero seine ersten *pases* macht. Zum Teufel mit der Eleganz. Was habe ich damit zu tun? Ich habe ihm wohl Unglück gebracht. Ein vorwurfsvoller Klagelaut kam aus dem Kanal, in den wir hineinwollten, und ich sah ein *mostro*, einen dicken Wal auftauchen. Ein von zwei Halbwüchsigen gelenkter Lastkahn. Im selben Augenblick tauchte mein Virtuose sein Ruder bis auf den Grund des Wassers, versuchte unsere Gondel zu bremsen, und da geschah dieses Wunder, das hunderttausend Touristen, die es leid waren, betrogen und verachtet zu werden, vielleicht erhofft haben, aber nie haben sehen können, dieses Wunder, das meine Tagesration Antitourismus war, dieses Ereignis, das eine meiner letzten touristischen Hochachtungen untergrub: die alte Bootsstange brach glatt durch, und der Gondoliere fiel ins Wasser. Die herrenlose Gondel stieß anmutig gegen den Lastkahn, und als ich mich umdrehte, sah ich den Gondoliere im Spurt auf die Gondel zuschwimmen. Die Gondelinstandsetzer schrien ihm zu: *Cammina! Cammina!* Die eine Hälfte des Ruders war in der Gondel geblieben, die andere fischten die Typen vom Lastkahn aus dem Wasser und warfen sie uns zu. Der pudelnasse Gondoliere richtete sich mit am Körper klebenden Trikot auf, er hatte auf der Erde, die sich bis zum Wasser senkte,

Fuß gefaßt.[1] Er fing kraftlos mit einer vor lauter getrunkenem Wasser verschleierten Stimme an zu schreien, während der Lastkahn sich lautlos, mit königlichem Gleichmut entfernte, sehr Vamp, sehr nach Filmabgang. Wir konnten jetzt den mörderischen Kanal sehen, in den wir einbiegen mußten: eine Brücke überquerte ihn, bekrönt von einer schweigenden, reglosen Menschenmenge, die die Schreie des Gondoliere angelockt hatte, die den Unfall aber nicht hatte sehen können. Ich ließ meinen pudelnassen Familienvater im Stich und ging zum *campo* Paolo Sarpi hinauf, dem Gegenstand des *famous last word* des Gondoliere. Drei Amerikaner vom Panzerkreuzer, Intellektuelle in diesem Fall, der eine mit Schnurrbart, die beiden anderen schwache Naturen mit Augen voller Seele, amerikanischer Seele, versteht sich, sprachen mich höflich an und fragten, ob ich berühmt wäre, daß ich so einen Auflauf hervorgerufen hatte.

Wer wohnt in Venedig? Handwerker. Lackierer, Tischler, Möbelfabrikanten, Glasbläser. Kleinhandel. Eisenbahner und Lagerarbeiter. Schuhe: sie fertigen sie nach Maß an. Hemden nach Maß. Anzüge und Kostüme: vom Touristen mitgebracht.

Auf einer Seite des Kanals ein Venedig, das für sich allein lebt. Wo Handel und Gewerbe einzig auf die Ve-

1 Quer über die linke Seite folgender Zusatz: *Sein Pullover war moosig dick wie das stachelige Moos der Eßkastanien. Beim Reden hat er sein Haar mit der Handfläche glattgestrichen und seinen Hut wieder aufgesetzt.*

nezianer ausgerichtet sind. Ein Venedig, wo alles sich auf den Tourismus konzentriert. Kais auf der anderen Seite – nicht auf dieser. Weniger pittoresker Kanal, Transportmittel (ähnelt den Kanälen von Kopenhagen und Amsterdam).

Eine Reeder- und Großkaufmannsstadt, besetzt von Handwerkern und Händlern mit Luxuswaren. Aristokratie ruinierter früherer Kaufleute. Es gibt einen Zusammenhang des Handwerks mit der Epoche der Häuser, die ein Ganzes, aber ein verlogenes Ganzes bilden. Denn dieses Handwerk ist in keiner Weise *das, was es hier einmal gab*. Es gab hier die entwickeltsten Formen des Handelskapitalismus. Venedig muß Staunen erregt haben wie New York. Heute ist das Leben in Mestre. Kommunistische Stadtverwaltung.

Markusplatz = Palais Royal. Aber lebendig. Florian = Véfour.

Ruskin und die beiden Säulen.[1] Nein, sie sind nicht durch die Kapitelle symmetrisch gemacht worden. Sondern sie sind asymmetrisch wie der Markusplatz, wie alles in Italien, und gerade die Asymmetrie lieben wir. Er hat auch nicht bemerkt, daß die Bewegung unterschiedlich ist. Die eine ist gestaucht, weil die Bewegung des Kapitells gestoppt wird, und die andere ragt

1 Gemeint sind die beiden Säulen am Kai der Piazzetta. Auf der einen steht ein Bronzelöwe, auf der anderen die Statue des hl. Theodor.

empor, weil die Bewegung sich fortsetzt. Es ist also der Ausgleich zweier entgegengesetzter Bewegungen. Und außerdem muß man sie zusammen sehen. Sie begrüßen das Meer. Aber das Majestätische wirkt leicht durch die Asymmetrie. Ruskin homosexuell. Der Löwe. Sehr schön. San Teodoro, jämmerlicher Schwachmatikus.

Venedigs Pracht, die an seinen alten Prunk erinnert und der Stadt gut steht, wird in Wirklichkeit von den Fremden erhalten und ist nichts als der Abglanz des internationalen Reichtums, ihres Reichtums, nicht der Italiens. Es ist ein schimmernder Lack, der Glanzlichter wirft.

Das Paradies.[1] Zu schnell gemalt. Belanglose Gesichter mit konventionellem Ausdruck, das einzig Wichtige ist die spiralenförmige Bewegung. Sie bildet eine Kuppel, von der wir nur eine Hälfte sehen, die der Achse nach zerschnitten ist. An der Spitze die Jungfrau und Christus, dann Girlanden von Anbetenden. Von weitem scheint das Gemälde grau und marineblau mit dem Rot Christi und der Jungfrau oben. Eine Art grauer Nebel schiebt sich zwischen die Scharen der Eiferer, als wären es jene klassischen Wolken, auf denen Heilige, Engel stehen. Im Nähertreten bemerkt man, daß dieser Nebel aus ferneren, durch die Entfernung leicht gebläuten Köpfen besteht, Millionen von Köpfen. Nichts dagegen zu sagen: das sind die Gesetze der Perspektive.

1 Gemälde von Tintoretto im Dogenpalast.

Aber wie geschickt sie hier eingesetzt sind, um aus diesem Volk das Bindegewebe zu machen, das diese großen Gestalten der Christenheit vereint. Ganz genau besehen ist es der *Hintergrund*: es spielt die gleiche Rolle wie das Wasser zwischen den Schiffen in der *Schlacht bei Lepanto* (Vicentino, Sala dello Scrutinio). Eine glückliche Menschheit, beseelt von denselben Riten, demselben Glauben, die als Hintergrund für einige herausgehobene Individuen dient: was wäre besser für die eintausendachthundert Mitglieder des Großen Rates geeignet gewesen? Sie konnten in diesen konzentrischen Kreisen von Anbetenden die Hierarchie ihrer komplexen Synoden und Räte erkennen. Und schließlich der Doge: Christus in seiner Herrlichkeit, mit der Dogaressa, der Jungfrau, ganz Frau mit Fürstenwürde, auch sie ehrerbietig, aber mit würdevoller Vertraulichkeit. Übrigens ist es ein rechtes Aristokratengemälde: der Abstand zwischen der Göttlichen Majestät und ihren Anbetern ist nicht groß. Er wird ganz im Gegenteil zugleich mit Macht *versehen*, beobachtet wie angebetet, es ist wirklich der von zehn übergeordneten Räten bewunderte und bespitzelte Doge. *Das Paradies?* Gewiß: es ging darum, dem Großen Rat das Bild eines gut geordneten Venedig wiederzugeben, das sich um eine vertikale Achse, Ordnung und Hierarchie, dreht. Das Bild versteht es, unauffällig den Gedanken wachzurufen, daß es im Tod einen Unterschied gibt. Die Erwählten sind, um einen Satz von Orwell zu gebrauchen, alle gleich, aber manche sind gleicher als die anderen. Diese große Uhrenbewegung, dieser verkehrte Malstrom, dieser umgekehrte Fleischtrichter erweckt eine armselige Idee des Menschlichen: keine Transzendenz. Man dreht sich fortwährend auf der Höhe des Kreises, dem man angehört. Nichts, was sich erhebt, außer anbetenden Blicken. Oder vielmehr ist das Gemälde insgesamt Bewegung nach oben, aber es ist nur die hierarchische Bewegung dieser paradiesischen Rangordnung. Ergebnis: keine Menschen, aufgeblasene Nullen. Sie schweben. Ihre Kreisbewegung ist die von an einer Schnur hängenden Gegenständen. Diese Engel, die sich Christus nähern, rechts und links, oben im Bild, entfalten nicht einmal ihre kleinen Flügel; es sind Symbole geworden, zu kümmerlich, um einen Adler zu tragen. Was ist aus jener wunderbaren Tradition geworden, Engel ganz aus Flügeln zu malen, ohne Körper, den Kopf auf den Hauptflügel gestützt und von unten her wie auf einem Schild? Ohne Flügel, treiben diese Engel. Sie werden vom Willen Gottes getragen oder von der Dichtigkeit einer unsichtbaren Atmosphäre. Jedenfalls sind Engel und Menschen passiv, sie kreisen im Himmel, wie die verendeten Katzen in den kleinen, vom vorbeifahrenden Vaporetto hervorgerufenen Strudeln im Canal treiben und kreisen. Ja, es sind wirklich Tote, die mit dem Strom unter Wasser treiben und deren Körper Kringel bilden. Der Mensch ist nichts. Einzig menschlich, einzig lebendig, einzig dramatisch und schön Christus und die Jungfrau. Das liegt aber nicht an dem goldenen Licht, das sie umgibt. Es liegt an ihrem Gewicht. Als einzige von allen sind sie schwer. Natürlich lasten sie nicht auf der Erde, sondern auf den Hinterteilen eines Schwarms von Engelchen.[1] Diese göttliche Leutseligkeit wird sich bei de Sade, der davon träumte, sich auf nackte Sklaven zu setzen, Sessel aus ihnen zu machen, in Sadismus verwandeln. Hier ist es besser, die Cherubim sind mit Füßen getretene Erde. Aber wie auch immer, zumindest sind Christus und Jungfrau schwer wie Menschen, ihr Gewicht ist wahr, keine Fäden, kein magischer Wille, die sie halten. Ihr Gewicht ist ihr Fleisch, ihre Wahrheit, ihre Menschlichkeit; und die Würde ihrer Bewegung ergibt sich daraus, daß sie gegen ihr Gewicht ausgeführt wird. Es sind Handlungen. Der halb sitzende, halb stehende Christus behauptet sich allmächtig gegen die Schwerkraft, und die Bewegung beider, anmutig und harmonisch, ersteht aus den überwundenen Widerständen. Demnach kann Tintoretto die göttliche Majestät nur malen, indem er den Menschen unter das Menschliche herabsetzt und ganz einfach durch den Kontrast bei den göttlichen Wesen die reine Menschlichkeit zur

1 Auf der linken Seite gegenüber dem Vorangegangenen drei Anmerkungen:
1° *Kurz, er machte, was er wollte. Der Raum hier (Vertikalität) ist der der Dogen, des Mittelalters: der konzeptuelle Raum.*
2° *Was er Venedig entlehnt: sein Licht. Auflösende Eigenschaft des venezianischen Lichts.*
3° *In Bergamo den tragischen Glanz des goldenen Colleoni über hieratischen und geheimen Figuren notieren (Mythen, Embleme mit langen Giraffenhälsen). Und dann dieser goldene Reiter, der in seinem Realismus herausragt. Verloren. Wozu sich allein halten wollen. Keine Gesellschaft unterstützt ihn mehr.* Der Individualismus *als Exil. Integrierte Gesellschaft.*

Geltung bringt. Gräßliches Paradies passiver Freude, ich will es nicht. Sollte das die Belohnung für so viele Jahre des Kampfes und des Strebens sein? Die einzige menschliche Belohnung wäre ein anderes Streben mit genausoviel Mühen und Risiken, aber auf dem Weg zum Gelingen. Das ist das einzige menschliche Paradies. Und wieso entrüsteten sich all diese ängstlich auf ihre Macht bedachten Aristokraten nicht über dieses Gemälde, das im Grunde die Monarchie anerkannte, während es sie einzuschränken schien? Weil diese Aristokratie im Niedergang war. Venedig lag im Sterben. Diese Großkaufleute liebten bereits nur noch den Reichtum und die Zeremonie. Infolgedessen zeigt in der Sala dello Scrutinio *das Weltgericht* von Palma il Giovane, einem Schüler Tintorettos, der dessen *Paradies* imitierte, mehr Wohlwollen für die Menschen. Diese Verdammten *fallen*. Ihr Gewicht wird wieder tragisch. Es lebe die Hölle und ihre menschlichen Leiden, wenn das Paradies dieses unmenschliche Glück sein soll. In einem Zukunftsroman wird den Arbeitern jeden Abend nach der Arbeit die Glückswelle geschickt. Das ist das Paradies des Tintoretto.

Im Saal des Großen Rates lauscht ein Bataillon italienischer Unteroffiziere, zu einem Karree formiert, wie um sich gegen die Isolierung in diesem zu großen Raum zu wehren, den Erklärungen eines Führers. Alte französische Damen bilden einen unsteten Schwarm, der einen Moment herumwirbelt und mit einem erbarmungslosen Führer davonfliegt, dessen Berechnungen ich höre: «Fünfundfünfzig mal fünfundzwanzig Meter, der Saal des Großen Rates, das größte Gemälde der Welt, acht mal fünfundzwanzig.» Die blasse Sonne durch die Fenster. Harter, glänzender Saal, draußen die Welt ist nichts als Dunst.

Ein komischer Palast. Das Paradies der Beamten. Eine ganze zentralisierte Verwaltung. Hier wurde das Register der Fälligkeit aller Abgaben der neuen Verwaltungsbeamten geführt, gleich nebenan befaßt man sich mit der Flotte, mit der Rekrutierung und mit den Steuern, die deren Unterhaltung ermöglichen, etwas weiter sitzen die Steueranwälte und die Staatsanwälte der Republik, man führt das Goldene und das Silberne Buch, in die Adlige und Bürgerliche eingetragen werden. Kataster, Zensus, Untersuchungen, Fiskus, Verwaltung. Ernste Männer begaben sich hierher, grüßten in der Galerie im Vorbeigehen ihre Kollegen und schlossen sich mit Papierbergen ein. Durch die Galerie gehe auch ich, und durch rautenförmig bleiverglaste Fenster sehe ich einen glatzköpfigen Beamten, der unter eine Lampe mit grünem Porzellanschirm gebeugt sitzt. Das ist das Ewige. Das ist der *Sinn* dieses Palastes der Zentralisierung von Dienststellen. Darüber nimmt das Beamtentum etwas von einer GPU an, Rat der Zehn, Rat der Drei, Polizeichef usw. Aber bekanntlich führt Bürokratie zu gegenseitigem Mißtrauen. Beim Hinausgehen habe ich den Eindruck, den Palast der Bürokraten besichtigt zu haben. Dennoch ist er schön. Aber was ist eigentlich *wirklich* schön? Die Fassaden (1404 – vielleicht sogar 1365 – und die andere 1424–1457). Alles übrige, außer dem Foscari-Portikus, die Ostfassade aus dem 16. Jahrhundert und die Süd- und Westfassade aus dem 17. Jahrhundert sind langweilig, barock und kalt. Immer derselbe Irrtum: im Grunde besteht das aus dem Nützlichen hervorgegangene Schöne in der Architektur darin, daß der Stein Bewegung ist. In nichts anderem. Warum? Weil es darum geht, dem, was tatsächlich reiner Niederschlag der Trägheit des Raumes ist, die Einheit einer menschlichen Transzendenz zu verleihen. Mit der Zerstreuung der Linie im Unendlichen wird das Aufbrechen der kürzesten Bewegung von einem Punkt zum andern bewirkt. Architektur, das sind Linien. Aber das bedeutet keineswegs, daß der Stein viele Krümmungen haben muß. Im Gegenteil. Das 16. Jahrhundert glaubt, der Stein müsse leichter gemacht werden, indem es zeigt, daß der Mensch ihn beherrscht. Aber damit erstarrt der gefügige, zu Schnecken, Rosetten, Voluten, Spiralen geschnittene Stein in Passivität. Alles schwebt. Er ist wie Tintorettos Engel, weder wiegt er, noch ist er in Bewegung: Spitze. Aber Spitze bewegt sich nicht. Das sagt, das rezitiert auswendig die Virtuosität der Spitzenklöpplerin her, das läßt nicht unmittelbar den menschlichen Elan spüren. Die Fassade zur Piazzetta ist schön, weil sie wiegt und weil sie sich erhebt. Es ist dieser Kampf gegen die Schwere, der ihre Kraft ausmacht. Zu Ruskins Zeiten warf man ihr vor, die Säulen der Arkaden seien zu niedrig. Aber das muß sein. Sie machen die Fundamenttiefe deutlich. Hoch und leicht, hätten sie uns gesagt, der Palast sei leicht zu tragen. Statt dessen lassen sie uns ein überladenes Sein spüren, das nicht einknickt, sondern bei jedem Schritt in die Erde versinkt. Die niedrigen Säulen des ebenerdigen Portikus drücken das Gewicht des Gebäudes aus, dem wir nur zu sehr geneigt wären von vornherein eine Leichtigkeit zuzuschreiben, weil es aus Backsteinen ist. Im Grunde würde ich sogar sagen, daß man ein bißchen schwindelt, man macht es schwerer, als es ist. All diese Händler sind Falschgeld gewohnt. Aber wir hätten nur den Eindruck von Niedergedrücktheit, wenn der massive obere Teil direkt auf den Säulen des unteren ruhte. Eben hier setzt der Architekt seine Virtuosität ein: da feststeht, daß der Baukörper des Palastes schwer, wuchtig ist, wird man zeigen, daß die zweite Galerie ihn spielend trägt. Es ist gleichsam eine subtile Enttäuschung des nach oben wandernden Auges, das Fülle erwartet und auf Muße und Leere trifft. Ich liebe die Rhetorik dieser von vierlappigen Kreisen durchbrochenen Spitzbogenarkaden, weil dieses Schwatzen während einer Gefahr stattfindet, wie eine Liebesszene im Theater, deren Spannung aus den Bedrohungen entsteht, die über den Verliebten hängen. Die ganze vierschrötige Kraft der unteren Säulen verschwenden die oberen in Eleganz. Sie breiten sich aus, sie vermehren sich, sie scheinen aus den unteren hervorzusprudeln. Darüber kommt die schwere, blinde (sieben Fenster, Löcher) und glatte Fassade. Das ist plötzlich das Nichtmenschliche, der Stein. Aber wenn ich mir diese ungeheure Masse von unten nach oben ansehe, sehe ich sie hochgehoben, getragen, all die lyrischen oder strengen Kraftlinien der Galerien unter ihr durchlaufen sie, eine aktive, stämmige Leere wohnt ihr inne. Wenn ich umgekehrt von oben nach unten wandere, nimmt die ganze Leere, die zwischen den Säulen ist, eine massive und dramatische Wucht an, es ist Leere, und *es ist* das ganze Gewicht des Bauwerks, die Leere verläuft dicht, wuchtig von oben nach unten, eine verhaltene Kraft. Mir gefällt, daß nichts vorspringt, nichts überragt. Die Vollkommenheit des Glatten besteht gerade darin, daß das Drama sich einzig an dieser Oberfläche abspielt, der Blick gleitet darüber hinweg, bleibt an nichts hängen, wird durch nichts abgelenkt, er gleitet über die Leere wie über durchsichtige Fensterscheiben. Wenn ich den Dogenpalast mit dem Palazzo Pubblico in Siena aus derselben Zeit vergleiche, sehe ich die Überlegenheit der Venezianer in ihrer kaufmännischen Schlauheit. Der Palazzo Pubblico ist auf ganz naive Weise voll. Er ist zugleich sein Gewicht und die Masse, die dieses trägt. Letztlich kommt die ganze Atlaskraft, die ihn aufrecht hält, der Erde, d. h. dem Nichtmenschlichen zu. Und jene Bankiers müssen, um ihren Stolz und ihre Geschicklichkeit zu beweisen, um im Stein ein Bild vom Menschen zu zeigen, den nutzlosen und eitlen Torre del Mangia errichten, großartig, aber grundlos, ein unpassender Lyrismus, ein seitliches Emporschießen, das den Menschen außerhalb seines Kampfes gegen das *Sein*, in einem Mußeaugenblick behauptet. Die listigeren, flexibleren Venezianer brechen den unteren Teil ihrer Fassade auf (ansonsten ist es, wie der Palazzo Pubblico, ein quadratischer Palast), machen Durchbrüche, und damit steigt das Gewicht, statt von der Erde getragen zu werden, zwei Etagen nach oben, die Erde verliert ihr Verdienst, es kommt dem Menschen zu; den Palazzo Pubblico von Siena haben sie mit Muskelkraft und in die Luft getragen. Ein Turm war also nicht nötig. Der kubische Kasten ist durch sich selbst eine Glanzleistung geworden. Der spürbare Widerspruch zwischen Gewicht und Schwung gibt der Fassade eine *Spannung*, die aus jedem Stein, jedem Ziegel etwas Lebendiges und Errichtetes macht.

Weniger reich, wollen die venezianischen Fürsten auch Leere in der Fassade schaffen, wagen aber nicht, sie *unten* zu schaffen. Sie durchbrechen die Mitte der Fassade. Man findet dort die Spitzbögen und die vierlappigen Kreise wieder. Nur verliert man alles, weil man das Gewicht auf den vollen Trägern der Fassade rechts und links vom Durchbruch ruhen fühlt. Und das Loch in der Mitte hat nicht diese Kohäsionskraft (der auf der Säule lastende Stein eint durch Druck alle Elemente). Nichts lastet auf ihnen, diese Säulen tragen nichts. Und was beim Dogenpalast *Beanspruchung* ist, wird *reine Schmuckkästchendekoration*. Es sind Inkrustationen von Leere in die Wand des Schmuckkästchens. Daher dieses etwas *Gezierte*, was zunächst nicht gewollt war. Das ist Preziosität.

Zweideutigkeit: wenn man mir sagt: Aristokraten, sage ich: Beamte und Händler, aber wenn man mir sagt: Beamte, sage ich: Aristokraten.

Die italienische Gotik war nie wie in Frankreich das kollektive Werk eines ganzen Gemeinwesens: die Kirchen sind typisch religiöse Bauten; jeder Orden, jedes Viertel hat seine eigene, die Errichtung der Kathedrale interessiert die Einwohner der Stadt nicht. Der Bischof, die Zünfte, die Bruderschaften kümmern sich mehr darum als das Volk selbst. Daher das Bedachtsein aufs Detail, auf die Ausschmückung, dieses Gezierte, dieses Bedürfnis, eher Reichtum zu zeigen, als das große architektonische Problem zu lösen: Wie kann man Massen in einer Stadt[1] unterbringen? Daher auch diese gekonnten Synthesen von Romanik und Gotik, die Kompromissen von Gelehrten gleichen, und schließlich dieses Basilikaähnliche, das jede italienische Kirche letzten Endes annimmt. Kann man in Siena, in Venedig von schlechtem Geschmack sprechen? Nein, aber dieser Geschmack ist toter als ein Volksausbruch. Er berührt einen nicht, er ist auf der Stelle eitler und offizieller. Er verfeinert, ist aber weder Revolution noch Befreiung.

Der Luxus auf Capri: der gleiche wie in Cannes. Guter Geschmack und wohlfeil. In Venedig – allerdings außerhalb der Saison – viel weniger gut.

Ein Auto auf einem Lastkahn. Ein schönes, nußbraunes neues Auto ohne Nummernschild. Um Mitternacht. Es sieht aus, als führe es rückwärts.

1 Es muß ohne Zweifel heißen: *einer Kirche*. Vgl. S. 90.

Die Italiener stehen unter Drogen, sind gedopt. Hydrate. Pasta: geringer Nährwert, Energiewert Null. Mit ihren 140 Kilo Nudeln jährlich essen sie gerade genug, um keinen Hunger zu haben, nicht genug, um wirklich in Form zu sein. Der *Zucker* in Neapel (kraftspendend) und der Kaffee. Ich lese in einer Zeitung, daß man von *dreißig* Tassen Kaffee am Tag sterben kann. Sie trinken also zehn oder fünfzehn am Tag. Ich trinke sechs oder sieben; in Paris würde ich tanzen. Hier nicht: das heißt, der Kaffee muß mehr oder weniger entkoffeiniert sein. Sie dagegen regt das auf. So erkläre ich diesen Wechsel von fader, trübsinniger Ruhe und abrupten Aufwallungen. Natürlich wird das dann eine Sitte mit der ihr eigenen Trägheit, sie spielen, Italiener zu sein. Aber ihr Lebensrhythmus, explosiv mit Unterbrechungen, scheint mir daher zu kommen: Aufputschmittel auf der Grundlage von Unterernährung. Sie trinken nicht: das würde sie umbringen. Ich habe an den vierzig Tagen, in denen ich mich überall herumtrieb, *einen* besoffenen Italiener gesehen, und der wurde verachtet. Wenn die Amerikaner sich mit Martini dopen können, so auf der Grundlage einer reichhaltigen Ernährung.

Eine kalte Sonne an einem grünen Himmel, später Nachmittag, an der Riva degli Schiavoni nehme ich ein *motoscafo circulare*. Es macht eine Rundfahrt durch Venedig, wie die Ringstraßenbahnen eine Rundfahrt durch Rom oder Paris machen. Grünes und geschwollenes Wasser der Lagune, überquellend; Sonnenstaub glättet alles: Lorrain [1]. Das sind die Freuden des Tourismus: diese kleinen ewigen Momente, in denen die Welt so tut, als wäre sie ein altes Gemälde. Altes Museumslicht, alte Sonne. Selbst die Zeit scheint hier stellenweise veraltet, jenes große schwarze Boot mit seinem Ruderer im weißen Hemd, mit um den Kopf gebundenem weißem Taschentuch, habe ich in zwanzig, in fünfzig Seestücken des ausgehenden 18. Jahrhunderts gesehen, zumal der andere, hinten stehende Ruderer ein Gilles von Watteau ist. Es verschwindet, die Giudecca kommt näher, aber der Himmel dahinter bleibt 18. Jahrhundert: dieses Rosa-Grau, das in Gold übergegangen ist, kenne ich gut. Tatsächlich ist es der vom Sonnenuntergang beleuchtete Rauchvorhang von Mestre, eine Mischung aus Goldpailletten und Kohleteilchen, aber es ist auch die Grenze der Romantik in einer klassischen Seele. Die Giudecca gleitet auf uns zu wie ein langes, mit Backsteinen beladenes Schiff. Am Ende steht ein hohes Bauwerk aus rotem Backstein, durch die Farbe irgendwie venezianisch, erinnert aber an jene englischen Schlösser, die die Viktorianer bauten, um ihre Fabriken gefällig zu machen. Der Name ist übrigens englisch. Rusty oder Casky, ich weiß nicht mehr. Solche gibt es am Ufer der Themse. Venedig schwimmt zu meiner Rechten, flach wie eine Seerose, von der Sonne poliert, ein weißer Nebel. Die Giudecca ist schwarz, fast geteert, weil die Sonne dahinter steht. Venedig ist ein unscharfer Impressionistentraum, Spu-

1 Claude Lorrain (1600–1682), französischer Maler. *Anm. d. Ü.*

ren von Farbe auf einer Leinwand. Ausgedehntes Wasser, Staub, der über der Wasseroberfläche kreist, und im Hintergrund diese graugoldene Traurigkeit, die so stark nach Meereseinsamkeit aussieht und die in Wirklichkeit nur der kohlehaltige Atem der Erde ist. Wir wenden. Venedig löst sich auf. Die Giudecca liegt weit hinter uns. Wir folgen dem Scomenzerakanal von Südwesten nach Nordosten. Ein Kanal wie bei uns. Docks, Lagerhäuser, Kräne, Lastwagen, Grashügel, verrostete Waggons auf Schienen, Gasometer; all das taucht ins Wasser ein. Kleine Brücken, Bäume, Grün, als wäre man auf dem Rhein-Marne-Kanal. In der Ferne der weiß-graue Kubus des Autoparkhauses. Zum erstenmal sehe ich wieder ein Durcheinander von Perspektiven wie in Frankreich oder in Industriestädten. Gewöhnlich ist Venedig flach und brav. Man sieht Fassaden oder die schönen Linien eines von divergenten Brücken gekreuzten Kanals. Hier würde es mir ziemlich schwer fallen, den Krimskrams einzuordnen, den ich sehe. Last- und Schleppkähne. Ja, Venedig ist ein Hafen. Aber so wenig rege. Das alles verrostet an Ort und Stelle und wirkt älter, veralteter als die Palazzi aus dem 15. Jahrhundert am Canal Grande. Mitten in den Docks zieht zu meiner Rechten eine weiße Kirche vorbei, ihr lombardischer Glockenturm ist flach gegen den Himmel und durchbrochen. In den Öffnungen sieht man Glocken, die beim Läuten ihre langen schwarzen Klöppel, die Eselsgenitalien ähneln, zu uns hinschwingen. Piazzale Roma, wir biegen in den Canal Grande ein: der Albergo Santa Chiara ist verschimmelt, ganz und gar vom Grün einer Wasserleiche, dem Grün der venezianischen Fensterläden. Jenseits ein Garten mit echten belaubten Bäumen und über den Bäumen die Kuppel von San Simeone Piccolo, rund wie eine orientalische Kuppel, grün wie ein Glockenturm in Oslo oder Stockholm. Sind wir im Norden? Diese Kälte, dieser Wind und diese graue Helligkeit könnten es glauben machen. Wir fahren am faschistischen Bahnhof, im Stil des Bahnhofs von Rom, vorbei. Wir biegen ab in den Canal di Cannaregio, eine große Handelsstraße, vorbei am grauschwarzen Palazzo Labia aus kaltem Stein, vor dem schwarze und nachtblaue Pfeiler aus dem Wasser steigen, auseinanderstrebend und schief wie Türme von San Gimignano. Wieder sind wir außerhalb von Venedig, wir fahren außen herum, diesmal im Norden. Links der schwimmende Friedhof. Lange, rosaweiße, horizontale Linien; darüber die schwarzen Säulen der Zypressen. Was ist das? Wie immer verändern sich die Wolken. Ist es eine rosa Buttercremetorte mit Verzierungen aus weißem Zucker? Ist es ein bewegungsloses schweres Schiff wie der Panzerkreuzer? Oder ein zu leichtes Schiff, beschwert von weißen Gewichten, die an seinen Seiten befestigt sind? Wir halten an den Fondamenta Nuove neben einem Boot, das seinerseits an der Pontonbrücke festgemacht ist; die Aussteigenden klettern von einem Boot auf das andere und von da auf die Pontonbrücke. An jeder Station findet ein Kommen und Gehen statt. Der Autobus nimmt jetzt, auf einem kreidigen Wasser leicht hüpfend, Kurs auf den Friedhof. Wir rollen auf einer Überlandstraße, die eingeengt ist von zwei Reihen riesiger Bojen, von denen die meisten – dicke, geschwärzte, von Ketten zusammengehaltene Balken – aussehen wie Spargelbunde. Halt am Friedhof. Dann Murano: es ist ein winziges Venedig mit Palazzi, Campanile, einem großen Kanal. Aber die rosa Paläste, die ins Wasser eintauchen, sind Fabrikmauern, die Campanile sind Schlote, der auf der Piazza San Marco ist ein gewaltiger runder, weißer Leuchtturm; der Canal Grande ist von schlichten, armseligen Häusern gesäumt. Er hat einen Kai. Eine kleine, industrielle Kopie von Venedig. Rückfahrt in den Abend hinein über den Friedhof und die Fundamenta Nuove. In Burano sind zwei fünfundzwanzigjährige Italiener zugestiegen und setzen sich mir gegenüber. Einer singt halblaut mit dieser erlesenen Stimme der Italiener, bei der Teenager in Ohnmacht fallen würden; währenddessen legt er sich eine Goldkette wieder um den Hals, die er bei der Arbeit wohl abnimmt, damit sie nicht anläuft – Glasdämpfe in der Glasfabrik?

Venedig ist von der Industrie eingekreist. Die Giudecca, Mestre, Murano: es bleibt allein, eine etwas angefaulte Seerose inmitten dieser Fabriken. In gewisser Weise ist es eine Museumsstadt, wie Rouen es war, mit einem mittelalterlichen Kern und Industrievororten.

An der Ecke der Brücke der Wunder ist ein großes weiß-rotes Leuchten: Ein Blumenstand. Schnittrosen treiben zwischen Strohhalmen und Blättern, zwischen Essensabfällen auf dem Wasser.

Rostrote Blätter von wildem Wein auf dem Wasser des Canal Grande.

Venedigs Tristesse ist wie eine bestimmte sanfte und durchdringende Kälte, die einen langsam, aber sicher bis in die Knochen erstarren läßt. Warum? Es gibt hier nicht mehr Elend als anderswo, oder man sieht es jedenfalls nicht. Nichts Häßliches. Sanfte und sichere Schönheiten, das Wasser, die Palazzi, die Gemälde. Das Leben ist leicht: es ist nicht kalt, jeden Tag ein bißchen Sonne, der Wind verläuft sich schnell in diesem Labyrinth von Gassen; man ist geschützt. Was ist es dann? Der Tod, sagt man. Wieso das? Venedig ist tot, und es ist lebendig. Diese dreihundertneunzigtausend Einwohner. Und überall diese schreiend herumlaufenden Kinder, die die Könige sind. Venedig ist das Paradies der Kinder. Und außerdem, gibt es in Venedig mehr Tod als in Rom? Oder als in Neapel? Dabei ist Rom belebend. Neapel erregt Grauen, aber es macht nicht auf dieselbe Weise traurig. Was dann?

Ich würde zunächst einmal sagen: wegen seiner etwas süßen Sanftheit. Man gibt sich hin. Außer dem Grandhotel Bauer Grünwald ist nichts häßlich. Man braucht sich nicht gegen etwas Häßliches zu spreizen. Es gibt eine Anmut Venedigs, die nie enttäuscht, eine immer neubegonnene und sich immer entsprechende Anmut. Jeder *rio* ist ein vollkommenes Ganzes, alle oder fast alle haben ihre rosa Palazzi, ihre Brücken, ihren wilden Wein, ihre Spiegelungen, ihre schwarzen Lastkähne. Aber dadurch gleicht jeder allen anderen.

Natürlich ist keiner völlig gleich. Aber wodurch sie einander nahekommen, ist die Fülle. Bei jedem dasselbe Entzücken, genau dasselbe, dieselbe Begeisterung des Auges, alles zu sehen, und dieselbe subtile Enttäuschung, die daher kommt, daß man auf genau dieselbe Weise erfüllt ist. Man kann sich nicht beschweren, man möchte ja nichts anderes, aber es ist dasselbe. Die *campi* sind alle harmonisch und lebendig. Alle oder fast alle haben ihre Kirche und einen Brunnen mit prächtigen Skulpturen, pralles weißes Knospen des Steins. Und jeder hat natürlich seine Persönlichkeit; der Campo Santa Maria Formosa gleicht nicht dem von Santi Giovanni e Paolo, meinetwegen, und doch ist es der immer gleiche etwas theatralische Salon aus Stein, die gleiche Ruhe, die von der Abwesenheit der Autos herrührt. In Venedig herrscht, trotz des Kindergeschreis, eine süße Stille, die vom nicht vorhandenen Autolärm herrührt. Nirgendwo gibt es jenen Bruch des Gleichgewichts, der in Paris oder Rom in einer banalen Straße plötzlich ein radikal anderes Bauwerk auftauchen läßt. Keine Erschütterungen. Venedig spricht halblaut, leise, nie ein Wort lauter als das andere. Der Palazzo Pubblico in Siena ist ein Faustschlag auf den Tisch, der einen Teller in die Luft springen läßt, der einen hundert Meter hohen Turm emporschießen läßt. Aber Venedig zeigt seine Kraft in der Sanftheit, ohne Maßlosigkeit. Man könnte meinen, seine Einwohner hätten Angst vor der Erhebung gehabt, daß es sie ermüden würde. Alles ist eben. Alles ist Fassade. Jeder Palazzo sieht aus wie eine Einlegearbeit. Nichts, was vorspringt oder zurückweicht: alles nach der Schnur gefluchtet. Und die Fluchtung ist sanft, mit sanften Biegungen. Die strengen Flächen der römischen Palazzi sind hier durchbrochen, werden bezaubernd. Nichts, was Ähnlichkeit mit dem Palazzo Capranica, mit dem Palazzo Venezia[1] hat. In der Tiefe fühlt man die leichte Übelkeit vom Süßen aufkommen. Außerdem strengt sich der Tourist dabei nicht an. Er lebt im Schatten, zwischen hohen Mauern, im Kühlen. Es gibt nie jene Sonnenstraßen oder -plätze, die man mit ausgetrockneter Kehle und Flammen in den Augen überquert. Man gleitet auf dem Wasser, oder man geht sachte, ohne je hinauf- oder hinabzusteigen. Es ist die Kreuzung einer Reihe von ebenen Oberflächen: die eine ist eine horizontale Ebene, und die anderen sind vertikale Ebenen. Man ist übrigens eingesperrt. Nicht nur, weil es eine Insel ist und man weiß, daß man nur umständlich herauskommt. Auch weil der Blick, außer auf der Riva degli Schiavoni oder auf den Fondamenta Nuove, sich nie in der Ferne verliert. Fast immer ist man tief in einer Mauerspalte, von wo aus man ein Stück offenen Himmel und einen dunklen Hintergrund sieht, der nach zehn Metern den Blick aufhält. Man könnte leicht klaustrophobisch werden. Auch hier wieder ein subtiles Gefühl von Enttäuschung: wir sind es gewohnt, an einer Straßenbiegung beide Fassaden einer Straße sich ins Unendliche hinziehen zu sehen, das macht den Zauber von New York aus. Der gesamte Raum verfängt sich in einer Avenue

1 In Rom.

und wirft uns das Bild unserer unendlichen Macht zurück. In Venedig aber wird man zum Bastler, zum Handwerker, weil man von einem Tag auf den andern, Minute für Minute lebt und sieht. Wir biegen in der unausgesprochenen Hoffnung um die Ecke, ein Panorama wird sich auftun, doch nein, wieder ist es eine Mauer dreißig Meter weit weg. Man geht, die Mauern verbreitern, verengen sich, machen eine Biegung, noch eine, man ist immer gefangen. Zu dem, was einem gefällt, findet man kaum Abstand, man ist immer mit der Nase darauf, es ist eine Stadt für Kurzsichtige. Großbetriebe wirken in Venedig nicht wahrscheinlich, man fühlt sich als Handwerker, man kann nur werkeln, zusammenflicken, basteln. Man verliert sich in sich selbst, wie man sich in der Stadt verliert. Nie kann man (außer auf künstliche Weise, indem man den Campanile besteigt) eine Gesamtansicht von ihr bekommen. Rom windet sich um sich selbst, man sieht es, es schaut sich von überall her an, es ist eine Stadt der Luzidität wie New York: man macht sich ständig seine Position klar, Venedig aber ist ein wenig das verfluchte Denken eines in der Unaufrichtigkeit Befangenen, der sich in sich selbst verstrickt und nicht herausfindet. Es ist das Gegenteil der Erlösung durch die Reflexion, und man fühlt sich hier wie ein Mensch, der die Erlösung, sich zu sehen und über sich zu urteilen, nicht erfahren kann. Daher so etwas wie Niedergeschlagenheit.

Und dann ist da das Wasser. In dieser Süße gibt es trotz allem etwas Düsteres. Man spaziert, vor allem wenn man eine Gondel nimmt, zwischen überschwemmten Kellern umher, man fährt zwischen grünlichen Moosen hindurch; Höhlen, schwarze Grotten tun sich in gleicher Höhe mit dem Wasser auf, Ratten laufen über den Stein, wurmstichige Gatter, geborstene Treppen verbergen Zimmer, von denen man ahnt, daß sie feucht sind. Das ganze Leben scheint sich allmählich sehr weit nach oben, über die Köpfe zurückgezogen zu haben, in den zweiten, den dritten Stock, wie in einer überschwemmten Stadt. Da ist eine Art Angst, die über das Wasser huscht. Eine Bangigkeit, aber nicht durchdringend, sondern matt im Innern der Süße. Ich stelle mir Leute vor, die sehr weit oben über meinem Kopf leben, mit zwanzig Metern Leere, verschimmeltem Holz, Ratten und Kellerasseln unter sich, und am Ende gleitet man zwischen die Ratten und Kellerasseln, man spürt ganz deutlich die klebrige Tiefe der Kanäle unter sich. Und das Wasser macht auf seine Weise traurig. In Venedig bläht man sich nach und nach mit Wasser auf. Man wird eine dicke Frucht voll Wasser wie kalifornisches Obst. Das Wasser verwäscht, bleicht, leiert aus. Unentwegt sieht man eine alles durchdringende, unbeständige, neu begonnene Materie, immer neu begonnen, aber auch immer unvollendet, die bleifarbenen Reflexe: ich will, ich will nicht, ich will ICH WILL, ich will nicht ich will TANZEN Ich will nicht tanzen Ich will TANZEN, TANZEN, TANZEN, das ist ein Wasserdenken, von seinem Gegenteil behindert, sich von ihm abwendend, sich ihm wieder anschließend, ein ständiges Schwanken. Man fühlt es sogar unter seinen Füßen, alle Plätze sind, wie das Schiff von San Marco, eingesunken oder angehoben, aufgeworfen, mein Hotel zittert beim Vorbeifahren des Vaporettos in seinen Grundmauern, ganz Venedig schwankt unter den Füßen wie ein Ponton, das sanfte Zaudern der natürlichen Dinge dringt in einen ein, man wird eine Wasserblume, eine sanfte, zaudernde, wässrige Bangigkeit, eine leichte, süße Übelkeit, die Traurigkeit eines Gefangenen, der nicht mehr in sich klarsieht, ein Leben ohne Zukunft, das ist das Gefühl, das man in Venedig hat. Man ist von der Welt abgeschnitten. Ich fühle die Welt ringsum keineswegs tosen, im Gegenteil, man stellt sich eine unendliche, mondartige Fläche toten Wassers vor. Man ist ein bißchen auf dem Mond.

26. Oktober
Santa Maria Gloriosa dei Frari.

Wirft wirklich die Frage auf: was ist eine Kirche? Die Absurdität des Chors aus Marmor, der den Gläubigen die Sicht auf den Altar raubt. Das Kapitel darin sind, wenig zahlreich, Mönche, die mit der gelangweilten Miene von Beamten singen. Tizians *Assunta*: bestätigt, daß die Bilderstürmer recht hatten. Das Bild ist wider die Frömmigkeit. Doch die Kirche – die bessere Politik – hat immer das ausgesucht, was ihr die Masse zurückbringen konnte. Dennoch: sobald die Kunst ihre Technik gefunden hat, ist sie *wider* die Frömmigkeit. Die Geste kann nur falsch und gottlos sein. Und man bedenke die merkwürdige Entwicklung der Malerei vom

13. zum 16. Jahrhundert: drei Jahrhunderte Komposition nach vorgeschriebenem Thema mit festen Regeln. Nichts wirkt vergangener und zufälliger als diese Entwicklung der abendländischen Malerei. Aber daß ein Maler diese Himmelfahrt gemalt hat, die nach nicht vorhandenem Glauben stinkt, daß heilige Männer sie akzeptiert haben, beweist, daß das Bild, als Propagandainstrument für die Massen, *offiziell* geworden ist. Tizian, der offizielle Maler. Und die beiden Denkmäler: Tizian und Canova, offizielle Schöne Künste. Man steckt bis zum Hals in der offiziellen Kunst, und hinter dem Tizian aus Stein hat der Künstler die *Assunta* in Stein gehauen. Die Gräber der Dogen. Schön und kalt. Und das scheußliche Grabmal des Dogen Giovanni Pesaro. Schmerzerfüllte Sklaven ersetzen die Säulen. Die *tragende* Säule ist nicht schmerzerfüllt. Die Idee des Tragens ist im Begriff, schmerzerfüllt und menschlich zu werden. Die Barbarei eines Jahrhunderts, in dem das soziale Gebäude von Sklaven getragen wird. Das Unangenehme des Ewigen. Der Scherz «Vixit – devixit – revixit», die Skelette. Auflösung der Religion. Der Doge hält der Menge eine feierliche Rede.

Das Canova-Grabmal: kalt, klassizistisch. Rhetorik.

Seltsame Kirche: eine ganze Geschichte, von Bellini zu Tizian, von den Grabmälern der ersten Dogen zum letzten, vom Glauben zum Offiziellen über den Barock. Der Doge Pesaro hatte *ein Jahr* als Doge gelebt (58–59). Und zehn Jahre zuvor hatte man die Macht der Dogen noch einmal eingeschränkt (die Dogaressa wird nicht mehr gekrönt). Die ganze Geschichte von

Venedig ist in dieser Kirche. Wunderbare Bewegung des Schlußsteins, dessen rote Rippen sich in die Luft werfen und aussehen wie Fühler von gekochten (roten) Langusten. Von der Zeit, als eine Kirche ein heiliger Raum war, der größte, der höchste und der strahlendste, bis zu der Epoche, in der sie als ausgerichteter, vektorieller Raum verkannt wird (Chor, der die Höhe versperrt) und *toter* Raum zwischen Mauern wird. Alle diese Kirchen umschließen einen Raum, der gelebt hat und tot ist. Nicht mehr heilig ist. Bloßes Möbellager: Anhäufungen von widersprüchlichen und absurden Reichtümern. Was kann die Einheit eines Ortes sein, der den Bellini, den Donatello[1] und das Grabmal des Dogen Pesaro *zusammen* enthält?

Scuola di San Rocco. Tintoretto. Ich wollte über diesen Maler sprechen, und nun mag ich ihn nicht mehr.[2] Ich werde sagen, warum. Er ist ein großer Maler, einer der größten, aber ihm fehlt etwas. Bestimmt der Glaube. Aber auch eine persönliche Weltsicht. Darüber wird

1 Gemeint sind das Triptychon von Giovanni Bellini *Madonna mit Kind* und Donatellos Holzstatue *Johannes der Täufer*.

2 Eine kuriose negative Reaktion Sartres auf Tintoretto, den er fünf Jahre später eingehender studieren wird. (Auszüge aus einem unvollendeten Essay über diesen Maler sind veröffentlicht in: *Situations IV* und *IX*. Siehe auch *Sartre et les arts* in: *Obliques* Nr. 24–25, 1981.) Diese erste zurückweichende Regung kann man auch Flaubert gegenüber beobachten, dessen Stil er in den *Carnets de la drôle de guerre* (deutsch: *Tagebücher*) beinah mit Widerwillen untersucht; später wird er ihm 3000 Seiten und mehrere Jahre seines Lebens widmen.

man lachen: was gäbe es Persönlicheres? Diese wahnsinnige, unheilvolle Natur, diese Lichter, diese seltsamen Bewegungen, Seitensprünge und Versuche, den räumlichen und zeitlichen Rahmen des Gemäldes zu sprengen, die Zeit und die *Vorwärts*bewegung hineinzubringen. Ja, aber es ist eben eine gigantische, technische Anstrengung bei einer konventionellen naturalistischen Sicht. Es ist Veronese *plus* dieses Genie der Bewegung, des Lichtes und der Dreidimensionalität.

Die Zeit: *Kindermord*. Ein langes Gemälde der Gewalt, die schließlich im Hintergrund aus dem Rahmen herausfließt (sie fliehen). Fast unbegreifliche Simultaneität der Ebenen. Mindestens drei nicht zeitgleiche Momente. Ebenso die Anbetung der Könige. Und vor allem auf dem Ölberg eine Filmsimultaneität: während Jesus oben rechts betet und die Jünger schlafen, trifft der lautlose und kaum sichtbare Zug ein; auf schwarzem Grund die kreidigen Gesichtszüge der Soldaten.

Der Raum: *Himmelfahrt*. Jesus den Aposteln voraus (unten, aber kleiner, während man sie größer erwarten würde). Gleichsam ein Bild, das kippt und gegen die Glasscheibe schlägt, unter der es gefangen ist.

Die Kreuzigung: eine scheinbar klassische Bewegung. Halbkreis.

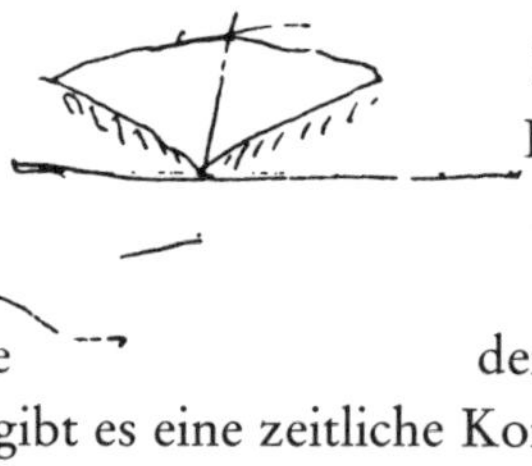

Im Zentrum das senkrechte Kreuz auf der Ebene, wo der Kreis geschlagen wird. Ein Dreieck, dessen zwei Seiten die Strahlen sind und die dritte der Kreisbogen. Nur, tatsächlich gibt es eine zeitliche Komposition im spitzen Winkel: erste Position (wie in Gymnastikbüchern): das Kreuz auf der Erde; zweite Position: das Kreuz erhebt sich; dritte Position: Christus am Kreuz. Gleichzeitig erzeugen das gespannte Seil und die Anstrengung des Typs, der es zieht, eine dritte Dimension. Hier sind die Dimensionen keine Eigenschaften des Objekts, keine Mittel, um die Leute unterzubringen, sondern die Objekte sind im Gegenteil da, um die Dimensionen unterzubringen, um sie wahrnehmbar zu machen. Das ganze Gemälde ist darauf angelegt, das Kreuz Christi nach vorn zu projizieren: doppeltes Zustandekommen einer zeitlichen und räumlichen Bewegung. Ein vierdimensionales Gemälde: die Raum-Zeit, *das Ereignis*. Die angelegte Leiter schiebt Jesus noch weiter nach vorn. Und zum erstenmal scheint er über der Gruppe der Frauen und der Jünger zu hängen. Wenn man die Hände losmachte, würde er *nach vorn* herabstürzen. Graues Fleisch, der wunderbare sterbende Heiligenschein, als würde dieser nur erleben, was jener erleben wird, die Flügel eines versehrten grauen Nachtfalters, die schlagen und nur mehr ein leuchtender, trauriger Hof sind.

Humanismus der Gruppe: die Jungfrau und eine Frau, die sich auf sie stützt. Der Greis, der sich über die Jungfrau beugt. Die Gestalt, die sich erhebt und schauen wird. All das ist menschlich, weil es weder die mystische Erwartung der Auferstehung noch dic vollständige Vernichtung der Niederlage ist. Man wird ohne *ihn* leben müssen. Diese kleine Gemeinschaft wird sich organisieren, wird das Wort Gottes verkünden. Mehr als auf anderen Bildern fühlt man die Gegenwart und die Abwesenheit des Hauptes, weil es Menschen sind. Und der Schmerz ist vor allem ein bleicher Rücken, dem aufgebürdet ist, diesen auszudrücken.

Bewundernswerte Erfindungen. Aber was *fühlt* er? Schwer zu sagen. Ich habe den Eindruck, daß er durch eine filmische Sicht des Raums (er strebt den plastischen Film an) einen Mangel an *Gefühl* kompensiert. Die zu prächtigen Kostüme der Darsteller (ein Fehler à la Cecil B. de Mille), das wunderbare Rosa des Johannes.

Das Licht: unstet verteilte Eigenschaft der Objekte. Die Objekte haben *absolutes Licht*. Man sieht sie sehr schlecht.[1] Warum hängen sie hier? Weil sie hier gemalt wurden. Gut, aber das ist wieder der Respekt der Königin Albemarle. Seltsames Schicksal der mit Liebe gemachten schönen Dinge, die in einem Durcheinander neben den häßlichsten stehen oder die kaum sichtbar sind. Es ist Abend. Seltsames Licht. Versteckte Lampen in umgekehrten Schalen beleuchten die Decke (die Fresken sind schön, aber weniger interessant, außer Moses, der das Wasser emporschießen läßt), und die Gemälde an den Wänden werden vom Abprallen des Deckenlichts beleuchtet. Kurz, indirekte Beleuchtung. Aber es ist halbdunkel. Häßlichkeit: dieser merkwürdige schmutzige Schirm hinter dem Bellini. Ästheten sind Abstrakte. Wie können sie isoliert sehen? Ich sehe das Gemälde innerhalb des ganzen Saals, und das ver-

1 Die Gemälde.

dirbt es mir. Das *Beamtenhafte* der Scuola di San Rocco, die kleinen Alten mit Stempeln und Postkartenverkauf.

27. Oktober

Man fühlt sich weniger als Tourist und mehr als Venezianer, weil mildes Wetter ist. Grauer Himmel, nicht zu bedeckt, hin und wieder reißen zwei Schichten auf; zwischen ihnen, durch gespanntes Glacéhandschuhleder, scheint die Sonne, ohne zu strahlen, und wärmt ein wenig. Ich gehe über die Tauben, ich überquere den Markusplatz und werde auf den Fondamenta Nuove das Schiff nach Torcello nehmen. Ein rosa Kai am Rand des ruhigen Wassers. Rosaweiße getreppte Brücken, rosa Häuser, die Lepra haben. Zwei schwarze, klebrige Pontonbrücken. An der zweiten ein geschlossenes kleines Schiff, das aussieht wie eine Zigarre, hinten rund, vorn spitz, in einem furchtbar häßlichen Tabakbraun. Es ist voll. Ich gehe durch eine verglaste Fahrgastkabine, wo Leute sitzen, ich setze mich hinten hin, ins Freie, mitten unter zwölf ärmliche kleine Jungen, die mit ihren Ranzen nach Hause fahren. Sie sind zehn bis vierzehn Jahre alt, ihre Jacken sind zerrissen und schmutzig. Sie sind fröhlich, aber nicht *sehr* fröhlich. Zuerst etwas laut, dann beruhigen sie sich und fallen in dieses italienische Schweigen zurück, über das nie wirklich gesprochen wurde, dieses Emigrantenschweigen aus Müdigkeit und Fatalismus, auch aus Geduld.

Sie schauen aufs Wasser. Ich drehe mich um und sehe durch die Scheibe eine Arbeitermenge, einige sonderbare Gesichter, einen alten Imperator mit einem Samtbarett, Frauen. Diese Menge ist hundemüde: es ist halb drei, und dieses Samstagsschiff hat etwas von der letzten Metro. Männer schlafen, irgendwo angelehnt oder den Kopf im Leeren, die Frauen träumen; die Augen jener runzligen Alten träumen bittere und genaue Träume. Blaßbronze- oder grün-bronze-farbene blasse Haut, hohle Augen. Der Kleidung nach zur Hälfte Arbeiter, zur Hälfte Bauern. Junge Männer mit harten, knotigen Muskeln und der etwas steifen, stämmigen und eingerosteten Arbeiterhaltung; schnurrbärtige Alte mit schwarzen, verbeulten und verwaschenen Bauernhüten, Kordhosen, schmutzigen Schuhen – es gibt in Venedig nicht eine Schlammpfütze. Das ist alter Ton. Mehrere, etwas besser angezogen, die der gepflegten ärmlichen Kleidung nach Ähnlichkeit mit neapolitanischen *signori* haben, lesen winzige Comics im amerikanischen Stil, mindestens vier oder fünf haben das gleiche Kreuzworträtselheft aufgeschlagen. Sie haben rechteckige Holzkästen und Henkelmänner. Einer von ihnen macht den Kasten auf, und ich sehe darin zusammengerollte Lappen, in denen wohl Brot oder Butterbrote eingewickelt waren. Ich verstehe: alle diese Männer haben gearbeitet. Sie fahren für das Wochenende nach Hause, nachdem sie in der Fabrik ihre Verpflegung gegessen haben. Das hellbraune kleine Schiff ist ein Vorortzug. Diese erschöpfte Menge ist wie totes Wasser. Ich drehe mich um zu dem anderen toten Wasser, dem, das uns trägt. Es ist weißer, aber blendender als das Wasser der Kanäle im Norden, es scheint eine starke, fahle Sonne verschlungen zu haben, deren Strahlen wiederaufsteigen und blenden. Nationalstraße zwischen den Bojen. Wir gleiten, ohne anzuhalten, am Friedhof vorbei. Murano und sein Leuchtturm von ungesundem, verzweifeltem Weiß. Die Lagune. Das Wasser wird grindig, lange Narben machen ihm Schmisse, stellenweise ist es körnig, als hätte es Gänsehaut, man weiß nicht, wo es endet, wo das Feste anfängt, es scheint im Begriff, sich zu verfestigen, ein komisches, noch wäßriges Festes, stellenweise pflanzlich, an anderen Stellen tierisch; es gibt Erdbänke wie anderswo Heringsbänke, Bänke krepierter Erde, mit dem Bauch nach oben, einem schwammigen und grauen Bauch, anderswo sind es treibende Haarschöpfe; mitten in alldem entstehen schwarze und glänzende kleine Insekten, Lastkähne, Gondeln, die stehenden Männer, die sich im Takt auf die Zehenspitzen zu erheben scheinen, sind Teil des Bootes, und wenn sie sich erheben, scheint sich das ganze Boot über das Wasser zu erheben. Dieses faulige Wasser ist ein *no man's land*, ein unbebautes Gelände. Es ist eine Wasserlandschaft in der Umgebung von Fabriken. Von Zeit zu Zeit ragt ein Wegweiser aus dem Wasser, erklärt Dinge. Es ist kein lebendiges Wasser, wie ich es oft gesehen habe, aus pfeifenden Riemen, die ein Geisterschiff peitschen, sondern unser sehr wirkliches Schiff gleitet über ein Geisterwasser, das mal reiner Raum ist und mal auf dem Weg zur Verfestigung. Wenn an den Haltestellen der Motor ausgeht, scheinen wir auf einer vollkommen glatten Oberfläche Schlittschuh zu laufen und dann plötzlich zu fliegen. Flüssige Luft, Raum, Fleisch, Nebel, Haare, Erde, alles, außer Wasser. Um diesen Eindruck zu verstärken, hinterläßt das Schiff nicht einmal Kielwellen, es trielt kaum hinter sich. Doch wenn es zwischen dieser wendigen, unpassenden kleinen Zigarre und dem Wasser keinerlei Beziehung gibt, so gibt es eine zwischen diesem toten Wasser und den hundert Menschen mit Ringen unter den leeren Augen, die sie mit sich führt. Ich schaue diese Augen an und sehe darin das Wasser der Lagune, glänzend, weiß und tot. Auf einmal, in der Fahrgastkabine, zu meiner Linken, heftige Unruhe. Wie immer wenn ich schaue, hat etwas schon angefangen, ich sehe Rücken, die sich über eine Bank beugen, über etwas, was ich nicht sehe. Die Bänke stehen sich zu zweit gegenüber. Am Fenster ein Bauer mit Schnurrbart und grauem Gesicht bleibt nahezu gleichgültig. Ein gewaltiges und gleichsam verzweifeltes Sichkrümmen schüttelt diese Rücken, erschüttert sie wie Wellen, stößt diese vier jungen Männer zurück, aber sie kommen schnell und sanft wieder nach vorn; sie beugen sich vor. Wieder ein Stoß: seltsamer Kontrast zwischen dieser rohen, brutalen Gewalt, die sich ihrer mitunter bemächtigt und von der sie besessen zu sein scheinen, und der Sanftheit ihrer Gesten, wenn sie wieder nach vorn kommen. Sie halten etwas, etwas Verängstigtes und Wildes, das sich wehrt. Ich beuge mich vor, fast überall in der Fahrgastkabine sind Leute aufgestanden und schauen zu. Ich sehe ein sehr junges, blutrotes Gesicht mit geschlossenen Augen, das sich aufrichtet und zurückfällt, und dann wieder dieser Stoß, der die Helfenden auseinandertreibt, gegen die Bänke schleudert, und sie kommen sanft, behutsam, beinahe flehend wieder zurück, einer von ihnen beugt sich über diesen schönen, verkrampften Kopf und spricht leise, zärtlich zu ihm. Statt einer Antwort, werden sie von dem verborgenen Tier – denn man kann nicht glauben, daß dieser Körper, der um sich schlägt, zu dem schlafenden, rot angelaufenen Kopf gehört - gestoßen, vertrieben. Der junge Kranke muß bekannt sein, denn jemand sagt: «Manchmal dauert es zehn Minuten, manchmal eine halbe Stunde.» Die Leute schweigen. Sie schauen zu. Nicht alle. Viele sind sitzen geblieben. Aber es ist ein sonderbarer Blick, ohne Entrüstung oder Angst oder Überraschung: ein Blick, der mehr wiedererkennt als sieht. Ich kenne die Panik der bürgerlichen Mengen, wenn jemand mitten auf der Straße seine Würde verliert, aufhört, Mensch von Gottes Gnaden zu sein, um zum Tier zu werden. Dann ist Angst in den Augen oder eine sadistische Neugier, die vor sich selbst erschrickt. Die Menschlichsten tun so, als sähen sie nichts (ich will nicht sagen, daß nicht geholfen wird, ich spreche von denen, die nichts zu tun haben, als zuzuschauen). Das ist das Beste, was ein Bürger bei uns tun kann: ignorieren, in seine Einsamkeit zurückkehren, so tun, als hätte er nicht gesehen, damit der Unglückliche später, wenn er seine Würde wiedererlangt, glauben kann, niemand habe seinen tiefen Fall bemerkt. Und andere glauben eine Trauermiene aufsetzen zu müssen; bei diesen Engstirnigen ist die Erinnerung an familiäre oder ständische Begräbnisse nie weit. Wie oft habe ich in einer dieser dünngesäten Mengen – im Café, im Theater – gedacht, wenn ich hinfiele, wenn ich anfinge zu schreien, wäre ich allein, völlig allein. Aber hier gibt es kein Alleinsein. Dieser epileptische Anfall ist ein Ereignis, das allen zustößt. Und es ist ein alltägliches Ereignis, wie die Müdigkeit, die Arbeitsunfälle, die Tuberkulose der Kinder. Es ist dieser Menge zugestoßen, einen epileptischen Anfall in sich zu haben. Sie schauen ohne Traurigkeit, ohne Neugier, ohne Bemühen, etwas zu sehen – und übrigens sehen sie nichts, denn der junge Mann liegt jetzt auf der Bank. Sie schauen nicht: sie wenden sich der Stelle zu, an der diese Menge, deren Mitglieder sie sind, verletzt worden ist. Es ist wie der Reflex eines Frosches ohne Gehirn, der mit seinem Bein an die Stelle fährt, die von einer Säure angegriffen wird. Eine noch junge, bleiche Frau mit riesengroßen Augen ist zuerst einmal aufgestanden, um zu schauen, und dann, ohne ihren Ausdruck zu verändern, hat sie den Kopf abgewandt, aber ihre Aufmerksamkeit hat sie nicht abgewandt; sie bleibt stehen, aufmerksam, aber ohne weiter hinzuschauen, als kenne sie die Szene auswendig und als sehe sie sie in sich selbst ablaufen. Manche sind nicht aufgestanden, aber ich sehe, daß ihnen die Sache auch zustößt. Die Sache? Keine große Sache, eine alltägliche Widrigkeit mehr. Manche lächeln sogar, und zwar lächeln sie genau *darüber*, was kein Bürger wagen würde, denn Leiden ist obszön und hat den bösen Blick für würdevolle Mengen. Diese Menge hier hat keinerlei Würde; sie lächelt stellenweise, aber es ist ein entschuldigendes Lächeln. Wen entschuldigend, weiß ich nicht. Sie scheinen zu sagen: «Beachten Sie es nicht, das ist nichts, ein kleiner Unfall.» Und diese Menge ist so einig, daß sie das Recht hat zu lächeln, als *wäre* jeder der Epileptiker, als hätte er selbst den Anfall. Die jungen Männer halten ihn immer noch fest, sie versuchen zu verhindern, daß sein Kopf auf die Bank aufschlägt, der Alte hat die Fensterscheibe heruntergelassen, damit er Luft kriegt, und er hat den angeschwollenen dicken Kopf auf den Schoß genommen, dann hat er seinen ruhigen, müden Traum fortgesetzt. Er schaut vor sich hin, die Hände sanft an die Ohren des jungen Mannes gelegt. Was mir an denen, die ihn festhalten, auffällt, ist ihre traurige Muße. Sie beugen sich schnell über ihn, wenn er um sich schlägt, aber kaum ist es vorbei, richten sie sich wieder auf und wenden den Kopf langsam, abwesend, beinahe religiös ab. Alles in allem ist es tatsächlich eine Art religiöse Szene, der ich beiwohne. Ich mag solche Vergleiche nicht, ich finde sie im allgemeinen beleidigend, aber dies eine Mal werde ich den Touristen machen und sagen, daß ich den gleichen, eigenartigen Eindruck hatte wie angesichts der Gemälde von Duccio, nur noch stärker. Das Ereignis war so alltäglich, so von allen – in der einen oder anderen Form – vorhergesehen, sie waren an diese Unfälle des Elends so gewöhnt, bei denen man sofort Hilfe leisten muß, daß alles beinahe wie ein Ritus ablief. Und alle diese Gesichter, die ihren Träumen nachhingen – man hätte meinen können, daß sie dieses Elend nicht mehr von dem ihren unterschieden, sie hatten den Kopf abgewandt, sie dachten an alles, an die Steuern, an die Lebenshaltungskosten, an die schon wieder schwangere Frau, an ihre Rheumaschmerzen, und *es war dasselbe*, es war eine Art und Weise, an den Jungen zu denken. Wie auf Duccios naiven Bildern war es eine katholische Menschheit, und ihre Aufnahmebereitschaft war so großzügig, daß ich, ein französischer Tourist und reicher als sie, nicht davon ausgeschlossen war. Ich erinnerte mich an einen epileptischen Anfall, der mich furchtbar beeindruckt hatte, als ich vierzehn war, und mir wurde bewußt, daß es das bürgerliche Grauen der Umstehenden war, vor dem mir gegraut hatte. Es war an einem Sonntag in La Rochelle, in der Rue de l'Horloge, die sonntäglich herausgeputzten Leute beugten sich über einen Mann, der seine Sonntagskleider besudelte. Hier ist das Ereignis nicht schlimm. Nicht einmal für *ihn*, weil er nicht allein ist. Das ist sicher die Freundschaft der Arbeiter, diese Kameradschaft, von der mir ein Kommunist, der aus der Partei ausgeschlossen worden war, einmal sagte: Worum es mir leid tut, ist die Freundschaft. Aber es ist auch eine bestimmte italienische Freundschaft, die ich hundertmal bemerkt habe, diese Zärtlichkeit des Menschen für den Menschen, fast sinnlich und so wenig homosexuell.

Ich bin so frei, daß ich mich wie sie von der Szene abwenden, das Wasser vorbeifließen sehen kann, ohne mich verpflichtet zu fühlen hinzuschauen, so wie man verpflichtet ist, auf Friedhöfen nicht zu lachen. Ich sehe anderswo hin, und die Szene setzt sich in mir und außerhalb von mir fort, ich bin bei ihnen. Das Schiff ist in einen vorgeschichtlichen «großen Kanal» zwischen zwei flachen, schwammigen Tonstreifen eingebogen. Hier wächst hartes, gelbrotes Gras, dort wilde Akazien, dort Büsche. Auf der anderen Seite tauchen Anbauflächen auf: Weinstöcke, Granatapfelbäume; zwischen den Weinstöcken das Spangrün der Artischokken, ich erkenne die harten, schlammigen Tonschollen wieder, die ich zwischen Siena und Florenz sah. Das ist Venedig. Ein Venedig, das keine Chance hatte. Wir halten, wir sind in Mezzorbio. Ein Campanile mit spitzem Glockenturm ist halb vom Efeu verschlungen. Je weiter sich das Schiff entfernt, um so mehr ähnelt er einer riesigen, uralten Zypresse. Um ihn herum stehen andere Zypressen, wirkliche, genauso gerade, aber kleiner. Der Glockenturm ragt, noch starr, gegen das Licht aus dem schwarzen Wust, so daß man nicht mehr weiß, ob es eine kranke, verkrebste Zypresse ist, deren Stein der Krebs ist, oder ob das *Mineral* die Wahrheit der Zypresse ist. Eine Zypresse, die dabei ist, sich in eine Säule zu verwandeln. Das Schiff gleitet in die Felder, zwischen Weinstöcke, Zypressen und Artischocken. Es hält an den Weinstöcken, jemand klopft an die Scheibe hinter mir, es ist eine Frau: «Steigen Sie in Torcello aus? Das ist hier.» Ich lächle ihr zu: ich bin ihr dankbar, daß sie an mich gedacht hat, daß sie mir gefällig war, genauso wie sie dem Kranken gefällig sind, indem sie ihn davon abhalten, sich zu verletzen. Es ist eine Art und Weise, mich spüren zu lassen, daß ich ein wenig – einen Augenblick lang – einer von ihnen bin. Dabei gibt die

Frau diese Auskunft natürlich dem Fremden mit Brille, dem Touristen: «Er *kann nur* in Torcello aussteigen.» Das hat sie gedacht. Aber gerade als Tourist bin ich einen Augenblick lang mit ihnen verbunden. Ich steige mit Bedauern aus, der junge Mann springt immer noch in seiner Ecke auf und ab. Am Ufer, neben dem Ponton, ein Wegweiser. «Torcello». Darunter steht: «senza luce». Ich lasse das Schiff mit seinen müden und ruhigen und stillen Menschen auf diesem müden, ruhigen und stillen Wasser abfahren, mit diesem geheimen Schmerz, der still über dem Wasser zappelt, ich verlasse die Menschen, um wieder Tourist zu werden, um die Königin Albemarle und die Steine wiederzufinden.

Ein Pfad – zum Treideln, könnte man meinen – an einem geraden Kanal entlang. Ich erkenne die Geographie von Venedig wieder: ich habe den Canal Grande verlassen, um an einem quer dazu fließenden *rio* in das Rialto-Viertel einzudringen. Tausende von mißlungenen Venedigs treiben mit dem Bauch nach oben auf diesem Mondwasser. Dies ist eines, etwas weniger tot. Links und rechts von mir sehe ich Weinanbau und Felder. Mitten in den Weinstöcken die rostroten Segel eines Bootes wie ein auf den Weinreben sitzender Schmetterling. Alles ist feucht, man könnte meinen, man versänke im Schlamm. Eine venezianische Brücke, aber ohne Brüstung, noch eine. Das ist Torcello, das heißt ein Hotel, ein Museum, zwei Kirchen und drei Häuser. Auf einer venezianischen Brücke: «Vogliamo la luce.» Und dann: «Luce! Luce! Luce!» Santa Fosca ist reiner Zauber mit ihrem hochgezogenen Bogengang und den rosa Volants rund um ihre Kuppel. Aber man hat nicht das Gefühl ländlicher Stille, das manche romanischen Kirchen mitten in den Feldern einflößen. Dies ist kein Land, es ist Wasser, das dazu verdammt ist, Erde zu sein, es ist auch keine Insel, es ist ein schwimmendes, unbenennbares Ding, ein alter Kahn, der an allen Seiten leck ist und am Ende untergehen wird. In der Kirche läßt ein Pfarrer ein Dutzend Kinder singen. Ich betrete die Kathedrale. Sie ist schön, hell und leuchtend, obwohl in ihrer hohen rechten Wand wenige und in der linken gar keine Fenster sind. Goldgelbes Licht fällt schräg in diese hellrosa Kathedrale, die ganz neu wirkt. Keine Stühle, kein Zierat, ein großes leeres Schiff, heruntergekommen, aber eher wie ein erst kürzlich errichteter, unfertiger Bau als wie eine Ruine. Säulen, Kapitelle. Und dann, plötzlich, klick, ist es, als machte man die Tür zu, und die *religiöse Sache* tritt in Erscheinung. In der Apsiskonche, auf goldenem Hintergrund, beugt sich eine starre und biegsame große Frau über mich. Es ist die Muttergottes. Ihr Körper ist riesengroß, wie man im Vergleich mit den bärtigen kleinen Männern mit Heiligenschein sieht, die sie unter ihren Füßen erdrückt. Es ist wirklich die Muttergottheit, groß und unheilvoll, aus einem seltsamen bäuerlichen Matriarchat hervorgegangen. Ich weiß, daß das Thema der Jungfrau mit dem Kind seit dem 6. Jahrhundert in den Mosaiken eine gewaltige Bedeutung bekommen hat. Ich habe nie, in keiner Kirche, vor allem aus dem 12. Jahrhundert, einer Zeit, in der die Unbefleckte Empfängnis selbst umstritten war, dieses Erdrücken der Männer durch die *Frau* gesehen. Zweifellos hält sie das Jesuskind im Arm. Aber sie sieht es nicht an. In Parenzo zumindest umringen sie die Engel, und der kleinere Christus ist auf einer anderen Ebene über ihr dargestellt. In der Apsis von Santa Maria (in) Domnica in Rom drängen sich die Engel um sie, und sie hält den segnenden Christus auf dem Schoß. Hier ist sie gänzlich allein auf diesem Goldgestiebe. Sie kümmert sich überhaupt nicht um das Kind. Eine hohe unbarmherzige Figur, *blickt* sie. Sie blickt *dich* an. Wohin du auch gehst, dieser Blick der großen, runden Augen wird *dir* folgen. Er fällt oben aus der Konche auf dich wie das Licht, er dringt ein wie die Sense. Schwerer Blick ohne Lächeln; der Mund ist gerade, unbarmherzig, eine Falte der Verbitterung und Verachtung vom linken Nasenflügel zum Mundwinkel. Sie zeigt das Kind, aber ohne es zu sehen, sie zeigt es uns zur gleichen Zeit, wie sie uns anblickt, als wäre es ein Grund mehr, streng zu sein: «Ja, gut, du hast gelitten, aber ich: sieh dieses Kind, das man mir mit Gewalt angedreht hat und das schmachvoll gestorben ist, als ich angefangen hatte, es zu lieben. Ich habe gelitten, *damit ich das Recht habe*, dich zu verurteilen.» Wenn der Gläubige sich umdreht, um der Faszination zu entgehen, wenn er einen Schritt auf die Mauer mit dem Eingang zu macht, um zu fliehen, schnappt die Falle über ihm zu, er steht von Angesicht zu Angesicht dem Jüngsten Gericht gegenüber, seinem Gericht. Zwei gewaltige Engel versperren ihm den Weg, und über der Tür erwartet ihn mit erhobenen Händen, undurchschaubar, wieder die Jungfrau. Ihm bleibt nichts mehr übrig, als in die Apsis der rechten Seitenkapelle zu schlüpfen, wo ihn ein undurchdringlicher Christus erwartet, der, ein niederer Gott, ein Prinzgemahl, zerstreut und lobpreisend, mit seinen eigenen Sorgen beschäftigt, ihn wenigstens nicht anblickt. Erst dort ist die Spannung weniger stark, erst dort findet er wieder die Kraft, demütig zu sein, seine Verfehlungen zu beichten, Christus zu bitten, bei seiner Mutter zu vermitteln. Ich habe selten eine wunderbarere Inszenierung gesehen. Wenn man bedenkt, daß damals die gemalten Menschenblicke ihre Kraft nicht eingebüßt hatten, daß man sie nicht entwertet hatte, indem man sie an den Wänden der Metro, in den Bahnhöfen zeigte, dann kann man sich den Schrecken vorstellen, den dieses erdrückende Gewölbe den Seelen auferlegte. Diese riesengroße Kreatur gegenüber der ewigen Verdammnis, die keineswegs Fürbitte einlegt, wie sie es später tun wird, blickt mit ihren unbarmherzigen Augen, als wäre sie selbst der Richter, ich glaube nicht, daß die Propaganda totalitärer Regime je etwas Besseres als sie gemacht hat, und man versteht, daß der Patriarch Nikephoros einem bilderfeindlichen Kaiser sagte, «das Sehen führt viel besser zum Glauben als das Hören». Es handelt sich um ewige Plakate, und die dargestellten Wesen haben die undurchsichtige Güte der Faschisten und der Helden von Claudel, jene Güte, die man nie sieht, von der es heißt, sie sei die Kehrseite einer unbarmherzigen Härte und wir müßten sie in Angst erkennen.

Hinter dem Altar sind Stufen: ich steige hinunter, ich

finde die Lagune wieder, diese Insel hat Löcher, die Kirche leckt, sie wird untergehen.[1] Ich trete vor das Bild des Jüngsten Gerichts. Christus am Kreuz zwischen der Jungfrau und dem heiligen Johannes, darunter wieder Christus, dann die himmlische Gemeinschaft mit den Aposteln, und dann diese wunderbare Szene: die Engel der Erde blasen vor einer Grotte Posaune – man könnte meinen, sie spielten Flöte –, Löwen erbrechen die Leiber, die sie gefressen haben, die Engel des Wassers blasen das Horn, und Menschen kommen aus dem Bauch der Fische; einer von ihnen hebt, noch halb im Maul des Ungeheuers, die Arme nach oben und betet schon an.[2] Es liegt eine so primitive Poesie über der Macht der Beschwörung, über der Kraft der Zaubertöne, daß man an Orpheus und seine Mythen denkt. Zwei schöne und dämonische rote Engel, die Ähnlichkeit mit Tintorettos Engel haben (*Versuchung Christi*) stecken die Verdammten mit einer Gabel in die Hölle. Wie hat man nur behaupten können, die Figuren der gehörnten Teufel wären gotisch und nicht griechisch? In diesem Mosaik aus dem 11. Jahrhundert, unmittelbar über der Jungfrau, sehe ich zwei absolut klassische Beelzebub-Gestalten mit dem schwarzen Maul und

1 Dieser Satz auf der linken (frei gebliebenen) Seite des Manuskripts ist mit einem Verweisungszeichen an das Vorangegangene angeschlossen. Aber in Anbetracht des Fortgangs der Besichtigung kann man sich fragen, ob der Autor sich nicht vertan hat.

2 Wie konnte M. Blanchet in seinem ausgezeichneten Werk über das Mosaik (A. Blanchet, *La mosaïque*, Paris 1928) schreiben, die Tiere würden am Tag des Gerichts menschliche Leiber *fressen*? *Anm. d. Verf.*

den Hörnern. Dagegen sehe ich jene wunderbaren Engel ganz aus Flügeln wieder, die der Naturalismus des Quattrocento hat verschwinden lassen. In einer wunderbar gegenläufigen Bewegung legen sich die beiden Flügel dieses Engels weitausholend übereinander und entblößen nur die Füße. Über seinem mit einem Heiligenschein umgebenen Haupt treffen zwei weitere Flügel aufeinander. Ein Eindruck kraftvoller Ruhe durch die Interferenz der beiden Bewegungen, auch der Eindruck, daß er sich kreiselnd wie ein Hubschrauber bewegen muß. Ich frage mich, warum ich die Mosaiken so sehr liebe.[1]

Ich gehe hinaus, ich steige über Reihen von schrägen Ebenen auf den Campanile. Ich sehe die Lagune auf dem Rücken liegen. Ein Spiegel, der stellenweise abblättert und erblindet, an anderen Stellen ist die Scheibe bemoost, pelzig, schuppig, pilzig. All diese Inseln haben die wabbelige Kälte der Pulpen und Quallen. Zwischen zwei Einöden aus Tonerde schleppen sich Schiffe durch einen Kanal, weiter weg schwärzliche Spuren wie Salinen, Austernparks. In der Ferne schwimmt Venedig, flach mit drei oder vier Campanilen. Unter mir eine Kathedrale in einem schwimmenden Obstgarten. Ich steige wieder hinunter. Ich denke in jene in Schrekken versetzten Menschenmengen, die sich unter dem

1 Es folgt eine von zwei Kreuzen begrenzte Linie (x ____ x), die darauf hindeutet, daß hier eine Weiterentwicklung eingefügt werden sollte. Dabei könnte es sich um unseren in der Fußnote 1 auf S. 196 erwähnten Abschnitt handeln.

Blick der Großen Göttin in dieses Schiff aus Stein einsperrten, und an jene andere Menge, die in einem anderen Schiff dahinschwamm, grau und müde und so menschlich. Seltsame Welt von blühenden Eisbänken. Ich steige weiter hinunter. Ich nehme wieder das kleine Zigarrenschiff. Diesmal ist es menschenleer; nur einige *signori* mit Lederaktentaschen kehren von Burano nach Venedig zurück. Der Abend dämmert. Ich sehe die rudimentärste Landschaft überhaupt, glattes Wasser ohne Nährstoffe, Telegrafenmasten, die hineingesteckt sind wie in ein Knäuel und die sich, allmählich verschwindend, bis ins Unendliche hinziehen. Ja, ins Unendliche. Eine Landschaft, wenn man daran glaubt, scheint sie sich über die ganze Erde fortzusetzen. Die ganze Erde ist ein Archipel in einem toten Gewässer, der Mensch hüpft wie ein Floh von Insel zu Insel. Horizontale Ebenen und vertikale Linien, das ist alles. Am dunklen Himmel leuchtet Venus auf. Das Wasser wird dicker, wird Öl und dann dunkel unter dem schwarzen Himmel, Schaumgummi. Man könnte darauf gehen, es würde etwas einsinken, und man würde ein Stückchen weiter aufprallen. Übrigens laufen rechts und links hölzerne Heilige über das Wasser, wenn man sich entfernt, sieht man ihre geheimnisvollen Formen, die im Schwarzen versinken. In der Ferne das fahle Licht zweier horizontaler Neonröhren in Burano. Wir fahren dicht an der großen dunklen Masse der Friedhöfe vorbei. Dann setzt uns das Boot auf den Fundamenta Nuove ab, ich bin wieder in einem Labyrinth dunkler Straßen, ich habe das Schiff noch nicht verlassen, ich fühle überall das Wasser, ich steige eine Treppe hinauf, es ist sicher eine Brücke über einen *rio*. Ich steige hinunter und bleibe abrupt stehen: zwischen den schroffen Steilwänden wirft ein daran hängendes Licht einen langen, zitternden Schein an meine Füße, auf diesem Lichtschein laufen Menschen. Die Venezianer gehen auf dem Wasser, sie sind es gewohnt, wenn ich weitergehe, sinke ich ein. Ich brauche einen Augenblick, ehe ich diese schwarze Substanz als festen Boden sehe.

Erstes Tanzlokal: ein Schiffssalon mit sehr niedriger Decke aus Stahlbeton, Plastiksessel, runde Tischchen mit weißen Decken. Eine moribunde Kapelle säuselt Vorkriegsschlager, drei dezente, schmollende Animierdamen an einem Tisch. Weder schöne noch häßliche italienische und ausländische Paare, die schlecht tanzen. Man fühlt sich irgendwo, aber in der Provinz. Einer reichen Provinz, die sich respektiert.

Zweites Tanzlokal: ein langer Flur, so lang, daß er ausgestorben wirkt. An jedem oder fast jedem Tisch untätige häßliche und traurige Frauen. Eine, mit einer weißen Strähne mitten im roten Haar, ist durch viel Geduld wieder bis ins Pflanzenreich abgestiegen. Eine andere, die das Menschenreich nicht verlassen hat, ähnelt einer nervösen und unruhigen Lehrerin; sie hat Tics und wirkt verstört. Sie hat ihre große, schwarze Tasche auf den Tisch gelegt, sie ist die einzige unter den Professionellen, die etwas zu sich nimmt, sie trinkt einen Weinbrand und einen Kaffee. Von der Bar, wo ein Plattenspieler die Musik des Tanzlokals verbreitet, kommen Paare, die dort etwas trinken, um nicht zuviel zu bezahlen, zum Tanzen, dann gehen sie wieder zurück. Dann fällt der Raum in seine trübsinnige Apathie zurück; ein hübsches, schmollendes Mädchen ist mit einem Alten zusammen, der sich als einziger amüsiert, der Wirt plaudert mit zwei Schnurrbärtigen mit plattgedrückten Gesichtern, Zwillingen. Zwei gesunde, ordinäre Mädchen sitzen wartend an einem Tisch. Gegen halb eins ziehen sie sich aus und kommen dreimal in verschiedenen Zuständen von Halbnacktheit zurück, um im Takt herumzuzappeln. Sie können nichts, aber das Publikum applaudiert ihnen höflich. Währenddessen süß triefende Musik.

Der Geruch von Rom: trocken, tief und gepfeffert. Salbei.

Der Markusplatz hat für mich seine Bedeutung geändert. Es war der Platz der Dogen. Jetzt ist es der Marktplatz einer Provinzstadt, wohin die Einwohner kommen, weil es der einzige ist, wo man ein bißchen Platz zum Spazierengehen hat. Keine Fremden mehr. Venezianer. Er ist übrigens zu groß für sie. Sie halten sich auf der Nordseite auf, wo morgens die Sonne und nachmittags die Musik ist, und die ganze südliche Hälfte ist menschenleer.

Die italienischen Frauen haben noch das Naturell wie bei Stendhal. Ich bewundere, wie sie ein Restaurant, ein Tanzlokal zu betreten verstehen. Unsere Frauen haben eine gesuchte Attitüde. Sie nicht. Die Männer auch nicht. Wenn ich einen straffen Mann mit streng gescheiteltem Haar sehe, der die vornehme Langeweile der Starken spielt, den Mann der Tat auf Urlaub, denke ich, daß es ein Franzose ist. Neun von zehn Malen habe ich recht. Wie nordisch wir von Italien aus gesehen wirken!

Allabendlich auf dem Markusplatz könnte man meinen, eine Kissenschlacht hätte stattgefunden. Das sind die Tauben, die ihre Federn verlieren.

Der Herbst: der wilde Wein verliert seine Blätter, sie fallen in die Kanäle. Das Wasser der Kanäle ist stellenweise ein Kräutertee.

Venedig ist aus Stein, und es ist von Wasser umgeben, das ist in Ordnung. Aber es wird von einem Geisterelement unsicher gemacht: dem Schwammigen. Man meint, den Boden unter den Füßen einsinken zu fühlen. Man ahnt den Ton am Grund des Kanals. Ich fühle mich selbst schwammig.

Die Mücken.

Ein verwahrloster Garten hinter seinem Gitterzaun. Feigenbäume und unter dem grauen Himmel eine Bananenstaude.

Nachts ahnt man unter dem Fußboden überschwemmte Keller, in denen das Wasser herumschwankt.

Mücken und Ratten sind die *natürlichen* Tiere Venedigs. Hunde und Katzen sind importiert.

In Venedig hängen die größten Gemälde der Welt: Tintoretto, Tizian, Veronese, sogar Carpaccio, mit den weitesten Perspektiven. Insbesondere bei Tintoretto. Und es ist die Stadt, die am wenigsten Raum hat, am wenigsten Perspektiven, wo der Blick immer verstellt ist. Ich denke mir, daß bei diesen Malern der Sinn für den Raum ein Kampf gegen die Enge der venezianischen Straßen, eine Abwehr der Klaustrophobie ist.

«Diese Religion Italiens, der Glaube an die *iettatura*, die vor der christlichen Religion rangiert.»

28. (Oktober)
Schöne Sonne. Das Wasser des Kanals ist waschwasserblau. Ein Licht für Miniaturmaler, das jede Person, sogar die entfernteste, minutiös zeichnet. Individualistisches Licht, das unterscheidet und trennt, die Massen ignoriert. Rote und schwarze Menge. Der überall verwurzelte Provinzsonntag geht so weit, daß er das Aussehen des Markusplatzes verändert, der tatsächlich eine internationale Provinz ist. Familien mit Kindern. Auf

der Riva della Giudecca[1] das Paar und das kleine Mädchen in Blau mit Zöpfen: alles übrige versinkt. Das ist *wahr*, die aktuelle Situation der europäischen Familie, dieser Familie ganz Europas. Keine Dogen mehr, nichts mehr. Diese traurige Familie im Gegenlicht unter einer blassen Kupfersonne, die auf einer Promenade am Wasser ihren Sonntagsspaziergang macht.

Eine angenehme Periode, in der die Gondolieri gleichzeitig als lebende Repräsentanten einer verschwundenen Vergangenheit und als Besitzer einers unzeitgemäßen Transportmittels gesehen werden können.

«Er sieht aus, als würde er kurbeln.» Richtig. Nie hätte Henry Bordeaux das gesagt. «Eine empfindliche Feinwaage.»

Warum ich Italien bereise? Wie die meisten Franzosen, weil der Wechselkurs günstig ist. Wir sind wie die Lachse: sie finden ihre Route, sagt man, zwischen Wällen von Wasser, dessen Salzgehalt oder Dichte zu stark ist. Der französische Tourismus folgt den Linien des geringeren Wechselkursdrucks. Dieses Jahr ist der Franzose in Spanien eingefallen. Ich liebe Spanien und bin früher oft hingefahren. Ich werde nicht dorthin zurückkehren, solange Franco an der Macht ist. Andere

1 Irrtum des Verfassers: es handelt sich zweifellos um die Riva degli Schiavoni, bei der Giudecca handelt es sich um eine Insel, die gegenüber der Riva degli Sch. liegt. *Anm. d. Ü.*

sind nach Italien gefahren, vielleicht diejenigen, die das spanische Regime anwidert.

Tintoretto: Ende der Renaissance, Beginn des Barock.

Tizian: Höfling – Tintoretto: kleiner Junge der Städte im Dienste des reichen Bürgertums und seiner Wohltätigkeitseinrichtungen.

Tizian: individualisiert seine (höfischen) Porträts.

Tintoretto: verallgemeinert (*Massen* und bürgerliches Gefühl für das Allgemeine). Später verallgemeinert er noch weiter, wenn er die Farben zugunsten des Lichtes aufgibt.

Malerei: Mittel, um mit den Massen zu kommunizieren. Massenmedium. Und in Venedig: die Grandeur der Republik zu feiern. Kommunizierten mit dem Volk über die Liebe zum Stadtstaat. Monumentale, pomphafte und *religiöse* Malerei. Überdies ein kollektives technisches Unterfangen.

Tintoretto: «Der shakespearesche Mensch. Größe der menschlichen Leidenschaften.»

Bei ihm ist das Licht nicht objektive Analyse: es ist kein wissenschaftliches Problem, denn es breitet sich psychologischen und plastischen Notwendigkeiten gehorchend aus, es ist kein physikalisches Fakt, man weiß sicher, wo seine Quelle ist.[1]

Kindermord: «Giotto ist mit seinen ungeheuren

1 Anmerkung des Verfassers zu diesen Zielen: *Tintoretto: malt* die Leidenschaft. (*Giotto Maler* des Handelns.) *Zusammenhang mit der Gegenreformation.*

Synthesen und seiner Verklärung der Gefühlsäußerungen auf den Gesichtern der Mütter vor allem daran gelegen, das menschliche Drama der Individuen auszudrücken. Bei Tintoretto ist das Dramatische einheitlicher und weittragender: das Drama ist nicht mehr das der Figuren, es erlangt eine kosmische, universelle Bedeutung; ihn interessiert nicht das Individuum, sondern das Menschengeschlecht. Der ausweglose Schrekken der Mütter wird in eine seismische Bewegung umgesetzt.»[1]

Tintoretto: «Sein Drama ist unser Drama. Das einer Krisenzeit. Widersprüche.»

Italien bricht im 16. Jahrhundert unter der spanischen Vorherrschaft zusammen.

Venedig steht kurz davor, durch die Türken und durch die Entdeckung Amerikas ruiniert zu werden.

Die Gegenreformation (Tridentinisches Konzil), Inquisition, Mißtrauen, Heuchelei.

Ende einer Epoche künstlerischer und wissenschaftlicher Unschuld, eines ausgeglichenen Humanismus. Tintoretto übernimmt das Erbe dieses Humanismus, sprengt ihn aber durch den Barock.

Wenn man in Venedig durch die feuchten Spalten läuft, fühlt man, wie man eine Kellerassel wird.

1 L. Coletti: *Tintoretto*, Bergamo 1940.

Das Christentum ist für einen Römer eine Veränderung der Perspektive, der Kultur, der Weltanschauung. Aber für die Menschen, denen um 1550 mit einer unbekannten Angst klar wurde, daß die humanistische Welt des Quattrocento zusammenbrach, gab es nichts Neues, was sie an die Stelle setzen konnten. Diese ihre Angst erfahren sie im Rahmen des römischen und florentinischen Humanismus, und ausdrücken werden sie sie in den Formen der Klassik; sie ist ganz negativ, sie bedeutet den Verlust des Gleichgewichts in diesem Humanismus, aber die Maltechniken, die Kenntnis des menschlichen Körpers und die Traditionen sowie die religiösen Themen bleiben vorgeschrieben. Es handelt sich eher um eine Aufblähung jener Elemente, in denen eine innere Kraft gärt, die weder deren frühere Ruhe bewahren noch jene Rahmen sprengen kann. Im Grunde ist es ein Gewitter, das über Tizians Figuren hereinbricht: das ist Tintoretto. Tizians Gestus ist *klassisch*, das heißt *typisch* und großzügig. Tatsächlich ist dieser Klassizismus eine theoretische Sicht. Er verfehlt die Realität und verwandelt die byzantinischen Traditionen in eine komische Oper. Die byzantinische Geste der Anbetung war *ein Zeichen*; bei Tizian wird sie der Ausdruck eines schlechten Schauspielers. Aber sie gefiel damals, weil die Leute durch ihren Anblick das Alphabet der Mimik lernten. Einzig die Achtung hält uns heute davon ab, diese Gesten unerträglich zu finden. Immerhin war diese Geste eine menschliche und ausgeglichene Geste der Anbetung. Es war der Übergang von der Bewegung zum Absoluten, zum Vollkommenen. Sie wurde *schöne Geste*. Aber sie sahen nicht, daß die Handlung, die ausgeführt wird, um schön zu sein, genaugenommen unerträglich ist und daß die Figuren, da man ja an sie glaubte, absichtlich ihre Handlungen zu wählen schienen, um schöne Gesten daraus zu machen. Und so werden die Figuren für uns unerträglich.

Tintoretto hat die Attitüden und die Kompositionskunst Tizians geerbt, aber da, wo Tizian Handlungen nur benutzt, damit die Gesten schön sind, bedient Tintoretto sich der Gesten, der schönen Gesten, die als mimisches Alphabet verstanden werden, also ererbt sind, um seine eigene Angst auszudrücken. Das heißt, wir finden die Operngeste wieder, aber übertrieben, in eine andere Bewegung hineingebracht, die in Verbindung mit anderen, ebenfalls übertriebenen Gesten etwas Unsägliches ausdrückt, was gerade der *Sinn* oder, wenn man so will, Tintorettos Angst selbst ist. Daraus entsteht der Barock, der nicht das Ersetzen klassischer Gesten durch barocke Bewegungen ist, sondern eine Art Lepra der klassischen Geste. Tintoretto treibt diese Geste so weit, bis sie zum Element einer gewaltigen Gesamtbewegung wird. Bei Tizian sind alle Figuren in einem prunkvollen Zug miteinander verbunden, bei Tintoretto gerät der Zug durcheinander, und die Bewegungen sind noch miteinander verbunden, aber in einem aufgescheuchten Wirbel. Somit war ich ungerecht, als ich Tintoretto vorwarf, nichts zu *fühlen*. Ein individualistisches Vorurteil: es stimmt, daß seine Figuren uns jede für sich nichts zu *sagen* haben: ihr melodramatischer und gezwungener Ausdruck entspricht genau der Leere. Tintoretto *sieht* die Gesichter oder Bewegungen *nicht* an: er geht vom Akademismus aus und deformiert ihn einfach. Aber es stimmt auch, daß das, was er uns zu sagen hat, das Bildganze als Beziehung von Volumen, Bewegungen, Farben und Licht ist, die es ausdrücken soll. *Eine* Geste ansehen und sich darüber ärgern, ist wie einen Ton hören und danach das Stück beurteilen. Das stimmt um so mehr, als man heute weiß, daß ihm bei seiner Atelierarbeit eine Menge Figuren zur Verfügung standen, die er in einem Bild nicht unterbringen konnte und in einem anderen verwendete. Was also zählte, war das Ganze, und die Figuren bezogen ihre Bedeutung aus dem Ganzen, in das sie gestellt waren, und sie wurden in das Ganze gestellt, wenn sie zur Gesamtbewegung beitrugen.

Dabei wirkten zwei Tatsachen mit: daß er mit einer Gruppe und daß er für eine Gruppe arbeitete. Tizian besucht und malt Könige, Päpste und individualisiert sie. Tintoretto, der Mann aus dem Volk, arbeitet für reiche, in Zünften organisierte Bürger, für Kirchen oder für die Verwaltung (Dogenpalast). Die Bürger waren zwar nicht unsere «Massen», aber sie bezogen ihre Würde aus ihrer Zugehörigkeit zu einer organisierten Gemeinschaft, und das Bild dieser Gemeinschaft soll Tintoretto wiedergeben. Das Bild ist ursprünglich kollektiv. Es ist nicht mehr ein Mittel, den Massen von Gott und auch nicht von der Größe Venedigs zu sprechen, sondern es ist ein Mittel, das eine Vereinigung hat, sich ihre Macht und ihren Reichtum und ihren Zusammenhalt spiegeln zu lassen. Man verlangt also das *kollektive* Bild von ihm, dessen Modell die kollektive Zeremonie ist. Es ist nicht mehr die pompöse Zeremonie der Regierung (außer im *Paradies* der Dogen), aber es ist trotzdem die Gruppe, die den Individuen als Rang und Zusammenwirken (Bruderschaft, Zunft) auferlegt ist. Natürlich ist das Thema religiös – und das ist kein Vorwand –, doch nur insoweit, als in diesen Gesellschaften das Ziel (Wohltätigkeit, Krankenpflege) religiös ist, obwohl das eigentliche Ziel politisch und sozial ist. Es ist eine Malerei, die weder der Indoktrinierung der Massen noch dem Genuß eines einzelnen dient, sondern die über die religiöse Welt und die religiösen Themen einer Gemeinschaft ihre heilige Würde widerspiegeln soll. Nichts zeigt dies übrigens besser als die Decke der Scuola di San Rocco. G. Lorenzetti (*Venise et son estuaire*, 1926) schreibt, daß «die Episoden dieses Zyklus ... einem einzigen vorgegebenen symbolischen und philosophischen Schema zu entsprechen scheinen, das sich um drei in den drei Hauptbildern der Decke ausgedrückte Grundkonzepte gruppiert: Moses tränkt sein Volk mit dem Wasser, das er aus dem Fels schlägt (Wasserwunder), Moses, der das Volk von den Schlangenbissen heilt (Schlangenwunder), Moses, der den Hunger seines Volkes mit Manna stillt (Mannalese): Durst, Hunger, Krankheit, die drei physischen Geißeln der Menschheit, die zu lindern der heilige Rochus sein Leben und die Scuola ihr ganzes Wirken widmete». Das heißt, es wird nicht nur die *Geißel*, sondern auch ihr Heiler in seiner ganzen Macht symbolisiert. Mit der magischen Kraft des heiligen Rochus wird die ganze

Scuola Moses und bringt Wasser hervor oder läßt himmlisches Manna für das Volk herabfallen. Hinzugefügt sei, daß Anordnung und Zahl der Figuren zusammen mit dem Thema meistens vertraglich festgelegt werden. Man sieht also, daß das Gemälde außer der hierarchischen Organisation einer Gemeinschaft das Vorhandensein der verarzteten, genährten, getränkten oder regierten Masse als Stütze oder als passiven Nutznießer zeigen soll.

Gleichzeitig wird das Gemälde, ein für eine Gemeinschaft entworfenes kollektives Thema, gemeinschaftlich ausgeführt. Dies erklärt, warum Tintoretto als erster seine Arbeit sehen läßt. Wir wissen, daß er schnell arbeitete; er hat den Beinamen Tintoretto der Blitz. Er legt los wie der Blitz, pinselt mit großen Strichen, das Detail werden die anderen malen. Allein, wäre das Gleichgewicht zwischen dem Detail (fertige Arbeit) und dem Ganzen vielleicht zugunsten des Details zerstört werden. Gemeinsam geht alles gut: was ihn interessiert, ist das Ganze, und er malt es in großen Zügen. Und gerade deswegen nimmt er sich des Problems des Ganzen an, und wenn er es gelöst hat, interessiert ihn die Detailausführung nicht mehr. Das Ganze, das heißt die Bewegung, die Tiefe und das Licht. Man begreift, daß das in großen Stücken gemalte Bild in erster Linie Licht, Masse und Bewegung ist, man versteht auch, daß die Figuren nur dazu da sind, das Licht zur Geltung zu bringen, indem es auf sie fallen kann; sie werden eingesetzt, um jene goldene Flut oder jene Finsternis hervorzuheben, aber nie um ihrer Eigenwirkung willen. Deshalb konnte Cézanne Tintoretto *den* Maler nennen. Bei ihm fand er, vielleicht als erstem, die absolute Beherrschung der Teile durch das Ganze.

Das erklärt ganz zweifellos die merkwürdige Art, in der er das *Wesentliche* darstellt, das heißt, trotz allem, *das Individuum*, denn die Szene beruft sich immer auf eine religiöse Mythologie, in der göttliche oder halbgöttliche Individuen erscheinen. Im Grunde findet er sich sehr gut mit dem rein kollektiven Gemälde ab, wie zum Beispiel dem *Kindermord*. Aber er ist gezwungen, das Individuelle hineinzubringen. Im rasenden Toben von Wirbeln, wo man die Geste und die Farbe oder das Licht jedes Details so genau ausarbeitet, bis die Bewegung durch den reinen ästhetischen Gestus erreicht wird, bedeutet, ein Individuum darzustellen und dabei bei der Geste oder der Farbe dick aufzutragen, folglich notwendigerweise, daß man es in den Tanz einreiht und sonst nichts. Mögen seine Bewegung auch stärker, seine Farben auch greller sein, so wird es doch vom Ganzen verschluckt. Statt die Hauptgestalt in diesen Malstrom von Kräften zu stellen, macht er im Gegenteil aus ihr diese Ruhezone im Zentrum des Malstroms. Er erregt die Aufmerksamkeit, nicht indem er die Striche verstärkt, sondern indem er im Gegenteil weniger akzentuiert. Zum Beispiel in *L'Ultima Cena*, seinem letzten Gemälde, ist Jesus geometrisch zwar im Mittelpunkt des Bildes, nach den Gesetzen der Perspektive aber im Hintergrund, und er ist kleiner als die meisten Figuren, ebenso ist er bei der *Kreuztragung* weder am höchsten Punkt noch im Vordergrund, sondern mitten in dem gewundenen Aufstieg. Die Aufmerksamkeit wird erregt, weil man leise spricht – ein von manchen Lehrern angewandtes Prinzip. Das bewirkt eine merkwürdige Dezentrierung der Bilder, die dort am bedeutsamsten sind, wo sie am wenigsten laut, am wenigsten bewegt sind. Als wäre es in dieser eifersüchtigen und argwöhnischen Republik schwierig, das Individuum wiedereinzuführen. Es ist nicht derjenige, der sich bemerkbar macht, sondern im Gegenteil der, der unbemerkt zu bleiben weiß.

Von daher verstehen wir, daß für Tintoretto ein Gemälde ein immer gleiches *malerisches* Problem ist und daß dieses Problem auf seine Besorgnis hinweist.

Sein Problem ist, wie bringt man den *ganzen* Menschen in einem Gemälde unter. Ein modernes Problem. Es ist der Übergang vom leibnizschen Raum als Begriff zum kantschen Raum. Man kennt zwar schon vor ihm die Gesetze der Perspektive, aber man stellt ganz selbstverständlich das für das Thema Wichtigste nach vorn und, zunehmend kleiner werdend, das weniger Wichtige nach hinten und zuletzt die Landschaft. So ist der Raum zugleich eine begriffliche Ordnung und eine räumliche Anordnung; auf Grund dieser Tatsache ist eigentlich kein Raum da, denn wir interessieren uns weniger für das, was wir weniger sehen. Raum wird da sein, wenn wir versuchen, in der Ferne zu sehen, was uns am meisten interessiert und was für uns durch die Entfernung nicht gut zu sehen ist. Der Raum als *sinnlich Wahrnehmbares* ist also der absurde Widerstand gegen die intellektuelle Ordnung. Wenn Jesus im Vordergrund ist, gibt es keinen Raum. Wenn er weit hinten ist und wir ihn schlecht sehen, ist Raum da.[1] Tintorettos Bestreben ist es, dem Bild drei Dimensionen zu verleihen, folglich dem Raum seine Absurdität zurückzugeben. Daraus ergeben sich aber zwei Konsequenzen: die erste besteht darin, daß er den Menschen wieder in eine feindliche und absurde Umwelt stürzt, wie Camus sagen würde. Bis dahin ordnete die zweckbestimmte Anordnung der Figuren den Raum dem Menschen unter, das war der vorkopernikanische Raum. Bei Tintoretto dreht sich die Erde, aber damit ist der Mensch im Raum verloren. Infolgedessen ist das menschliche Drama nicht mehr die Beziehung zu Gott in einem für ihn geschaffenen Universum, sondern es ist auch die Tatsache, in einer Welt zu sein, die nicht für ihn geschaffen ist. Und dieses rein malerische Bestreben scheint mir genau die Verwirrung einer Epoche zum Ausdruck zu bringen (Entdeckung Amerikas, neue Auffassung vom Himmel, regelrechter Zusammenbruch der Welt des Mittelalters). Es gibt ein Irreduzibles in den Gemälden Tintorettos, die Entrückung. Dadurch wird das Drama gleichsam von außen gesehen. Der Raum schließt sich über der Menschheit zusam-

1 Anmerkung des Autors am Rand:
Der verborgene Gott (*bei den Jansenisten – Tintoretto*). *Der Widerspruch.*
Pathetisch: *Der Mensch ist* gut. *Wird allmählich böse.*
1.) *Der Konventionalismus der Figuren: gegenwärtiger Gott.*
2.) *Die Transformation des Raumes. Verborgener Gott. Der in der Welt verlorene Mensch.*

men und totalisiert sie. Das hätten die großen Auftraggeber Tizians nicht erlaubt: sie mußten im Vordergrund sein, und eigentlich waren sie es, die den Menschen ansahen, der durch die Galerie ging. Der gemalte Mensch ist ein Absolutes. Die bürgerlichen und egalitären Käufer hingegen sind von dieser Veränderung des Gemäldes nicht schockiert. Aber, zweite Konsequenz: das Gemälde schaut nicht mehr, folglich wird es gesehen. Zwischen der Jungfrau von Torcello, die *mich* ansieht, und diese Figuren Tintorettos, die angesehen werden, gibt es eine *radikale* Veränderung. Die Figuren werden sich nämlich *mit Bezug auf mich* in *absurder* Weise anordnen. *Ich* möchte Christus von nahem sehen, und *mir* gelingt es nicht. Wenn nicht *für uns*, wäre dieser Christus dort, wo er ist, weder kleiner noch größer, als er ist: er ist ganz einfach. In der Reihenfolge abnehmender Bedeutung aufgestellt, hatten die Figuren eine absolute Existenz, die sie uns aufzwangen, und ihre Größe war eine Eigenschaft; letztlich waren es noch immer die Größenunterschiede der Byzantiner, nur waren diese Unterschiede durch die Perspektive gerechtfertigt. Wenn die Dimensionen aber nicht mehr absolut sind, dann sind sie relativ zu ihren Positionen mit Bezug auf einen Zeugen, der *ich* bin. Tintoretto hat *den Bildbetrachter* erfunden.[1] Deshalb ist er gleichzeitig modern und doch nicht so modern: es ist eine Revo-

1 Notiz quer über die linke Manuskriptseite:
Den Betrachter wiedererfinden. Das heißt *relativer Standpunkt.* Das heißt *reine Malerei: es ist nicht mehr* das Objekt, *so wie es ist, sondern so wie es erscheint.*

lution im Vergleich zur vorhergehenden Malerei und kündet den Impressionismus an, aber nicht den Kubismus und die Folgen, die das Absolute wieder ins Bild bringen, also aus dem Raum eine Eigenschaft des Objekts machen wollen. Es heißt, das sei *subjektive* Malerei. Aber ich glaube nicht, daß es Tintorettos Ziel war, den Subjektivismus des Malers oder des Betrachters wiederzufinden. Er wollte den Raum so wiederfinden, wie er von uns erlebt wird, mit seinen unüberwindlichen Entfernungen, seinen Gefahren, seinen Strapazen, weil er meinte, das sei die absolute *Realität* des Raums, und so hat er ohne sein Zutun die Subjektivität gefunden. Von da an ist er äußerst darauf bedacht. Immer konstruiert er seine Bilder *mit Bezug* auf uns. Wenn er auf mich den Eindruck eines Regisseurs gemacht hat, so, weil er aus seinem Gemälde eine Bühne macht, weil er sich Gedanken über die Wirkung auf einen Betrachter macht. Die Tiefe.

Gleiche Entwicklung bei der Zeit.

——————————— dem Licht. (Eigenwillige Erfindung. Eigenschaft der Figur.)

Die Bewegung.

Was folgt daraus? Das Ereignis wird etwas, [bei dem] man dabei ist und was seine eigene Zeit, seinen Raum hat, in dem die Figuren sich verirren und sich herumschlagen. Der Mensch ist nicht ein anderer Mensch auf dem Gemälde, der mich ansieht und den ich ansehe, eine absolute Erscheinung, meinesgleichen, wie ein Porträt aus dem Quattrocento, er wird *gesehen, ohne zu sehen*, von jemandem, der nicht gesehen werden kann und der sieht, der nur gezwungen ist, eine absolute Distanz in bezug auf die Figuren zu wahren; kurz, er wird von einem anderen als dem Menschen gesehen. Ein Ereignis im einsteinschen Sinn in einer Raum-Zeit, Werden und Getöse für die gemalte Menschheit, für mich Stille und Ruhe eines Gemäldes, das ist ein Bild von Tintoretto. Der Mensch, gesehen von einem Sein, das außerhalb der Menschheit ist. Ich sehe die Menschheit und ihr Drama. Und zweideutiges Gefühl des Betrachters, denn sofern er sieht, ist er Gott und fühlt dessen Allmacht, aber sofern er jenen gleicht, die gesehen werden, fühlt er dunkel und bis zum Unbehagen, daß er in der Welt verlassen und verloren ist und daß er gesehen werden kann, ohne zu sehen. Und das Menschsein erscheint ihm als eitler *Schall und Wahn*[1], eine von einem Irren erzählte idiotische Geschichte. Gleichzeitig wird, wie durch die Schönheit der Verse Shakespeares, diese Idiotie durch die Schönheit der Gesamtbewegungen Tintorettos verhüllt. Zugleich damit verschwindet die Welt der Tat. Schon der Manierismus der Florentiner des 16. Jahrhunderts und schließlich der Tizians hatte sie in eine Geste verwandelt. Tintoretto verwandelt sie in Leidenschaft. Diese Erschütterungen, die mich nie betreffen und die aufgeblähte Gesten sind, sind reine Leidenschaften. Erstaunen, Schrecken, Maßlosigkeit, Angst, Wahnsinn, das sind die *Zustände* des Menschen bei Tintoretto. Sehen Sie

1 Anspielung Sartres auf William Faulkners Roman *Schall und Wahn*, den Sartre 1939 in der *Nouvelle Revue française* Nr. 309 und 310 besprochen hatte. Deutsch: J.-P. Sartre, *Der Mensch und die Dinge*, a. a. O.

sie auf Knien rutschen (*Abendmahl* von 1565, San Polo), kriechen, um ein Stück mystisches Brot zu empfangen, voran- oder zurückstürzen, und sehen Sie Christus selbst, mit ausgestreckten Armen, zu geschäftig. Das sind Menschen, die der Leidenschaft ausgeliefert sind, die sie leitet, die mit ihnen macht, was sie will. Das ist sehr wohl der shakespearesche Mensch, Sklave der Leidenschaften, immer ge-handelt, nie handelnd, aber gleichzeitig furchtbar vor Energie und Bewegung. Soviel Energie, um am Ende ge-handelt zu werden, das sind die Riesen Tintorettos. In diesen eigentlich malerischen Anliegen entdecke ich die Besorgnis des Künstlers, der noch Handwerker ist, Lieferant von Bürgern, die selbst abseits der Politik stehen, und der ohnmächtig dem Zusammenbruch einer Welt beiwohnt, die ihn umgibt und die seine Welt ist. So spiegelt Tintoretto, der Maler von Bürgern, die ökonomische und religiöse Krise einer Welt in Bewegung, auf die er keinerlei Einfluß hat; er spiegelt die Angst der Passivität und der Unwissenheit und die Vorahnung kosmischer Katastrophen, die Abenteuer der Menschheit sind. Der Sinn dieser für Gruppen gemalten Gruppenbilder ist, daß sie, jedes einzelne, die gesamte Menschheit als passives Objekt von Katastrophen beschreiben, verloren in einer Welt, die nicht für sie geschaffen ist, und daß sie sie mit den vorhandenen Mitteln beschreiben, das heißt mit den Techniken und Traditionen einer glücklichen Menschheit, die aus einem Gemälde ein süßes, manieriertes Ballett machte.

Zwischen Siena und Duccio, zwischen den Malern

der Uffizien und Florenz stellt sich ein unmittelbarer Zusammenhang her. Zwischen Carpaccio, Gentile Bellini und Venedig ebenfalls. Zwischen Tintoretto und Venedig nicht. Er ist nie gereist, wollte nie aus Venedig heraus, und nie ist es Venedig, was er malt. Auch kein anderer Ort: es ist der Raum, das Licht und die Zeit *überall*. Komische Entfremdung, wenn man San Rocco betritt.

Die Plage: die Mücken. Ich habe zwanzig in meinem Zimmer. Ich komme bei einem Apotheker vorbei, ich gehe hinein: ich möchte etwas gegen die Mücken. «Mein Herr», sagt er achselzuckend, «am zwanzigsten Oktober *gibt es* in Venedig *keine* Mücken *mehr*.» Eingeschüchtert gehe ich davon.

29. Oktober

Herbstlicht. Nein, Winterlicht. Licht des Übergangs vom Herbst in den Winter. Frostig und mild, ein wenig melancholisch, verleiht es den Dingen so etwas wie Entrückung, wie geringeren Nachdruck. Immer noch deutlich wie Miniaturen, drängen sie sich nicht auf, sie bieten sich an: etwas geht zu Ende. Gleichzeitig eine Art zärtliche Fröhlichkeit, wie ein Lächeln. Zum Bahnhof hin unaufhörliche Aktivität. Kommen und Gehen, Märkte, wabbelige, graue Tintenfische auf feuchten Holzbänken, Blumen, antiquarische Bücher. Ich gehe in eine Bar, gerade eben ein Loch in der Mauer, und bestelle einen Kaffee. So schnell ich auch trinken mag, es findet ein unentwegtes Kommen und Gehen von Leuten statt, die, ohne aufzuhören herumzappeln, bestellen, trinken, wobei sie sich verbrühen, das Geld auf die Theke werfen und wieder gehen. Sie haben die ganze Zeit gestampft und nicht den Eindruck gemacht anzuhalten. Ein junger *signore* mit Aktentasche (aus Leder, weil Leder hier weniger teuer ist). Das ist der Kraftstoff. Das gehört zu dem Kommen und Gehen dazu. Sie machen eine Besorgung und trinken, ohne anzuhalten (ihrer Vorstellung nach), und verschwinden.

Markusplatz: wäre ich Doge, würde ich den Campanile entfernen. Zu schwer. Was tut er auf diesem Platz? Von weitem, insbesondere von den *Giardini Pubblici* des Viertels Sant'Elena aus, scheint er Teil des Dogenpalastes zu sein, den er erdrückt. Und von Murano aus ist er das gedrungenste, das dickste all dieser reizenden Minarette, die im Nebel verblassen. Wer hat die drei Bronzesockel von Leopardi (1505) gesehen? Ich hätte es gern, daß man die Leute, die über ein Land sprechen, einer kleinen Befragung unterzieht: Was haben Sie auf dem Markusplatz gesehen? Nicht beschreiben, aufzählen. Ich würde sehr schlecht dastehen, denn ich habe diese Sockel nie *gesehen*, bis Leute daraufgestiegen sind. Das Auge korrigiert. Und die Porphyrsäule an der Südseite der Basilika? Das Auge übergeht Unnötiges. Markusplatz: es ist der große Saal des Volkes, daher hat er nichts vor sich. Alles Emporragende wird weggelassen. Sonst, Irrtümer.

Spaziergang: Via Garibaldi, dann die Insel San Pietro. Kleine Gärten, Feigenbäume, Rosensträucher, ein Huhn auf einem Baum; es sind Höfe aus Stein, die so aussehen, als hätten die Bewohner die Steine herausgenommen, um sie durch ein bißchen Erde zu ersetzen. Kleine Gitterzäune umgeben diese oft sehr blassen, staubigen Schrebergärtchen. Liegengebliebener Kindersessel, trocknende Wäsche, asphaltierter Pfad zwischen diesem Tonstaub, auf dem ein paar trockene Pflanzen Nahrung finden. Sie scheinen keinen Wert auf ihre Gärten zu legen, nicht mehr als auf ihre Terrassen in Rom, auf ihre Kletterpflanzen in Neapel, und doch ist dieses verwahrloste Gärtchen da, das gefällt mir so, dieses mit Verwahrlosung getarnte Hegen und Pflegen. Vom Ende der Insel aus sehe ich den Grashügel des Campo di Armas; ich laufe kreuz und quer durch kleine Straßen. Auf ziemlich alten, an der Wand klebenden Zetteln lese ich in schwarzen Lettern: «Ihr schuldet den Dienern Gottes Achtung, Liebe und Gehorsam», und, etwas weiter: «Der Priester ist ein zweiter Christus. Einzig dem Priester hat Christus gesagt: Wer auf dich hört, hört auf mich, wer dich beleidigt, beleidigt mich.»

Ein seltsamer kleiner Provinzplatz geht auf einen Friedhof für Gondeln und Lastkähne. Ich sehe ihn von einer Holzbrücke aus an, die den Canale di San Pietro überquert. Auf dem westlichen Ufer das Arsenal, ein großes rosa Gemäuer, ein Schutzwall à la Vauban, dessen Mauer ganz natürlich im Kanal wie in einem vollen Wassergraben endet. Im Norden öffnet sich der Kanal auf die Lagune, ich sehe ein Stück durchbrochenen

Schutzwall, das zu einem sehr venezianischen Pavillon aus rosa Backstein führt, dessen Fenster mit weißem Stein gerahmt sind, und genau darüber, als würde er da herauskommen, ein Kran. Im Osten der Platz, den nichts, absolut nichts dazu bestimmt, am Wasser und gegenüber von diesem Militärgemäuer zu enden. Er hat drei Seiten: die Nordseite, zuerst eine lange Hütte, die bis übers Wasser reicht, dann zwei französische Provinzhäuser mit Dächern, an denen nur ihre Schornsteine venezianisch sind, mächtige Zylinder, die als Trichter enden – in einem abblätternden Rosa-Grau mit grünen Fenstern. Die Südseite, drei genauso aussehende Häuser mit Türen, die mit einem weiß gekalkten Streifen eingerahmt sind, der ihre Nummer trägt – sechs in einem Haus; solche Türen habe ich in Laon, in Provins überall gesehen: zwei Flügel, in der oberen Hälfte verglast und vergittert. Darunter zwei große Türgriffe aus Kupfer. Mir gegenüber, im Osten, eine Kirche der Gegenreformation, flach und weiß, jesuitisch, ein langes rosa Haus, genauso wie die anderen, das eine Kaserne ist. Etwas davor, sehr weit von der Kirche, ein sehr großer Campanile, so schief wie der Turm von Pisa, von fahlem Tintoretto-Weiß. An seinem Fuß Hammer und Sichel, mit schwarzer Farbe oder mit Teer gemalt. Von der Brücke gehen drei Steinpfade wie von einem Knotenpunkt aus und laufen nach Norden, Westen, Süden auseinander. Zwischen den Wegen zwei spitzwinklige Erdwälle, die breiter werdend von Ost nach West verlaufen und mit dürftigem trockenem Gras bewachsen sind. Man hat ganz junge kleine Platanen, die gelbrot werden, und graugrüne Akazien darauf gepflanzt und umzäunt. Eine seltsame, typisch venezianische Sache, sobald man den Blick von dieser internationalen Provinz abwendet, sieht man verfaulte alte Kähne, die im Becken gesunken sind, oder den sehr nach dem französischen 17. Jahrhundert aussehenden Schutzwall des Arsenals oder diesen auf einem kleinen Dogenpalast sitzenden Kran. Auf dem Plätzchen spielen kleine Mädchen, und zwei auf dem Bauch im Gras liegende junge Matrosen umarmen sich frenetisch. Nein, nein: nichts von dem, was Sie glauben. Zwei Kameraden. Die Italiener müssen einander anfassen, um miteinander zu sprechen. Die Brücke bebt, und hinter mir kehrt ein Trupp junger Seeleute, man könnte meinen, Schiffsjungen, sehr wenig militärisch, in die Kaserne Giovanni Sanguinetti zurück. Die drei kleinen Mädchen gehen hinter ihnen hinein.

Ich gehe wieder in die Via Garibaldi. Im Kanal, der abrupt endet, haben Schiffe festgemacht. Es sind die Schiffe, die das Gemüse von Torcello herüberbringen; die Viale Garibaldi ist von Ständen voll Obst und Fisch gesäumt. Während die einen verkaufen, kochen oder spülen die Frauen auf dem Schiff. Das grüne Wasser hat gleichsam eine Darmentzündung, es stinkt und birgt Blasen, die, zwanzig in der Sekunde, an die Oberfläche treten und platzen, wie wenn sie aus einem verfaulten Bauch kämen. Viale Garibaldi: ein Bronze-Garibaldi steigt aus einem runden Glas mit Goldfischen und Seerosen auf, zur Lagune und zu den *Giardini Pubblici* hin, zwischen zwei Häuserzeilen, versteckt von Bäumen und Umzäunungen aus grünem Holz mit Backsteinpfeilern und Pilastern aus weißem Stein. Venedig ist so *einheitlich*, daß man selbst da in derselben Symphonie von Backsteinen, Holz, dem Grün der Fensterläden, dem Rosa der Häuser, dem Weiß der Fensterrahmungen ist. Das venezianische Haus wird von dieser Bretterwand heraufbeschworen. Danach kommt reinstes «Fin de siècle», ein Treibhaus aus gezacktem Eisen, blau gemalt und leicht verrostet. Schließlich die Lagune. Ein schöner Platz aus dem 19. Jahrhundert, die Place de la Concorde oder die Champs-Élysées sind in einer Überschwemmung untergegangen. Das Wasser ist nicht sehr tief: die Laternenpfähle ragen heraus, eine Menge Laternenpfähle, die abends wohl das Wasser beleuchten. Auch Häuser ragen ab der ersten Etage heraus. In der Ferne sind schwimmende Jardinieren, mit Gräsern und Blumen gefüllte Nachen. Nur das graue Wasser sieht noch nach einer Katastrophe aus.[1] Ein Stück weiter hört der gemalte Garten auf, und übrig bleibt ein unbebautes Gelände unter Pinien. Links fließt zwischen Gärten ein Kanal, der an Le Vésinet erinnert. Auf der einen Seite des Wassers verrenken und neigen sich Pinien, strecken zottige Pranken aus und versuchen, Jungfrauen einzufangen, dünne und rosa anlaufende Pappeln, die sich zurückwerfen. Das ist das Ende. Ich kehre um. Bojen ragen aus dem Wasser. Der Wasserstand ist gesunken, ich sehe Muscheln

1 Notiz des Autors quer über die linke Seite: Schwammige Backsteine in Venedig. Backsteine, trocken wie Kiesel in Rom.

zu Hunderten das schwarze, feuchte Holz überkrusten. Auf der Riva dei Sette Martiri ziehen Frauen Perlen auf. Die Perlen sind aus Holz und liegen zu ihren Füßen wie fein gehacktes, hartes Eigelb. Dahinter, unter Arkaden, trocknet Wäsche, ein großes Tuch, anscheinend aus Seide, hängt von der Arkade selbst herunter, warmes, goldenes Unterholzlicht. Etwas weiter, vor den Giardinetti, Marmorbänke. Auf jede dieser Bänke sind mit einem Stift die Felder eines Damespiels gezeichnet. Rittlings sich gegenübersitzende Männer in abgetragener Kleidung spielen mit Kapseln von Coca-Cola- oder Mineralwasserflaschen. Andere stehen um sie herum und schauen ihnen schweigend zu.

Die Palazzi am Canal Grande. Man kann von den Adligen träumen, die darin wohnten, kann heute aber auch die Hauptstraße einer Luxusstadt sehen: in dem Fall gibt es zwei Glasboutiquen, das britische Konsulat, das Konsulat von Argentinien, vier Museen, mehrere Grandhotels (Bauer Grünwald, Grand Hôtel – zwei Palazzi –, Gritti). Verwaltung, ein Krankenhaus, Institute. Sogar Lagerhäuser.

Der Canal Grande morgens: ein junges Mädchen wringt seine Wäsche aus und hängt sie zum Trocknen an den Rand einer dunklen kleinen Straße, die mit drei Stufen im Wasser des Canal Grande endet. In einem Gärtchen vor einem Haus schauen eine Frau und ein Kind dem vorbeifahrenden Vaporetto nach, sehr nach Familie des Schrankenwärters.

Algren[1] unterwegs nach Frankreich. Der Schiffssteward fragt ihn: «Fahren Sie nach Frankreich?» «Ja.» «Die armen Franzosen. Sie wissen nicht, ob sie den Krieg verloren oder ob sie ihn gewonnen haben.» Dasselbe könnte man von Italien sagen, aber ich würde ergänzen: «Die armen Italiener! Sie wissen nicht, ob sie mit Deutschland den Krieg verloren haben oder ob sie ihn mit den Alliierten gewonnen haben.» In derselben Zeitung lese ich auf der dritten Seite unter der Überschrift «Kriegsverbrechen der Alliierten» einen Artikel, in dem von den Bestechungen als vom Verbrechen von Feinden gesprochen wird, dessen Opfer das loyale und besiegte gegnerische Italien gewesen ist, und auf der Seite eins, daß ein amerikanischer Senator anerkannt hat, daß die italienische Unterstützung im Krieg kostbar gewesen ist. Und das alles stimmt zweifellos, trägt aber nicht dazu bei, die Geister aufzuklären.

Bei Ebbe sinkt es um fünfzig Zentimeter. Braune und graue Seeanemonen, Muscheln, und die Anemonen auf den Muscheln wachsen noch, Wasserflöhe laufen an den Mauern entlang. Das Wasser wird unrein, und man riecht es in Venedig. Man spaziert auf Unreinem herum, auf der weichen Schale eines Tieres voller Pusteln.

1 Nelson Algren, amerikanischer Schriftsteller, *Der Mann mit dem goldenen Arm,* 1949. *Anm. d. Ü.*

Das Wasser wird jeden Tag gereinigt. Müllabfuhrwagen. Die Müllabfuhrgondel, ihr Typ in Uniform, ihre Mülltonnen auf dem Wagen. Ein Kescher. Er fischt die Scheußlichkeiten aus dem Kanal und wirft sie in die Mülltonne.

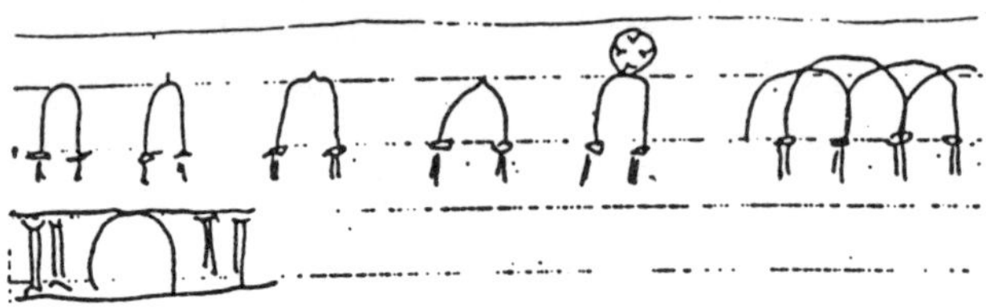

Die Gotik ist ein Divertimento, keine Notwendigkeit. Leichte Backsteinhäuser, und die größten begnügten sich mit dem byzantinischen Stil (San Marco und der Fondaco dei Turchi). Daher die Arabesken. Was sie aber wollen, ist der Kreis. Sie hängen so sehr an ihm, daß ihre Gotik weniger ein Spitzbogen als eine Kerbe im Kreis ist. Danach zeigen sie ihn als Ableger des Halbkreises. Und in der Renaissance machen sie das Fenster frei, indem sie die Säulen nach außen verlegen und so wieder große Kreise erhalten. Von den Byzantinern (Fondaco dei Turchi) zur Renaissance hat sich der Kreis nur vergrößert. Daher folgender Vergleich: San Marco (13. Jh.) und die Arkaden des Markusplatzes (16. und 17. Jh.) passen harmonisch zusammen. Der *Kreis* dominiert wie in Rom das Tympanon. Stadt in Krümmungen.

Die Weichheit Venedigs: weil es ein Bollwerk hatte: das Wasser. Daher weich im Innern, erlesenes Hummerfleisch. Rom aber wird von Straßen perforiert und durchfurcht, daher kapselt sich jeder Palazzo ein, sorgt für seine eigene Verteidigung. Die Breite des Kanals erlaubt Fassaden, die sich zur Schau stellen. Und sie erlaubt auch, daß die Stadt *ganz offen* ist. Wenn Sie die Sperren hinter sich haben, finden Sie nur noch Öffnungen. Sie gibt sich. Heute also ein schlechtes Bild: von jener Seespinne ist nur noch das Fleisch übrig. Falsch gedeutete Weichheit. Unterschied zwischen der amerikanischen Rassentrennung (die Neger sind bei sich zu Hause) und unserer Freundlichkeit gegenüber den Schwarzen (das Meer trennt uns von ihnen, diejenigen, die kommen, kann man in Ehren halten).

Die Verzerrungen des Kreises zum Spitzbogen, dieses Geflimmer, dieses Vierlappige, das ist wie eine verzerrte Spiegelung im Wasser. Also Zueinanderpassen. Im Wasser sind die Dinge *nicht einfach* und in diesem Stein auch nicht. Der Stein ahmt das Schwanken, die Umwege des Wassers nach. Er hat seine Redundanz, seine Wiederholungen. Die Seinswiederholungen des Steins (Arkaden) sind wie die Wiederholungen der Spiegelung auf der Welle. Die *Kreise* und die weichen Spitzbögen sind die der Wellen. Das ist kein versteinertes Wasser, es ist die intelligente Imitation des Wassermotivs durch den Stein.

Kleine Notizen

Es folgen einige Notizen, die Sartre 1951 unsystematisch auf einem Telefonzettel des römischen Hotels, wo er in dem Jahr wohnte, und auf ein paar losen Blättern aus einem abgelaufenen italienischen Taschenkalender gemacht hat. Anschließend hat er sie dem Skizzenheft beigelegt. Ihr unordentliches Aussehen beweist, daß er sie unter ungewöhnlichen Bedingungen geschrieben hat, vielleicht auf der Straße, vielleicht zum Teil im Caffè del Greco, das er hier beschreibt.

Caffè del Greco: nie Terrasse. Langer Gang, 1. Raum rechts: Bar und Kaffemaschine. Links Kasse und Kuchentheke. Zwei Spiegel, 4 Bilder: Kolosseum, Vestatempel, Triumphbogen, Forum – Vincenzo Giovannini. Sehr römische rotgelbe Farbe. 2 Fenster (eine Fenstertür), zwei in roten, durchwirkten Satin eingebettete Gemälde. An jeder Wand eins. Seitenwände: auf beiden Seiten rahmen 2 Bilder einen Spiegel ein: 2 Frauenköpfe und zwei ganzfigurige Herren aus der Zeit von A. Dumas *fils*. Der eine hat einen Zylinder in der Hand. Gegenüber noch 2 Köpfe, ein Herr, derselbe, der seinen Zylinder aufgesetzt hat, und seine Gattin. Seitlich 4 kleine Dreifüße mit einer runden Marmorplatte darauf und eine rote Bank. Einander gegenüber 2 lange Tische: jeder 2 Dreifüße und Ausziehplatte. Gefliester Boden. Telefon darüber in der Nische. 2. Raum parallel zum Eingang. Lauter kleine dreifüßige Tische. Von da gehen zwei Räume senkrecht zum Eingang ab. Letzter Raum parallel. Einer der beiden Räume links hat ein großes Fenster. Porträts von Wagner und Liszt. Gemälde. Man geht, ohne Tür, durch Rundbögen von einem Raum in den andern. Die beiden Spiegel sind gesprenkelt, rotgelb, irgendwie dunkel, goldgerahmt.

Öffentliches Telefon. Ein Italiener wird ärgerlich und macht Gesten. [*Das Folgende steht in dem Taschenkalender.*] Immer noch entspannt. Die Hand gestikuliert, aber lahm, biegsam, die segnenden Finger sind nicht vereinigt. Plötzlich verbinden sich Daumen und Zeigefinger an der Spitze und bilden einen kleinen Ring, der sich auf und ab bewegt, um Präzision zu veranschaulichen.

Jetzt bewegt sich nur der Unterarm, und die halb geschlossene Hand hängt am Ende herab. Er wird ein Halbkreis, der Ellbogen bleibt am Körper.

Das Auge ist tief, hypnotisch, das Gesicht macht oft den Ausdruck nach, den wohl der Gesprächspartner hat. Verstellung. Die Lider schlagen wie Flügel über den starren Augen.

Die Wörter werden mit einem Ausdruck gesprochen, der während des Satzes unverändert, intensiv beibehalten wird und mit dem Satz verschwindet.

Neapel: die Ziffern, die Lotterie und das Spiel in der gehobenen Gesellschaft.

Edelmänner als Banditen.

Die alte Gewohnheit der Banden in der Renaissance und die italienischen Parteien. Ich glaube nicht daran. Zum einen, weil ignoriert wird, daß unsere Parteien solide sind. Außerdem ist es ein modernes Phänomen: man wählt die Parteien, nicht die Politiker. Und die Erklärungen sind nicht historisch. Grenze der historischen Erklärung: sie legt die Situation fest. Aber der Tourist will darin ein Fortleben der Vergangenheit im Individuum sehen. Das kommt ihm poetisch vor. Man findet den Renaissancemenschen im Italiener mit Schlips und Kragen wieder.

Tatsächlich ist der moderne Italiener ein Mensch, der bestimmte Probleme mittels vorhandener Mittel lösen muß und sich in einer bestimmten, bedeutsamen Landschaft befindet, die auf seine Sensibilität einwirkt.

Italien ist draußen. Für alle erreichbar. Die Vergangenheit ist in den Steinen.

Venedig, sagt Mme. R., kleine Provinz. Keine Industrie. Der Tourismus. Und ruinierte Adlige, die sich langweilen, weil sie nicht arbeiten können, ohne sich etwas zu vergeben. Eine Atmosphäre von übler Nachrede. Das ist das Umgekehrte, aber wiederum Tourismus. Bis 1920: man interpretiert den Adligen durch den Dogen und dessen vergangene Größe. Danach interpretiert man die sichtbare Größe Venedigs durch die kleine Provinz. Tatsächlich hat Italien keine wirklichen Provinzen. Damit es Provinz gibt, ist Zentralisierung und Vorherrschaft der Hauptstadt, kurz, Einheit nötig. Aber Provinz wovon? Mailand, Florenz, Rom?

Das ist etwas anderes. Was sich durch sich selbst erklären muß. Halb Provinz, halb Fürstentum.

Piemontesischer Partikularismus: die Industrie, die Zukunft, der Kommunismus. Römischer Partikularismus: die Geschichte, die Religion. Neapolitanischer Partikularismus: Elend, Ressentiment, Monarchismus.

Eine Adelsfamilie: drei Schwestern; eine im Kloster, die andere Kommunistin, dann Tito-Anhängerin, die dritte Schönheitskönigin.

Das Medusenhaupt (Konservatorenpalast[1]), Bernini (zugeschrieben). Die Schlangen haben Bernini entzückt. Sie winden sich, sosehr sie nur können. Wieder gemarterter Stein. Aber das weinerliche Gesicht drückt nur ein passives Leiden aus. Eine schreckenerregende Maske wäre nötig. Versteinern ist eine Fähigkeit, die in einem Blick zum Ausdruck kommt. Dem Barock fehlt die Tat. Passivität. Aber das ist das, was nötig ist. Die Tat läßt die Religion verschwinden. Die Geste ist alles, was eine von Gott ge-handelte Kreatur sich erlauben kann.

1 In Rom.

Die Bäuerin und das Paradies. Davon verstört, steige ich hinauf.[1] Ich verstehe: es ist der Aufstieg zwischen diesen höheren Persönlichkeiten. Opfer des Barock. Das waren wohl auch die Römer des 18. Jahrhunderts, als die Skulptur noch einen Sinn hatte. Dabei ist das V[iktor]-E[manuel]-Denkmal gar nicht barock: es ist eine artige bürgerliche Ungehörigkeit. Es bedrückt nicht, es stört nicht, hat nicht die Häßlichkeit des Salvatore-Rosa-Tores. Es existiert nicht. Nur sein Weiß ist ein Dorn im Auge. Was auffällt, ist weniger die Häßlichkeit (1911 eingeweiht) als das Verkennen ihrer Stadt. Koch hatte wenigstens die Farben Roms verstanden. Aber dieses Weiß! Und das Gold altert unschön: die Schmutzschicht auf dem Reiterstandbild. Ich verstehe das nicht gut: die italienischen Intellektuellen, die ich kenne, lieben und verstehen ihre Stadt. Woher kommen diese zwanzig Jahre Finsternis?

Ich verlasse das Hotel, ich fühle mich von einem samtigen, begehrlichen, liebkosenden Blick umfangen; ich fühle mich wie eine Frau und begehrenswert. Höchst erstaunt schaue ich hin: es sind bloß Taxifahrer, die es nach dem Fahrgast gelüstet, der ich bin.

Ein Mann, bestimmt nicht schwul, riecht an einer Rose.

1 Dem Folgenden nach zu urteilen, steigt der Tourist die Freitreppe des Viktor-Emanuel II.-Denkmals hinauf. Wir wissen nicht, worauf sich «die Bäuerin und das Paradies» bezieht. Auf eine gelesene Anekdote? Auf eine Überlegung, die der Tourist gehört hat? Anscheinend eine Bäuerin, die die Stufen des Denkmals hinaufsteigt und sich im Paradies wähnt.

Scherze über Mussolini. Artikel. Werke vorgestellt. Verabscheuen ihn nicht. Ein Kommunist sagt zu mir: «Ich habe die faschistische Ideologie gehaßt, aber die faschistische Regierung war mir lieber als die jetzige, die hinterrücks handelt.» Übrigens muß man unparteiisch anerkennen: alles, was in Italien getan wurde, wurde vom Faschismus getan.

Eine Anmerkung: die Italiener können mit gutem Gewissen Faschisten gewesen sein. Ein Junge, der zur Zeit des Marsches auf Rom geboren wurde, ist heute 27 Jahre alt. Seine Erziehung war faschistisch, folglich hat er erst 1943 die Augen aufgemacht. Wo liegt seine Schuld? Eine übliche, in einer linken Zeitung gelesene Unterscheidung: «Der konstruktive Faschismus der ersten Jahre, nicht der unheilvolle, zerstörerische der letzten.» Im Grunde werfen sie M[ussolini] vor, den Krieg mitgemacht zu haben. Und ihn verloren zu haben.

[*Wieder auf dem Zettel, quer darüber geschrieben:*] Die Personen in der Domenica del Corriere stammen in direkter Linie von Bernini ab. Sie sind barock.

Barocke Empfindsamkeit: eine Mutter stirbt, als ihre Tochter vor dem Altar ja sagt. Ein Sohn, der von der Krankheit seines Vaters erfährt, bringt sich um. Als sein Vater von dem Selbstmord erfährt, stirbt er an einer aufgeplatzten Pulsadergeschwulst.

Venedig von meinem Fenster aus [1]

Das Wasser ist zu brav; man hört es nicht. Von einem Verdacht ergriffen, beuge ich mich hinaus: der Himmel ist hineingefallen. Es wagt sich kaum zu rühren, und seine Millionen Falten wiegen verwirrt die unstet aufblitzende, mürrische Reliquie. Da hinten, gen Osten, hört der Kanal auf, dort beginnt die große, milchige Lache, die sich bis nach Chioggia hinzieht; aber auf dieser Seite ist das Wasser weg: mein Blick rutscht von einer Glasfläche ab, gleitet aus und verliert sich zum Lido hin in trübem Glast. Es ist kalt, ein unscheinbarer Tag kündet seine Kreide an; wieder einmal hält sich Venedig für Amsterdam; jenes Blaßgraue in der Ferne sind Palazzi. So ist das hier: die Luft, das Wasser, das Feuer und der Stein sind unaufhörlich dabei, sich zu vermischen oder sich zu vertauschen, ihre Eigenschaften oder ihre natürlichen Standorte auszutauschen, Bäumchen-wechsel-dich oder Reise-nach-Jerusalem

1 Im Februar 1953 in *Verve* (Nr. 27–28) und später in *Situations IV* veröffentlicht, ist dieser Text vielleicht der letzte der *Albemarle*-Periode. Man erkennt in den Fragmenten von 1951 skizzierte Themen wieder, zum Beispiel *das andere Venedig*; umgekehrt entwikkeln die Fragmente andere weiter, wie *den Wahnsinn des Wassers*, das hier nur eben erwähnt wird. Über die wahrscheinliche Einordnung von *Venedig von meinem Fenster aus* siehe *Einführung*.

zu spielen; altmodische Spiele, denen die Unschuld fehlt; man wohnt dem Üben eines Zauberkünstlers bei. Für unerfahrene Touristen hat diese labile Verbindung viele Überraschungen in petto: Während Sie die Nase in die Luft stecken, verdichtet sich vielleicht zu Ihren Füßen das ganze Himmelssystem mit seinen Meteoren und seinen Wolken in einer silbernen Schlangenlinie. Heute zum Beispiel beweist nichts, daß eine morgendliche Himmelfahrt nicht die Lagune weggezaubert und an die Stelle des Himmels gesetzt hat. Ich hebe den Kopf: nein; da oben ist nur ein Loch, schwindelerregend, weder finster noch hell, einzig von den farblosen Bündeln der kosmischen Strahlen zerrissen. An der Oberfläche dieses umgekehrten Abgrunds flockt ganz unnötig Schaum, um die ohne jeden Zweifel unbesetzte Stelle der Sonne zu vertuschen. Sobald es kann, stiehlt sich dieses Gestirn weg: es weiß sehr wohl, daß es in Venedig unerwünscht ist und daß Vendig nicht abläßt, in ihm das verhaßte Bild persönlicher Macht zu sehen. In Wirklichkeit verbraucht es mehr Licht als Palermo oder Tunis, vor allem, wenn man berücksichtigt, was seine hohen dunklen Gassen schlucken; aber es soll nicht heißen, es verdanke das Licht, das es erhellt, der Freigebigkeit eines einzelnen. Ziehen wir die Legende zu Rate: in den Anfängen war die Lagune in strahlende, ewige Nacht getaucht; die Patrizier freuten sich daran, die Sternbilder anzuschauen, deren auf gegenseitigem Mißtrauen beruhendes Gleichgewicht sie an die Vorteile der aristokratischen Staatsform erinnerte. Alles stand zum besten: die scharf überwachten Dogen fanden sich damit ab, nur noch die Strohmänner des Handelskapitalismus zu sein. Einer von ihnen, Faliero – zum Hahnrei gemacht und öffentlich verhöhnt –, hatte eine Revolte angezettelt, aber er wurde auf der Stelle eingelocht; seine Richter überzeugten ihn ohne Mühe von seinem Verbrechen: er hatte die Todesstrafe verdient, weil er versucht hatte, das Rad der Geschichte aufzuhalten, doch wenn er sich schuldig bekannte, würde die Nachwelt seinem unseligen Mut Gerechtigkeit widerfahren lassen. So war er, das Volk um Vergebung bittend und das Todesurteil preisend, das an ihm vollstreckt werden sollte, tatsächlich gestorben. Seither hatte niemand die öffentliche Ordnung gestört; Venedig war ruhig unter seinen Plejaden.

Nun aber beschloß der Große Rat, zur Ausschmükkung des Sitzungssaals die Porträts der verstorbenen Dogen auf den Fries malen zu lassen, und als man zu dem Falieros kam, befahlen die rachsüchtigen Kaufleute, sein Bild mit einem Schleier zu verdecken, der die schmählichen Worte tragen sollte: *Hic est locus Marini Falieri decapitati pro criminibus*. Diesmal wurde das arme Lamm ernsthaft böse: war es das, was man ihm versprochen hatte? Nicht nur rehabilitierte die Nachwelt ihn nicht, sondern sie lieferte sein Andenken auch noch künftigem Abscheu aus. Plötzlich erhob sich sein abgeschlagenes Haupt über den Horizont und begann über der Stadt zu kreisen; der Himmel und die Lagune färbten sich purpurrot und die stolzen Patrizier auf dem Markusplatz bedeckten die Augen mit entsetzten Fingern und schrien: *Ecco Marino*. Seither kehrt er alle zwölf Stunden wieder, es spukt in der Stadt, und da nach altem Brauch der neugewählte Doge auf dem Balkon erscheint, um der Menge Kleinodien und Florins zuzuwerfen, übergießt der ermordete Potentat die Plätze ironisch mit von seinem Blut besudelten Strömen von Gold.

Heute ist erwiesen, daß diese Sage jeder Grundlage entbehrt: unter dem Vorraum der Kapelle der Madonna della Pace in Santi Giovanni e Paolo wurde in einem Sarkophag ein menschliches Skelett entdeckt, das seinen Kopf auf den Knien hielt; so hatte alles wieder seine Ordnung, außer daß die Venezianer, nachtragend in ihrem Groll, den Sarkophag sofort in einen Ausguß verwandelten. Trotzdem, aus dieser Geschichte, die man sich von den Gondolieri erzählen lassen kann, läßt sich die Gemütsverfassung und die Abneigung gegen das Tagesgestirn ersehen. Der Stadt gefällt es zwar, am goldenen Himmel das wiederzusehen, was sie auf dem Meer erworben hat, aber unter der Bedingung, daß es wie die vereinzelte Chiffre ihrer Größe über ihr festgemacht bleibt oder daß der Sommer es als emblematischen Blitz auf die schweren grünen Vorhänge stickt, die er bis in den Kanal herabfallen läßt. Tatsächlich bin ich in Rom, dem großen Flecken auf dem Festland, immer glücklich, bei der Heraufkunft eines Bauernkönigs dabeizusein; aber wenn ich lange in den venezianischen Kanälen umhergefahren bin und kupferrote Rauchsäulen vom *rio* habe aufsteigen oder flüchtige Lichtscheine über meinem Kopf habe davonhuschen sehen, kann ich dieses System indirekter Beleuchtung nur bewundern, und nicht ohne Beklemmung betrete ich an der Riva degli Schiavoni wieder festen Boden und sehe, über dem zarten Schillern der Stadt den großen, rohen Kopf von Marino Faliero umherirren.

Also keine Sonne heute morgen; sie spielt Louis XVI in Paris oder Charles I. in London. Diese Kugel hat mit ihrem Verschwinden das Gleichgewicht zerstört; es bleiben Helligkeiten ohne Oben und Unten, die Landschaft dreht sich, und ich drehe mich mit ihr, bald hänge ich an den Füßen über etwas Fehlendem und unter den Fresken des Kanals, bald stehe ich auf einem Vorgebirge über einem Himmel in Seenot. In unerbittlichster Unbeweglichkeit drehen wir uns, Decke, Fußboden und ich, der Ixion dieses Rades; am Ende werde ich seekrank, diese Leere ist unerträglich. Nur: in Venedig ist nichts einfach. Weil es keine Stadt ist, nein: es ist ein Archipel. Wie könnte man das vergessen? Von Ihrem Inselchen schauen Sie neidisch zu dem gegenüberliegenden Inselchen: da drüben ist... was? Eine Einsamkeit, eine Reinheit, eine Stille, die es, darauf möchten Sie schwören, auf dieser Seite nicht gibt. Das wahre Venedig finden Sie, wo Sie auch sind, immer anderswo. Wenigstens mir geht es so. Gewöhnlich begnüge ich mich eigentlich mit dem, was ich habe; aber in Venedig bin ich das Opfer einer Art wahnhafter Eifersucht; hielte ich mich nicht zurück, wäre ich die ganze Zeit auf den Brücken oder in den Gondeln auf der verzweifelten Suche nach dem geheimen Venedig auf dem andern Ufer. Sobald ich es betrete, welkt natürlich alles dahin; ich drehe mich um: das ruhige Geheimnis ist auf der anderen Seite wiedererstanden. Ich habe mich schon lange damit abgefunden: Venedig ist da, wo ich nicht bin. Diese Fürsten-Chalets mir gegenüber *steigen* doch aus dem Wasser, nicht wahr? Unmöglich zu glauben, sie schwömmen: ein Haus schwimmt nicht. Oder zu glauben, sie lägen auf der Lagune: diese würde unter ihrem Gewicht einsinken. Oder sie wären unwägbar: man sieht ja, daß sie aus Ziegeln, Stein und Holz sind. Also? Es muß so sein, daß man sie auftauchen *fühlt*; die Palazzi am Canal Grande sieht man von unten nach oben an, und schon entdeckt man in ihnen eine Art erstarrten Schwung, der, wenn man so will, ihre umgekehrte Dichte, die Inversion ihrer Masse ist. Ein Aufspritzen von versteinertem Wasser: als wären sie gerade aufgetaucht und als wäre von diesen eigensinnigen kleinen Erektionen nichts dagewesen. Kurz, sie haben immer etwas von *Erscheinungen*. Eine Erscheinung, man ahnt, was das bedeuten würde; sie fände im Nu statt, sie würde das Paradoxe an den Palazzi spürbarer machen: das reine Nichts würde noch fortbestehen, und doch wäre das Sein schon da. Wenn ich den Palazzo Dario ansehe, der, seitlich geneigt, schräg emporzuschießen scheint, habe ich immer das Gefühl, daß er da ist, ja, wirklich da, daß aber gleichzeitig nichts da ist. Ebenso wie es manchmal vorkommt, daß die ganze Stadt verschwindet. Eines Abends, als ich von Murano zurückfuhr, war mein Boot auf einmal allein, so weit das Auge reichte: kein Venedig mehr; an der Unglücksstelle stiebte das Wasser unter dem Gold des Himmels. Augenblicklich ist alles klar und deutlich. All diese schönen stillen Aigretten sind vollzählig da; aber sie *erfüllen* einen nicht so, wie ein guter grober Klotz von Gebirgslandschaft, der ganz haltlos unter Ihren Fenstern hinabpurzelt. Ist es Erwartung oder Herausforderung? Diese Hübschen sind provozierend reserviert. Und was ist das mir gegenüber eigentlich? *Der andere* Bürgersteig einer eleganten Wohnstraße oder *das andere* Ufer eines Flusses? Auf jeden Fall *das Andere*. Ehrlich gesagt sind die linke und die rechte Seite des Kanals gar nicht so unähnlich. Ja, natürlich, der Fondaco dei Turchi liegt auf der einen, die Ca' d'Oro auf der anderen Seite. Aber im großen ganzen sind es immer dieselben Schmuckkästchen, die gleichen Intarsienarbeiten, hier und da vom Gebrüll großer Rathäuser aus weißem, von Schmutztränen zerfressenem Marmor unterbrochen. Manchmal, wenn meine Gondel zwischen diesen beiden Jahrmärkten hindurchglitt, habe ich mich gefragt, welcher die Spiegelung des anderen ist. Kurz, nicht ihre Unterschiede trennen: im Gegenteil. Stellen Sie sich vor, Sie näherten sich einem Spiegel: ein Bild entsteht darin, da sind Ihre Nase, Ihre Augen, Ihr Mund, Ihr Anzug. Das sind Sie, das *müßten* Sie sein. Und doch ist da etwas an der Spiegelung – etwas, was weder das Grün der Augen noch die Zeichnung der Lippen, noch der Schnitt des Anzugs ist –, etwas, was Sie plötzlich sagen läßt: man hat *einen anderen* an Stelle meines Bildes in den Spiegel getan. Das ist ungefähr der Eindruck, den das jeweilige «Venedig gegenüber» jederzeit macht. Nichts würde dagegensprechen, daß ich heute unseren Jahrmarkt für den echten halte und daß der andere nur dessen vom Wind der Adria ganz leicht nach Osten verschobenes Abbild ist. Eben, als ich mein Fenster aufmachte, habe ich ein gleiches Fenster im dritten Stock des Palazzo Loredan aufgehen lassen, der das Double von diesem hier ist. Streng logisch, müßte ich mir dort auch selbst erscheinen: aber statt meiner streckt eine Frau den Kopf heraus, beugt sich zum Wasser hinunter, entrollt einen Läufer wie ein Pergament und fängt gedankenvoll an, ihn zu klopfen. Übrigens legt sich dieses morgendliche Klopfen, die einzige sichtbare Unruhe, gleich wieder, die Dunkelheit des Zimmers nimmt es auf, und das Fenster schließt sich darüber. Verlassen, werden die Minaturen von einem reglosen Gleiten davongetragen. Aber nicht das ist das Störende: wir treiben zusammen ab. Da ist etwas anderes, eine ganz leichte grundsätzliche Fremdheit, die verschwindet, wenn ich ihr nachspüren will, und wiedererwacht, sobald ich an etwas anderes denke. Wenn ich in Paris von meinem Fenster aus auf das Treiben der funkelnden kleinen Gestalten hinuntersehe, die auf der Terrasse der *Deux Magots* gestikulieren, erscheint es mir oft unbegreiflich, und ich habe weder erfahren, wieso sie eines Sonntags von ihren Stühlen aufgesprungen sind und sich auf einen Cadillac gestürzt haben, der am Bürgersteig parkte, noch, wieso sie ihn lachend malträtiert haben. Trotzdem: was sie tun, tue ich mit ihnen, ich habe den Cadillac von meinem Beobachtungsstand aus gerüttelt; sie sind nämlich meine natürliche Menschenmenge; ich brauche nur eine Minute – höchstens –, um bei ihnen zu sein, und wenn ich mich hinausbeuge, um ihnen zuzusehen, bin ich schon mitten unter ihnen und schaue, mit ihren Streichen im Kopf, gerade zu meinem Fenster. Es stimmt nicht einmal, daß ich ihnen *zusehe*. Denn eigentlich habe ich sie nie gesehen. Ich *berühre* sie. Der Grund: zwischen uns gibt es einen irdischen Weg, die beruhigende Kruste dieses Gestirns; die *Anderen* sind jenseits der Meere.

Das andere Venedig ist jenseits des Meers. Zwei Damen in Schwarz steigen die Stufen von Santa Maria della Salute hinunter, trippeln, von ihren blassen Schatten eskortiert, über den Vorplatz, betreten die Brücke, die zu San Gregorio führt. Diese Damen sind verdächtig und wundersam. Frauen, ja. Aber ebenso fern wie jene Araber, die ich von Spanien aus sich auf den afrikanischen Boden niederwerfen sah. *Ungewöhnlich:* das sind die Bewohnerinnen jener unberührbaren Häuser, die *Heiligen Frauen jenseits des Meeres*. Und jetzt ist da noch ein Unberührbarer, dieser Mann, der sich vor der Kirche, aus der sie gerade gekommen sind, aufgebaut hat, wie es auf dieser unbekannten Insel wahrscheinlich üblich ist. Es ist, o Graus, meinesgleichen, mein Bruder, er hält einen Guide Bleu in der linken Hand und hat eine Rolleiflex umgehängt. Wer ist weniger geheimnisvoll als ein Tourist? Nun, dieser in seiner verdächtigen Reglosigkeit Erstarrte ist ebenso beunruhigend wie jene Wilden in den Gruselfilmen, die in den Sümpfen das Schilf auseinanderbiegen, die Heldin mit glänzendem

Blick verfolgen und verschwinden. Das ist ein Tourist des Anderen Venedig, und ich werde nie sehen, was er sieht. Diese Mauern aus Backstein und Marmor mir gegenüber bewahren die flüchtige Fremdheit hochliegender einsamer Weiler, die man vom Zug aus sieht.

Das alles kommt nur durch den Canal. Wäre er ein anständiger Meeresarm, der offen zugibt, daß er dazu dient, die Menschen zu trennen, oder ein wilder, gezähmter Fluß, der die Boote widerwillig trägt, dann wäre es kein Problem, man würde ganz einfach sagen, dort drüben gebe es eine bestimmte Stadt, die anders als unsere und eben dadurch ganz ähnlich sei. Eine Stadt wie alle anderen. Dieser Canal jedoch tut so, als *verbinde* er; er gibt sich als eine eigens für Spaziergänge geschaffene Wasserstraße aus. Die Steinstufen, die bis zur Fahrbahn hinunterreichen wie die weißen Freitreppen der rosa Villen in Baltimore, die Torwege, deren Gittertore aufgehen müssen, um Gespanne durchzulassen, die kleinen Backsteinmauern, die einen Garten vor der Neugier der Passanten schützen, und die langen Geißblattflechten, die sich über die Mauern ziehen und bis auf den Boden hängen, alles flüstert mir ein, über die Fahrbahn hinwegzulaufen, um mich zu vergewissern, daß der Tourist dort drüben wirklich einer wie ich ist und nichts sieht, was ich nicht auch sehen könnte. Aber die Verlockung schwindet, noch ehe sie ganz entstanden ist; sie hat keine andere Wirkung, als meine Phantasie anzuregen: schon spüre ich, daß der Boden sich auftut, der Canal ist nur noch ein verfaulter alter Ast unter seinem Moos, unter den trockenen schwarzen Schalen, mit denen er sich überzogen hat und der bricht, wenn man darauftritt; ich sinke ein, ich werfe die Arme hoch und versinke, und mein letzter Anblick wird das unergründliche Gesicht des Unbekannten vom Andern Ufer sein, das mir jetzt zugewandt ist und beklommen seine Ohnmacht ermißt oder sich daran freut, daß ich in diese Falle gerate. Kurz, dieser falsche Bindestrich gibt nur vor zusammenzubringen, um desto besser zu trennen; er umgarnt mich mühelos und läßt mich vermuten, daß die Kommunikation mit meinesgleichen unmöglich ist; selbst die Nähe dieses Touristen ist eine Augentäuschung wie jene gestreiften Tiere, die die Jungvermählten vom Eiffelturm für Bienen hielten und die Tiger aus der Wildnis waren. Das Wasser Venedigs verleiht der gesamten Stadt ganz leicht das Kolorit eines Alptraums: in Alpträumen nämlich lassen uns Werkzeuge im Stich, geht der gegen den mörderischen Irren gerichtete Revolver nicht los, in Alpträumen fliehen wir vor einem Todfeind, der uns dicht auf den Fersen ist, und wird die Fahrbahn, wenn wir sie überqueren wollen, auf einmal weich.

Der Tourist geht und nimmt sein Geheimnis mit; er steigt auf die kleine Brücke, er verschwindet, ich bin allein über dem unbeweglichen Canal. Heute wirkt das andere Ufer noch unerreichbarer. Der Himmel hat das Wasser zerrissen, es ist in Fetzen, wer würde glauben, daß der Canal einen Grund hat? Durch die großen, grauen Lücken, die ihn durchziehen, sehe ich den Himmel unter dem Wasser strahlen. Zwischen den beiden Kais ist *nichts*: ein durchsichtiger, hastig über die Leere geworfener Schal. Jene Landhäuschen sind von den unseren durch einen Riß getrennt, der durch die ganze Erde geht. Zwei Hälften Europas sind dabei, sich zu entzweien: sie treiben, zuerst langsam, dann immer schneller, auseinander, wie in *Hector Servadac* ist der Moment da, die Taschentücher zu schwenken. Aber der andere Kai liegt verlassen, alle Fenster sind geschlossen. Schon gibt es *zwei* Menschengeschlechter, schon trennen sich ihre Geschicke für immer, und noch weiß es niemand; in einer Stunde wird ein Dienstmädchen auf irgendeinen Balkon treten, um Teppiche auszuschütteln, und wird voller Schrecken die Leere unter sich sehen und eine große gelbgraue Kugel, die sich zehntausend Meilen entfernt dreht. Venedig ist immer dabei auseinanderzufallen; ob ich von der Riva degli Schiavoni nach San Giorgio oder von den Fondamenta Nuove nach Murano hinüberschaue, immer liegt mir ein *finis terrae* gegenüber, das aus chaotischer Unfruchtbarkeit und nichtiger interstellarer Hektik auftaucht. Heute morgen erscheint mir die gegenüberliegende preziöse Architektur, die ich nie ernst genommen habe, von furchtbarer Strenge: es sind die glatten Wände einer entschwindenden menschlichen Welt. Kleine, begrenzte, in sich geschlossene Welt, die sich erhebt, endgültig wie ein Gedanke in einer Wüste. *Ich bin nicht darin.* Die schwimmende Insel ist die ganze Erde, rund und mit Menschen überladen, entfernt sie sich, und ich bleibe auf dem Kai zurück. In Venedig und an ein paar anderen Orten hat man Zeit, das Schicksal der Menschen mit Engels- oder Affenaugen von außen zu betrachten. Man hat die Arche Noah verpaßt. Oh, gewiß, in diesem Sommer auf See vor dem Nordkap war der Eindruck noch stärker, es war eine Evidenz, oder fast. Wir tanzten ein wenig; im Süden kratzten die letzten Krallen Europas das Meer, im Norden Millionen von grauen Wellen, die Einsamkeit des erloschenen Gestirns. Am Ende habe ich gemeint, ich sei der umherwirbelnde Satellit einer unerreichbaren Erde im interstellaren Raum. In Venedig ist das nicht so beängstigend, und doch entgleitet die Menschheit über einen stillen See in die Ferne. Das Menschengeschlecht – oder, wer weiß, der historische Prozeß – schrumpft zu einem kleinen, begrenzten Wimmeln im Raum und in der Zeit. Von irgendwo außerhalb der Zeit und des Raumes sehe ich es in seiner Gesamtheit, und ganz langsam, ganz schleichend spüre ich meine Verlassenheit.

Die Gegenwart ist, was ich berühre, sie ist das Werkzeug, das ich handhaben kann, ist das, was auf mich einwirkt oder was ich verändern kann. Jene hübschen Trugbilder sind nicht meine Gegenwart. Zwischen ihnen und mir besteht keine Gleichzeitigkeit. Ein bißchen Sonne genügt, und sie verwandeln sich in Verheißungen, vielleicht kommen sie aus der Zukunft zu mir herauf: an manchen Frühlingsmorgen habe ich sie auf mich zukommen sehen, ein schwimmender Garten, noch als *andere*, aber wie ein Vorzeichen, wie der, der ich morgen sein werde. Aber die mürrische Helligkeit des heutigen Morgens hat ihre Farben getilgt, hat sie in ihrer Endlichkeit eingeschlossen. Sie sind flach, träge, die Strömung treibt sie von mir weg. Sicher, sie gehören nicht meiner Erfahrung an, sie tauchen sehr weit fort, am Grund eines Gedächtnisses auf, das im Begriff ist, sie zu vergessen, eines komischen anonymen Gedächtnisses, das Gedächtnis des Himmels und des Wassers. In Venedig gegnügt eine winzige Kleinigkeit, und das Licht wird Blick. Diese unmerkliche insulare Distanz, dieser ständige Abstand braucht nur von Licht umfangen zu werden, damit dieses Licht wie Denken erscheint; es entfacht oder löscht die verstreuten Bedeutungen auf den schwimmenden Buketts aus Häusern; heute morgen lese ich Venedig in den Augen eines andern, ein glasiger Blick starrt auf das falsche Wäldchen, läßt die Rosen zu Kandiszucker, die Lilien zu milchgetränkter Brotkrume welken, alles liegt unter einer Glasglocke, ich wohne dem Erwachen einer unangenehmen Erinnerung bei. Am Grund eines alten Blicks versucht mein Blick versunkene Paläste zu heben, fördert aber nur Allgemeinheiten zutage. Nehme ich wahr, oder erinnere ich mich? Ich sehe, was ich weiß. Oder vielmehr, was schon ein anderer weiß. Ein *anderes* Gedächtnis spukt in meinem, die Erinnerungen eines Anderen tauchen mir gegenüber auf, das erstarrte Auffliegen toter Sittiche; alles hat das müde Aussehen von schon Vergangenem, schon Gesehenem; der Garten der Abtei San Gregorio ist nur noch Grünzeug, die vereinfachten Rosetten sind geometrische Zeichnungen;

die Fassaden bieten sich am Grund eines Gletschersees wie traurige, übergenaue Tuschzeichnungen mit vollkommener, fast zu vollkommener kristalliner Deutlichkeit dar, aber ich kann kein Detail erfassen. Kleine Häuser, kleine Paläste, schöne Torheiten, Kaprizen von Bankiers, Reedern, Capriccio Loredano, Folie Barbaro, da seid ihr nun, fast verdaut, halb in Allgemeinheiten aufgelöst. Die gotische Idee paßt auf die maurische Idee, die Idee Marmor vereinigt sich mit der Idee Rose; die granatroten Markisen und die faulenden Holzläden sind nur mehr Pinselstriche eines Aquarellisten, ein bißchen Grün, ein Tupfer gebrannter Topas. Was wird in diesem nach und nach vergessenden Gedächtnis übrigbleiben? Eine lange rosaweiße Mauer und dann nichts mehr. Die in Vergessenheit geratenden Palazzi sind außerhalb meiner Erwartung, sind nicht mehr jenseits des Wassers, sondern in einer ganz nahen Vergangenheit, in einem Gestern vielleicht oder einem Vorhin, sie entschwinden, ohne sich zu bewegen, schon haben sie jene naive Brutalität der Gegenwart, jene dumme, apodiktische Selbstgefälligkeit des Dings verloren, das da ist und das man *nicht leugnen kann*; alles, was man lieben kann, wenn man liebt, die Zufälle, die Narben, die Hiebwunden, die giftige Weichheit von Moos, Wasser und Alter, alles wird von diesem oberflächlichen, hastigen Licht eingeengt, ausradiert, es gibt keinen Raum in ihnen, sondern nur irgendeine Ausdehnung ohne Teile, das sind Kenntnisse, die Materie ist bis zur Durchsichtigkeit abgenutzt, und die fröhliche Gewöhnlichkeit des Seins vermindert sich bis zur

Abwesenheit. Sie sind nicht da. Nicht gänzlich da. Ich sehe die Pläne und Skizzen ihrer Architekten. Der stumpfe, falsche Blick des Todes hat diese reizenden Sirenen eingefroren, hat sie in einer letzten Verrenkung erstarren lassen; wohin ich heute auch gehe, ich bin sicher, daß ich überall fünf Minuten zu spät komme und nur die unpersönliche Erinnerung an die Katastrophe antreffe, Himmel und Wasser noch zusammenhängend, die sich noch einen Augenblick lang an eine versunkene Stadt erinnern, bevor sie sich auflösen und zu reiner Garbe Raum zerstieben. Wie überflüssig ich mich fühlen werde, ich, der einzige Gegenwärtige inmitten der universellen Ausmusterung und in höchster Gefahr zu zerplatzen wie jene Tiefseefische, die man an die Oberfläche zieht, denn wir sind es gewohnt, unter unendlichem Druck zu leben, und jedes Nachlassen schadet uns. Solche Tage gibt es hier: Venedig begnügt sich mit der Erinnerung an sich selbst, und der Tourist irrt ratlos in diesem Gruselkabinett umher, dessen Hauptattraktion das Wasser ist.

Eine Hoffnung: ein falscher, irgendwo aus einer Abwesenheit entstandener Sonnenstrahl – eine bloße Brechung der Leere – zündet die kupferne Fortuna auf der Weltkugel der Dogana an, läßt das seifige Weiß von Santa Maria schäumen, malt durch den Gitterzaun der Abtei wieder naives, sorgfältigst geschwelltes Blattwerk, verwandelt die Idee Grün wieder in Holzläden und die Idee Topas in alte, von Himmel und Salz zerfressene Markisen; er streicht mit einem kraftlosen Finger über die ausgetrockneten Fassaden und läßt das ganze Rosenbeet erblühen. Diese ganze in der Schwebe befindliche Welt erwacht. Im selben Augenblick erscheint im Westen ein schwerer, schwarzer Schiffsrumpf, ein Lastkahn; ganz aufgeregt erwacht das Wasser unter seiner Himmelslast zu neuem Leben, schüttelt seine weißen Federn und schlägt um; durcheinandergebracht, wird der Himmel rissig, er zerstäubt und tüpfelt die Wellen mit funkelnden Maden. Der Lastkahn schwenkt ab und verschwindet im Dunkel eines *rio*, das war falscher Alarm, das Wasser beruhigt sich widerwillig, zieht seine Unordnung zu schweren, zitternden Massen zusammen, schon bilden sich wieder große Lachen von Azurblau... Plötzlich Aufflattern von Tauben: es ist der Himmel, der, verrückt vor Angst, davonfliegt; der Ponton unter meinem Fenster knarrt und versucht die Mauer hinaufzuklettern: vom Brüllen einer Seemuschel angekündigt, fährt das Vaporetto vorbei. Diese lange, sandfarbene Zigarre ist eine Erinnerung an Jules Verne und an die Ausstellung von 1875. Die Brücke ist menschenleer, aber auf ihren breiten Holzbänken spuken noch die bärtigen Herren von der *Cronstadt* herum, die sie einweihten. Auf einem kleinen, sandfarben gestrichenen Zinkdach über dem Achterdeck stapeln sich Grabkränze, jeweils drei übereinander; vielleicht wirft man sie wie schwimmende Mahnmale ins Wasser, um Ertrunkener zu gedenken. Am Bug läßt sich eine Siegesgöttin im Pelzmantel von den Lüften umwehen, über ihr blondes Haar hat sie ein flatterndes Musselintuch gebunden, das ihr den Nakken peitscht, eine träumerische Passagierin von 1900.

Niemand zu sehen, außer dieser Toten, die Wagner und Verdi kannte. Ein Miniatur-Geisterschiff führt zwischen zwei antiken Festen eine italienische Gräfin mit sich, die beim Untergang der *Titanic* den Tod fand. Das erstaunt nicht; allmorgendlich überzieht sich der Canal Grande mit Anachronismen. Ein schwimmendes Museum: vor den Loggien der großen Hotels, des Gritti, Luna, Bauer Grünwald, läßt die Direktion Ausstellungsstücke vorbeiziehen. Das Wasser lacht vor Freude, es spielt unter dem Vordersteven Rette-sich-wer-kann, Hühner laufen durcheinander, flattern gakkernd herum, ihre Panik bricht sich zu meinen Füßen; um die großen, rohen vergoldeten Pfähle, deren bunte Bemalung Ähnlichkeit mit den Stäben der Friseurläden in Amerika hat, tummeln sich Gondeln und Barken. Das Vaporetto ist schon weit weg, aber ich erlebe eine wahre nautische Kavalkade mit Gischt, gewundenen Najaden, Seepferdchen. Der Strahl auf dem Kai ist erloschen und hat die Gebäude wieder in ihre Allgemeinheit getaucht. Stolz erhebt sich die Stille in rosa Backsteinen über dieses ohnmächtige Geplapper. Eine ferne Hupe ertönt und verklingt. Das hier ist ein Bild für die Touristen: die Ewigkeit vom Werden umschlossen oder die über der Materie schwebende intelligible Welt. Es wird noch ein bißchen unter meinem Fenster geschnattert, aber das macht nichts: die Stille hat den Lärm mit ihrer eisigen Sense abgemäht. In Venedig kann man die Stille sehen, sie ist die stumme Herausforderung des *anderen Ufers*. Plötzlich ertrinkt die ganze Schiffsprozession, das Wasser ist wie die Träume, es denkt nicht konsequent: jetzt legt es sich flach, und ich beuge mich über ein großes apathisches Polster: als wäre es neidisch auf die Leichenstarre der Palazzi, die es säumen. Der mißtrauische Himmel ist nicht wieder vom Schnürboden herabgestiegen; diese Scheintote färbt sich zwischen den Kaimauern grün, schon sehe ich rechts die blasse Spiegelung des Palazzo Dario entstehen. Ich blicke auf: alles ist wieder gleich. Ich brauche schwere, massive Präsenzen, ich fühle mich leer angesichts dieser feinen auf Glas gemalten Gefieder. Ich gehe hinaus.

Ein Plan für den Aufenthalt in Venedig

1. Ankunft in Venedig. Provinz oder Aristokratenstadt. Die venezianische Bevölkerung. Der Palazzo Labia. Die Amis. Der Palazzo nachts. Die kleinen venezianischen Abenteuer.
2. Besichtigung des Palazzos. Das Paradies. Venedigs Straßen. Der Wasser-Spiegel. Narzißmus.
3. Das Wasser als Denken. Ich will-ich will nicht.
4. Der Ausflug nach Torcello. Der andere Aspekt – das Wasser, das auf die Zeit der Barbarei verweist. Die überlagerten Zeiten: 19. – 18. – 15. Jh. und die Lagune.
5. San Rocco – Tintoretto.
6. Der Gondoliere im Wasser.
7. Venedigs Traurigkeit (ein Tanzlokal).

Themenliste zu Venedig

1. Keine Aggressivität.
2. Glatte Fassaden.
3. Das Auge verliert sich.
4. Die Geschwindigkeit des Boliden.
5. Keine Reflexivität.
6. Narzißmus.
7. Denken des Wassers.
8. Die Tiefe.
9. Die Erinnerung an meinen Wahnsinn.

Jean-Paul Sartre

Romane und Erzählungen

Der Ekel
Roman. Deutsch von Uli Aumüller
352 Seiten. Gebunden (Sonderausgabe)
und als rororo Band 581

Die Kindheit eines Chefs
Gesammelte Erzählungen. Deutsch von Uli Aumüller
256 Seiten. Gebunden (Erzählerbibliothek)
und als rororo Band 5517

Zeit der Reife
Die Wege der Freiheit 1
Roman. Deutsch von Uli Aumüller
rororo Band 5813

Der Aufschub
Die Wege der Freiheit 2
Roman. Deutsch von Uli Aumüller
rororo Band 5935

Der Pfahl im Fleische
Die Wege der Freiheit 3
Roman. Deutsch von Uli Aumüller
Im Anhang: *Mathieus Tagebuch*
Deutsch von Andrea Spingler
rororo Band 12270

Die letzte Chance
Die Wege der Freiheit 4
Romanfragment. Deutsch von Uli Aumüller
rororo Band 5692

Gesammelte Werke. Romane und Erzählungen
Kassette mit vier Bänden. rororo 34008

Rowohlt

Jean-Paul Sartre

Freud. Das Drehbuch

Deutsch von Traugott König.
Vorwort von J.-B. Pontalis
640 Seiten. Gebunden

1958 wird Jean-Paul Sartre von John Huston gebeten, ein Drehbuch über Sigmund Freud zu schreiben. Aus der ursprünglich durch Geldmangel motivierten Arbeit wird unter Sartres Händen ein Werk, das nicht nur den im Bau von spannenden Dialogen versierten Theaterautor erkennen läßt, sondern das schließlich sowohl in seinem Œuvre als auch in der Geschichte einen wichtigen Platz einnimmt.

Allerdings zeigt Sartre keinerlei Bemühen um ein dem Film angemessenes Maß. Wenn das Drehbuch angenommen worden wäre, hätte es einen Film von ungefähr sieben Stunden Dauer ergeben. Als die erheblich gekürzte und umgeschriebene Vorlage schließlich mit Montgomery Clift in der Titelrolle verfilmt wird, verbietet Sartre die Nennung seines Namens im Vorspann.

Die deutsche Ausgabe des «Scenario Freud» folgt der Auswahl des französischen Psychoanalytikers und Sartre-Freundes Jean-Bernard Pontalis, der in seinem Vorwort die Umstände der Entstehung, die Manuskriptlage, Sartres Quellen, den Bezug zu anderen Werken Sartres und das Problem der bildlichen Darstellbarkeit der Psychoanalyse behandelt.

Rowohlt